www.tredition.de

AF177440

Steffi Krumbiegel

Nadja

Wächter im Wandel der Zeit

www.tredition.de

© 2017 Steffi Krumbiegel
Lektorat, Korrektorat: Jacqueline Kley

Verlag und Druck: tredition GmbH, Grindelallee
188, 20144 Hamburg

ISBN
Paperback: 978-3-7439-4328-5
Hardcover: 978-3-7439-4329-2
e-Book: 978-3-7439-4330-8

Für Dorothea

Wächtertagebuch

Noah von Manteuffel

Wenn man weiß, dass man stirbt, fängt man an, vieles zu bereuen. Nicht jede grausame Tat, für die man mich verurteilte, beging ich aus freiem Willen. Doch die größte Pein, die in mir liegt, ist die Tatsache, dass ich Nadja nie vor dem wahren Feind warnen konnte. Aber nun, so scheint es, sind diese Dämonen den anderen zuvorgekommen und ich hoffe inniglich, dass die Welt endlich von den Ungeheuern, welche mich mein ganzes Leben lang beeinflussten, Besitz von mir ergriffen, mich zu dem machten, was ich nie sein wollte, befreit wird.

Wenn Nadja je erfahren hätte, wer ihr all das antat, wie hätte sie es verkraftet? Was wäre aus ihrem Vater geworden? Sicherlich wäre sein Herz entzweigerissen und ein Christian von Hoym konnte in einer solchen Situation zu einem Feldzug aufrufen, den man nicht aufhalten könnte. Annabelle hat all unsere Leben zerstört, doch nun wüten die Dämonen über unsere prächtigen Ländereien hinweg. Wir haben es nicht geschafft, sie aufzuhalten, zumal die Jäger ohne uns verloren waren, aber sie haben sich geweigert, mir zu folgen.

Nadja und ich hätten das Ritual vollziehen müssen, aber auch diese Chance nahm uns Annabelle. Wäre ich doch nur stärker gewesen, hätte ich nur diese inneren Dämonen besiegt, dann wäre es niemals zu diesem schrecklichen Unfall gekommen. Annabelle wollte sterben, sie musste sterben und ihr perfider Plan stürzte uns alle in grenzenloses Leid.

Würde ich noch einmal die Chance bekommen, ihr gegenüberzutreten, so würde ich sie erbarmungslos niedermetzeln. All meine inneren Seelenqualen an ihrem toten Leib auslassen. Aber nun liege ich unter einem Altar, warte auf meinen Tod, das Blut sickert langsam aus mir hinaus, die ersten Zuckungen meines eigenen Ablebens spüre ich bereits.

Diese Worte schreibe ich an die Wand, nur eine Kerze erhellt diesen finsteren Ort. Den Stein habe ich bereits gelöst, denn sobald meine Seele diesen Körper verlässt, werde ich in die Hölle gesogen. Die ewige Verdammnis wird mich begleiten, nur Nadjas Augen, ihr Blick, wird mir für immer Ruhe spenden.

Ich war zu Großem auserkoren,
als Gottes Meisterwerk geboren,
und hab gemordet unter Zwang,
der mich wie Feuer ganz verschlang.

So hab ich ihn perfid' geblendet,
die Klinge gegen ihn verwendet,
das Schwert getrieben in die Brust
aus reiner Gier und Bluteslust.

Ich hab die Jahre lang gefoltert,

doch bin getaumelt, bin gestolpert,
mein Herz, es hätt' mich fast verraten,
doch lass' ich nicht von meinen Taten.

Ich hab bestimmt zu viel gelernt,
mich weit von meinem Herz entfernt.
Sie ist zur rechten Zeit gekommen,
und hat mein Erbe angenommen.

Ich habe sie dort stehen seh'n,
sie war so jung und wunderschön,
und wusste gleich, ich würd' sie lieben,
doch leider ist sie nicht geblieben.

Doch wenn mein Herz sich erst enthüllt,
sich unser Los gewiss erfüllt,
dann werden wir als Paar auf ewig,
regier'n als Königin und König.

Ich muss ihr helfen, muss sie warnen,
ich muss erzählen von Gefahren,
denn nur gemeinsam könn' wir siegen,
und werden uns auf ewig lieben.

Wächtertagebuch
Nadja Christine Annabelle Schmied von Hoym

Die Zeiten werden schwierig. Ich spüre, wie eine bedrohliche Macht näher rückt, doch greifen, verstehen kann ich sie nicht. Vater treibt mich jeden Tag an, trainiert mich, unterrichtet mich in alten Ritualen. Er erklärte mir, dass ich vieles selbst herausfinden würde, mich auf meine Intuition verlassen solle. Leider traue ich meinen eigenen Gefühlen oft nicht, verstehe sie nicht, leide noch immer unter meiner Vergangenheit, kämpfe gegen meine inneren Dämonen an. Nur die Nähe meines Vaters lässt mich heilen. Es fühlt sich gut an, dass ich endlich ein Stück Familie besitze, einen Vater, der mich liebt, mich immer wieder ansieht und seine Augen vor Stolz funkeln.

Das Haus in Polen nimmt Gestalt an, die Baufirmen leisten perfekte Arbeit und in einer Woche würde es endlich vollendet sein. Noch immer kommt mir alles wie in einem Traum vor. Mein Herz schmerzt wegen David. Er fehlt mir, wie auch die Burg, mit der alles anfing. Obwohl ich meinen Vater über alles liebe, er so fürsorglich mit mir umgeht und mich fördert, fehlt mir etwas. Dennoch bin ich dankbar. In den letzten Wochen erfuhr ich so viel Zuneigung. Ich durfte mich verlieben, mich nach einem Jungen verzehren und bekam einen wichtigen Teil meiner Familie zurück.

Insgeheim frage ich mich noch immer, was mit Mutter ist. Aber Vater beschloss, daran zu glauben, dass sie im

Himmel auf uns wartet. Mein Gefühl sagt mir etwas ande-res. Ich befürchte, dass sie da draußen, irgendwo auf die-sem Planeten existiert. Sie wartet auf ihn, auf Vater. Vor ein paar Tagen träumte ich, dass sie über ihn wacht. Wie die Gräfin, die auf dem Schloss spukt, nach ihrem Kind sucht.

Düster, geheimnisvoll, gefährlich empfand ich Mutter in meiner Traumwelt. Darüber möchte ich mir keine Gedan-ken machen. Noch immer verfolgen mich meine Vergan-genheit und auch die seltsame Veränderung von David. Vermutlich vermischte der Traum meine Wünsche und die Schrecken der letzten Jahre.

Kapitel 1

Ich schaute auf, legte den Stift weg, saß im hohen Gras hinter dem Bauerngut und ließ meinen Blick schweifen. Die Bäume wogen sich leicht im Wind. Das Rascheln der Blätter verscheuchte meine traurigen Gedanken. Leise Musik erklang aus meinen Kopfhörern. *Clair de Lune* spielte sanft über mein Handy.

Zögernd strich ich über den braunen Ledereinband meines Tagebuches. Vater meinte, dass ich es führen solle, obwohl ich es nutzlos fand. Es sah wirklich so aus, als sei ich die letzte verbliebende Wächterin, die nicht gerade irgendeiner dunklen Sache nachhing. Natürlich gab es noch viele weitere Wächter, doch all diese strebten nach Macht, nach Unterjochung, Unterdrückung der Menschen.

Na gut, Vater war auch noch da. Immerhin existierten damit schon mal zwei freundliche Wächter.

Eine leichte Brise strich mir durchs Haar. Ich betrachtete das Buch auf meinem Schoß. Ein Kleeblatt, mein Symbol, schimmerte auf dem Einband. Es reichte ein getrocknetes Blatt, mein Atem und schon brannte es sich hinein. Vater erklärte mir, dass ich es bei anderen Büchern an anderen Orten wiederholen solle. Damit reichte es, wenn ich nur in eines schrieb. Die Magie übertrug das Geschriebene auf die anderen. So sparte es mir einiges an Zeit, denn sonst müsste ich bald über zwanzig Mal den gleichen Tex immer und immer wieder abschreiben, nur damit die Aufzeichnungen über mein eigenes Leben für die folgenden Generationen verfügbar wären. So hätten auch andere Wächter irgendwann Zugriff zu meinen Büchern, sobald sie eines in die Hände bekamen.

Ich drehte mich um. Das Bauerngut sah toll aus. Weiß gestrichen, die benachbarten Gebäude erhoben sich zu neuem Antlitz. Ein Möbelwagen stand davor. Vater ließ aus irgendeinem privaten Bestand Antiquitäten liefern, die uns gehörten. Ich lernte gerade, dass wir viele seltsame Dinge besaßen. Neben der Buchhaltung, erfuhr ich einiges über unser Gesamtvermögen. Nicht nur Immobilien, sondern auch viele Gegenstände wie Schmuck, edles Geschirr und Münzen nannten wir unser Eigen. Orlovski schaffte es, dass ein Teil meines Erbes an Vater abgetreten wurde. Vermutlich nicht ganz legal, aber das interessierte mich wenig.

Ich beobachtete, wie Männer den Wagen entluden. Vater folgte ihnen, schaute auf ein Klemmbrett und deutete etwas. Nur kurz sah er zu mir. Über seinem strengen Blick huschte ein Lächeln, damit zauberte er mir ebenfalls eines ins Gesicht.

Aus meinem Buch zog ich die Postkarte, die alte Zeichnung unserer Burg. Mit dieser Karte fing alles an. Die feinen Linien der hohen Türme zog ich mit meinem Finger nach. David, Daniel und ich, wie wir hinaufkletterten. Adrian, der mich liebevoll ansah. Katharina, in welcher ich mich furchtbar täuschte, indem ich sie falsch einschätzte. Was taten sie? Litten sie noch immer? Spürten sie den Schmerz ihrer Entführung? Oder wurden sie umgedreht, beeinflusst, gequält? Mir schauderte es bei dem Gedanken, dass sie erneut in Noahs Fänge gelangen könnten. Ich

12

schüttelte meine Sorgen ab, blickte hinauf zur Sonne und erkannte, dass es bald Abend werden würde.

Langsam stand ich auf, nahm meine Kopfhörer aus den Ohren und begab mich zu dem Haus zurück. Nach über drei Wochen in Schlafsäcken freute ich mich sehr auf die erste Nacht in einem Bett.

Die Küche erstrahlte in neuem Glanz. Wir suchten uns eine moderne Landhausküche aus. Die Pumpe sowie der alte Herd durften bleiben. Dafür gab es nun auch moderne Geräte, welche die Hausarbeit einfacher machten. In dem alten Lagerraum suchte ich nach Gemüse. Wir kauften auf einem Wochenmarkt reichlich ein, das machte uns richtig Spaß. Mit Händen und Füßen kommunizierten wir, da wir kein Polnisch beherrschten.

Das Gemüse schnitt ich klein, suchte noch nach den Kartoffeln vom Vorabend, rührte eine Käsesauce an und stellte das Ganze in den Backofen.

„Nadja?" Vater tauchte hinter mir auf. Liebevoll zog er mich in seinen Arm. „Du bist so schweigsam. Was ist los?"

Ich zuckte mit meinen Schultern. „Ach nichts."

Er drehte mich um, hob mein Kinn an, seine Augen musterten mich prüfend. „Das sieht mir nicht nach nichts aus."

„Ach Papa. Es kommt mir einfach alles so unwirklich vor."

Vater drückte mich an sich. „Das wird sich legen. Ich habe keine Ahnung, wie schwer es für dich ist. Ich wuchs mit diesem Wissen auf, kannte von Anfang an beide Seiten. Du hingegen hast in einer anderen Welt gelebt." Zärtlich strich er mir über den Kopf. Jemand räusperte sich an der Tür, wir schreckten auf.

Einer der Möbelpacker stand blass vor uns. Wir wussten, dass sie sich über uns wunderten. Manchmal nannte ich ihn Papa und das passte nicht. Auch beim Training beobachteten sie uns heimlich. Vater sah eben aus wie Anfang dreißig, denn nachdem er wieder erwachte, nahm sein Körper das Alter seines Todes an und nicht sein wahres Alter. Damit wirkte er zu jung, um Vater einer Erwachsenen zu sein und zu alt, um mein Freund darzustellen. Das irritierte die anderen und verleitete sie zu leisen Gesprächen.

Vater löste sich von mir. „Bin gleich zurück." Er deutete dem Herrn, dass sie sich draußen unterhalten würden. Dieser warf mir noch einen besorgten Blick zu, doch dann folgte er meinem Vater. Ich widmete mich dem Abendessen, schaute nach dem Gratin, deckte den Tisch. Der Möbelwagen fuhr weg, neugierig trat ich aus der Küche.

Die Räume des alten Hauses waren nicht groß. In dem Wohnzimmer befand sich ein kuscheliges, einfaches Ecksofa. Der Kamin bestach mit neuem Glanz. Ein Flachbildfernseher hing dekorativ an der Wand und nur ein altes Sideboard stand zusätzlich in dem Raum. In dem schmalen Flur hingen die schlichten Bilder, welche wir gefunden hatten. Das Arbeitszimmer erhielt ein weiteres Bücherregal. Der riesige Schreibtisch musste einem kleineren weichen. Dafür hing unser erster Fund direkt hinter diesem. Die Fenster ließen angenehmes Licht ein und der Schreibtisch stand so, dass man nicht geblendet werden konnte.

Kleine antike Schränke gemischt mit modernen Installationen schmückten das Badezimmer. Sogar dort hing ein Gemälde. Ein langer Spiegel mit silbernen Rahmen wurde zu einer Augenweide, er verlief horizontal oberhalb der beiden Waschbecken. In seinem Rahmen waren Blumenornamente eingearbeitet.

Mein neues Zimmer gestaltete sich moderner. Ein schlichtes, großes Bett aus Holz. Ein eingearbeiteter Kleiderschrank, welcher sich der Wand anpasste sowie eine Kommode auf welcher Familienbilder standen. Meine Mutter strahlte mich glücklich an. Das Hochzeitsfoto meiner Eltern, eines auf welchem wir zu dritt abgebildet wurden. Sogar eines von Noah besaß ich. Doch dieses lag verdeckt auf der Kommode, damit ich niemals vergaß, wer mir das angetan hatte.

In der Küche holte ich das Gratin aus dem Ofen. Wo war denn das Besteck hin? Ich stellte es auf der Anrichte ab, sah mich neugierig um. Geister gab es keine auf diesem Gut.

„Ich wollte draußen essen. Das Wetter ist einfach zu schön!" Vater stand an der Tür, wieder lächelte er mich glücklich an. Manchmal irritierte es mich, doch er hatte beschlossen, die Zeit mit seiner Tochter zu genießen. Nachdem er erwacht war, wir die anderen aus der Festung befreiten und den Entschluss fassten, zusammen ein Jahr zu verbringen, nahm er Abstand von seiner Wut. Er wünschte sich nur, dass es seiner Tochter gut ging und er mir all sein Wissen vermitteln durfte. Was ich zu gerne annahm, ich brauchte es ebenfalls. Ich wollte eine Familie und die bekam ich durch ihn.

Er nahm das Essen mit hinaus. Ich folgte ihm.

Sogar den Wunsch mit dem Pool erfüllte er mir. Diesen äußerte ich an unserem ersten Abend in dem Gut. Eigentlich meinte ich es nicht ganz ernst, doch er las mir jeden Wunsch von den Augen ab. Für mich war es etwas gewöhnungsbedürftig, da ich sonst immer für mich selbst sorgen musste.

Ein Pavillon stand direkt daneben. Den Pool konnte man verdecken, die Temperaturen wurden durch Solarprotektoren geregelt. Zusammen nahmen wir unter dem Pavillon Platz. Zwei Heizpilze sorgten für eine angenehme Wärme. „Nadja, sprich mit mir."

Gerade verteilte ich das Gratin auf die Teller. „Was soll ich denn sagen? Erst war mir alles so fremd. Die Schule, die Heime, die Familien und meine Ausbildung hatten mir etwas Frieden geschenkt. Und kaum glaubte ich zurechtzukommen, stürze ich in ein merkwürdiges Abenteuer." Noch immer hatte ich mit meiner Situation zu kämpfen.

Vater atmete tief durch. „Das wird schon … Leider muss ich dich etwas quälen." Entschuldigend sah er mich an. Er hob ein dickes Paket auf den Tisch. Neugierig beobachtete ich, wie er es mir zuschob. „Lernutensilien."

Zögernd öffnete ich das Paket. Das Gewicht war beachtlich und kaum hob ich den Deckel der Kiste hoch, entdeckte ich dicke, illustrierte Bücher. Kunstbücher um genau zu sein. Nach Zeitepochen und Stilen geordnet.

„Wir fahren morgen ab."

Entsetzt schaute ich zu Vater auf. „Nur eine Nacht in einem Bett?"

Er nahm einen Bissen seines Essens. „Tja, wir wollen dich nicht zu sehr verwöhnen."

Ich verdrehte meine Augen. „Ach komm schon, gib mir bitte eine Woche ohne Staub und Dreck."

„Nadja, stört es dich so sehr?" Darüber musste ich nicht lange nachdenken. Ich schüttelte meinen Kopf, aß genüsslich meinen Auflauf. „Siehst du? Ich weiß, dass du es auch für mich machst."

„Stimmt."

Nachdem ich mein Mahl verputzt hatte, lief ich nach oben. Wenigstens ein letztes Mal wollte ich im Pool schwimmen. Die Bücher packte ich auf mein Nachtschränkchen.

Ich schwamm ein paar Runden. Das Training der letzten Wochen machte sich bemerkbar. Zwar war ich nie unsportlich gewesen, hatte ständig meinen Ausgleich darin gesucht, und dennoch fühlte ich mich kräftiger, schneller, gelenkiger.

Vater meditierte, während ich schwamm. Eigentlich funktionierte es sehr harmonisch mit uns beiden. Wir ließen uns unsere Freiräume. Auch er war nicht gerade ein Mann der vielen Worte. Nur wenn es um meine Ausbildung und das Training ging, sprachen wir. Oder er stellte Fragen zu meiner Vergangenheit, was er aber in gesunden Dosen verpackte, damit ich keinen Zusammenbruch erlitt.

Seitdem ich mit Vater zusammenlebte, brach ich nicht mehr zusammen. Nur einmal zog ich mich wegen eines Arbeiters zurück, weil er mich seltsam angesehen hatte. Er beobachtete mich und tauchte plötzlich vor mir auf. Er wollte nach mir greifen, da geriet ich in Panik. Vater ging dazwischen. Es handelte sich letzten Endes um ein merkwürdiges Missverständnis. Der Arbeiter kannte meinen Namen, wollte mehr von mir erfahren, herausfinden, was mit dem Mann an meiner Seite los war. Er plante meine Geschichte gewinnbringend an die Presse zu verkaufen. Dies fand sein Chef heraus, anschließend kam der Mann nicht mehr.

Ich trocknete mich ab, duschte noch einmal warm im Badezimmer und schlüpfte in mein Bett. Es fühlte sich traumhaft an, einmal wieder auf einer kuscheligen Matratze liegen zu dürfen. Ich nahm das oberste Buch von dem Stapel, drehte mich auf den Bauch und betrachtete es.

Gotik, hieß der Titel. Kirchenbilder folgten, angeordnet nach Jahreszahlen sowie Malern. Es handelte von Farbgebung, Anordnung der Personen, Grund oder Auftrag der Malerei, deren Entstehung und wo man diese Werke finden konnte. Aufmerksam las ich die Dinge durch, bis mich Müdigkeit übermannte.

Kapitel 2

Auf dem Frühstückstisch lag eine Mappe. Vater reichte mir einen Kaffee und deutete auf diese. Neugierig betrachtete ich sie. Ein altes Herrenhaus war zu sehen. Es handelte sich um eine Zeichnung, nicht einmal ein Foto lag in der Akte. Das Haus wurde seit Jahrzehnten nicht mehr betreten. Vater kaufte es einer kleinen tschechischen Gemeinde ab. Der Preis war lächerlich. Irgendetwas stimmte mit dem Objekt nicht. „Es ist wunderschön. Wieso wollte es niemand?"

Vater seufzte leise. „Es soll ein Spukhaus sein." Erstaunt riss ich meine Augen auf. Bekam ich etwa wirklich endlich die Chance, mit einem Geist sprechen zu können? Abwechslung konnte ich dringend gebrauchen. Vielleicht half es mir aus meiner trübseligen Stimmung. „Freust du dich?" Vater schob mir eine Semmel hin, welche ich dankbar entgegennahm.

„Was meinst du, kann ich mit dem Geist reden?"

„Weiß nicht. Das finden wir heraus. Aber ich musste eine kleine Pension buchen. Es soll nicht bewohnbar sein." Ich strahlte Vater an. Endlich bekam ich wieder ein richtiges Bett, ein eigenes Zimmer und vor allem war es ein sauberer, trockener Raum, nur für mich. Ich musste zugeben, mich nun doch zu freuen.

Schnell rannte ich in mein Zimmer, packte alles Wichtige zusammen, die Bücher durfte ich nicht vergessen und machte mich auf den Weg nach unten.

„Nadja!"

„Ja?"

„Komm mal her!" Ich stellte den Koffer ab, lief seiner Stimme nach. Vater stand am Eingang des Hauses. Er hielt seinen Stift in der Hand. Neugierig betrachtete ich sein Handeln.

Er lächelte mich an, setzte den Stift auf das Holz und schrieb:

Das Haus im Verborgenen,
soll schützen vor Sorgen,
böse Gedanken hält es fern,
beschützen soll es seinen Herrn.

Das Haus leuchtete weiß auf. Ein magisches Feld umgab dieses. Sogar die Vögel schwiegen einen Augenblick. Ehrfürchtig betrachtete ich sein Werk.

„Besser als jede Alarmanlage!" Vater zwinkerte mir zu, holte unsere Koffer und trug sie zum Wagen. Für einen winzigen Moment leuchtete die weiße Lilie beim Verblassen der Schrift auf. Vaters Zeichen, das den Spruch endgültig besiegelte. Mit der Schrift verschwand sie. „Wie machst du es sichtbar?", rief er mir zu.

„Mit einem Tropfen Blut!"

Vater lächelte zufrieden. „Du fährst!"

Ich schloss die Tür hinter mir. Trotz des Zaubers sperrte ich besser ab.

Vater gab bereits die Adresse in das Navi ein. Es erklärte, dass unser Ziel auf einer unbefestigten Straße lag.

Vorsichtig, noch immer langsam, fuhr ich los. Vater wollte, dass ich mehr Fahrsicherheit gewann. Während der Fahrt las er in Unterlagen, notierte eifrig ein paar Dinge. Ich konzentrierte mich auf die Straßen. Wir fuhren an weitläufigen Feldern vorbei. Das Verdeck konnte ich endlich offen lassen. Ein angenehmer Wind ging sanft durch mein Haar. Waldgebiete lösten die Felder ab. Ein paar kleinere, abgelegene Ortschaften folgten. Dort wirkte es, als wäre die Zeit stehen geblieben. Die Häuser teils verfallen, winzige alte Gardinen hingen noch in den Fenstern. Rostige Autos und altes Metall stapelten sich in den Gärten. Hin und wieder entdeckte man Gemüsegärten oder riesige Obstbäume. Ich mochte es, da es nicht so perfekt, modern und hektisch wirkte.

In einer kleineren Stadt Namens Turnov hielten wir an. Vater führte mich zu einem kleineren Restaurant, er sprach immerhin ein paar Worte Tschechisch. Zum ersten Mal in meinem Leben bekam ich Böhmische Knödel sowie ein reichhaltiges, würziges Gulasch. Es schmeckte köstlich. Besser als jede Speise auf diesen edlen Veranstaltungen. Vor allem wurde man davon satt. Vater ging für einen Moment hinaus, während ich mir meinen Bauch rieb. Die neugierigen Blicke der Kellnerin entgingen mir nicht, jedoch machten die mir nichts mehr aus. Langsam gewöhnte ich mich daran, dass die Leute einen immer ansehen mussten.

Vater kam ein wenig verärgert zurück, während ich mir noch einen Kaffee bestellte. Auch eine seltsame Angewohnheit von mir, nach dem Essen einen Kaffee zu trinken. Angeblich machte man das in Italien so. Womöglich hing das in meinen Genen, denn Vater wuchs in Italien auf und seine Mutter war Italienerin. Er sprach nur wenig von seinen Eltern. Keine Ahnung, was mit denen war. Manchmal glaubte ich, dass sie tot waren, obwohl er gelegentlich so tat, als würde sein Vater noch existieren. Doch mir wäre das egal, da er sich nie um mich bemüht hatte. Sollte ich einen Großvater haben, dann wüsste er von meiner Vergangenheit und hätte mich aus den Heimen holen können.

Meine Gedanken behielt ich für mich, nicht einmal mit Vater sprach ich darüber. Aber angenommen, er würde noch leben, dann müsste er sich ebenfalls abgewandt haben, denn wir seien ja angeblich die letzten guten Wächter. Na gut, dann wollte ich nicht, dass er sich für mich interessierte. Oder er ist mit der Zeit verrückt geworden. Immerhin bei dieser Magiesache durchaus vorstellbar.

„Nadja?"

„Oh! … Ja, was sagtest du?"

Vater musterte mich. Manchmal versank ich so tief in meiner Gedankenwelt, dass ich nichts mehr mitbekam. „Wir müssen zurück nach Dresden." Ich riss meine Augen weit auf. Das freute mich riesig. Ich liebte die Burg, fühlte mich dort unglaublich wohl. Aber Vater atmete tief durch. „In ein paar Tagen treffen sich einige Wächter. Das passiert nur alle paar Jahre. Wir müssen dahin … Aber es wird verdammt gefährlich."

Geschockt betrachtete ich ihn. Mir gefiel die Sache absolut nicht. „Sie werden uns auseinandernehmen. Jetzt wissen sie von mir und ich habe überhaupt keine Ahnung von diesen ganzen Wächtersachen."

Vater legte seine Hand auf meine. „Nein, es gibt ein Abkommen, das dürfen sie nicht verletzen. Bei diesen Treffen darf jeder frei reden, keiner kann beeinflusst werden. Du wirst schon sehen."

Na so ganz traute ich dieser Geschichte nicht. Aber ich vertraute meinem Vater, also willigte ich ein, obwohl ich ja gar keine andere Wahl hatte.

Vater übernahm die Rechnung. Gemeinsam machten wir uns auf den Weg. Ihm gefiel die Situation nicht, das verstand ich. Wir wollten, brauchten Zeit füreinander. Nicht für irgendwelche machthungrigen Zauberer, die meinten, die Weltherrschaft an sich reißen zu wollen. Oder die Menschheit zu unterjochen. Das kann doch keinen Spaß machen. Ich verstand den Sinn nicht dahinter. „Wird Noah dabei sein?", erkundigte ich mich leise.

Vater seufzte. „Ja und sein Vater ebenfalls. Die Jäger sichern die Veranstaltung. Sie müssen den Wächtern folgen. Es ist ihr Schicksal."

Neugierig warf ich Vater einen Blick zu. „Hat das schon mal ein Wächter ausgenutzt?"

„Ja … Der Spanisch-Niederländische Krieg, auch Achtzigjähriger Krieg genannt. Das Volk lehnte sich fünfzehnhundertachtundsechzig gegen das spanische Herrscherhaus auf. Der König überzeugte die Jäger und konnte damit die ersten Aufstände niederschlagen. Dann aber kam es immer wieder zu Unruhen. Die Jäger ließen ihre Leben. Dadurch verloren sie das Vertrauen in die Wächter, in diejenigen, die sie anführen sollten. Aber sie sind dazu geboren, uns zu folgen, zu schützen und zu dienen. Ein richtiges Dilemma."

Ich bog auf einen Feldweg ab. „Wie ging es weiter?" Der Wagen wankte über die unebene Fahrbahn.

„Sechzehnhundertachtundvierzig erklärte Spanien der nördlichen Niederlande die Unabhängigkeit."

„Das ist doch gut. Dann haben die Menschen gewonnen!"

„Dabei starben aber so viele Bürger ... Nur die Rebellen im Norden haben gewonnen. Die anderen litten weiter." Ich schaute auf das zerfallene Haus, stoppte den Wagen und zog den Schlüssel ab. „Ich verstehe diese Kriege nicht. Was mache ich mit einem Land, das im Krieg lebt? Wenn Menschen sterben? Es ist sinnlos!"

„Nein, Nadja. Nicht für den, der den Krieg führt. Diese interessieren sich nicht für die Menschen. Sie wollen am Ende gewinnen. Außerdem bringen Kriege Geld. Waffen, der Handel, die Entwicklungen ..."

„Wie egoistisch!"

Vater lächelte mich lieb an. „Ja das ist es. Aber so sind die Menschen nun einmal." Ich schüttelte meinen Kopf. Leider führte mich das Gespräch nicht weiter.

Ich betrachtete erst einmal das Haus. Vater sah mich prüfend an. „Und, was sagst du?"

Staunend stieg ich aus, betrat den verwilderten Rasen. Wilde Blumen erblühten zwischen vertrockneten Halmen. Auf einer Lichtung, umgeben von Wald, stand das Herrenhaus. Rote Ziegel konnte man erahnen, aus deren Fugen Gras wuchs. Rosen kletterten an der Außenwand entlang. Auf dem Dach fehlten Ziegel, die Fenster zerbarsten vor Jahren, Stoffreste hingen an ihnen. Das Holz der Tür splitterte bereits, dennoch fand ich es atemberaubend schön.

Doch irgendetwas erzeugte eine leichte Gänsehaut, meine Nackenhaare stellten sich auf, als würde man ein bisschen frösteln. Ich sog den Duft des Waldes ein. An diesem warmen Tag bot er einen erfrischenden Schatten. Ohne es zu bemerken, ging ich auf das Haus zu. Die kleinen Erker und Türmchen ließen es wie aus einem Märchen wirken.

Vaters Hand legte sich auf meine Schulter. „Was sagst du?"

„Es ist wunderschön."

„Spürst du etwas?"

Noch immer kam ich nicht ganz mit dieser Magiesache klar, aber ich musste bei ihm über meinen Schatten springen. „Schon. Eine Gänsehaut. Es ist, als würde ich … würde ich auf etwas Kühles stoßen …"

Vaters Lächeln unterbrach mein Gestotter. „Sehr gut." Er reichte mir eine kleine silberne Kugel. „Vergiss deinen Stab nicht."

„Warum? Ich dachte, ich versuche es mit Reden?" Ich wollte keinen Geist erschlagen.

„Manche sind gefährlich und da solltest du wirklich aufpassen."

Ich zuckte gelassen mit meinen Schultern. „Es ist nur ein Geist. Der kann mir nichts."

„Täusch dich da mal nicht. Sie können sehr stark werden." Vater deutete auf die Tür, er ließ mich vor. Ich atmete entschlossen durch. Was sollte mir ein Gespenst schon tun? Bisher habe ich sie ja nur gesehen. Außerdem gab es da nur diese Gräfin und meinen Vater, mit denen ich gesprochen hatte.

Bereits auf der Veranda musste ich aufpassen. Einmal musste diese überdacht gewesen sein, denn die Reste lagen vermodert auf dem Boden. Die Steinstufen hielten mich. Trotzdem musste ich über das Holz steigen. Altes, vertrocknetes Laub sammelte sich in den Ecken der kleinen Terrasse. Ich konnte mir einen Schaukelstuhl vorstellen. Das hätte sicherlich toll ausgesehen.

Vorsichtig schob ich die Tür auf. Sie ließ sich erstaunlich leicht öffnen. Nur ein leises Knarzen ertönte, das die angenehme Stille durchbrach. Ein kalter Schauer lief mir über den Rücken. Ich fand mich in einem langen, schmalen, dunklen Flur wieder. Nur ein paar Lichtstrahlen schienen durch das Gebälk. Staub rieselte herab. Ich schaute nach oben. Das ganze Haus wirkte eigentlich eher abbruchreif. Durch eine kleine Lücke konnte man den Himmel entdecken, und dabei befand ich mich im Erdgeschoss. Angeblich besaß das Haus einmal drei Etagen plus Dachstuhl.

Mein Blick glitt nach unten. Die einst prächtigen Fliesen auf dem Boden konnte man nur erahnen. Ein paar Bruchstücke lagen herum. Ansonsten musste ich aufpassen, dass ich nicht einbrach. Ich stieß die Tür zu meiner Linken auf. Das musste einst ein Wohnzimmer gewesen sein. Ein seinerzeit prächtiger Kamin sowie die Reste von Möbeln erschienen. Ein Bild hing an der Wand. Ein Porträt eines furchtbar finsteren Herrn. Na hoffentlich wütete der nicht an diesem Ort.

Der Mann auf dem Bild trug ein Monokel vorm Auge, sein Blick sowie sein Schnauzbart ließen ihn wirklich streng wirken. Ein Orden, den ich nicht deuten konnte, hing an seinem Sakko … Oder wie auch immer man diese Oberteile damals nannte. Frack fiel mir ein, aber da konnte ich mich auch irren.

Ein Windhauch unterbrach mich. Hinter mir knallte die Tür zu und ich erschrak furchtbar. Die Kälte fuhr mir hinab in die Knochen. Meine Knie zitterten, mein Herz rutschte mir sonst wohin. Ich drehte mich langsam um. Erleichtert atmete ich durch. Ein kleiner Junge stand durchsichtig vor mir. Er trug schlichte schwarze Lederschuhe, eine Strumpfhose, eine kurze Hose sowie einen gestrickten Pulli. Sein helles Haar war zu einem Seitenscheitel gekämmt. Seine leeren Augen starrten mich an. „Ähm … Hi … also Hallo … Verstehst du mich?" Na toll, mein kleines bisschen Selbstvertrauen war im Eimer.

Der Junge legte seinen Kopf schief. Er musterte mich, beobachtete mich. Angestrengt dachte ich nach, allerdings saß der Schreck noch immer tief. Ich machte einen Schritt auf ihn zu, wollte in die Hocke gehen, doch plötzlich entstand ein Wirbel im Raum. Direkt zwischen uns tauchte eine Windhose auf, die immer stärker wurde. Der Junge öffnete seinen Mund, sein Gesicht verzog sich zu einer grauenvollen Grimasse, ein greller Schrei erklang. Der Wirbel rauschte auf mich zu, schleuderte mich in die Luft, bis ich gegen eine Wand knallte.

Die Tür ging auf. Vater erschien dahinter. Der Junge und die Windhose verschwanden spurlos. Vater kam auf mich zu. „Hast du dich verletzt?"

„Nein. Nicht wirklich. Da war ein Junge." Langsam rappelte ich mich wieder auf. Ich klopfte den Staub von meinen Sachen ab.

Vater sah sich gelassen um. „Mmmhhh, das Bild ist nicht übel."

„Was? Hallo? Ich wurde von einem kleinen Jungen herumgewirbelt! Hier ist mitten im Raum ein Tornado entstanden und hat mich von den Füßen gerissen!", gab ich empört ab.

„Ich sagte doch, dass du aufpassen sollst. Ich dachte schon, ich müsste dich heilen."

„Wusstest du es?!", schnaubte ich wütend, meine Stimme überschlug sich. Das konnte doch nicht wahr sein. Mein Vater musste seinen Verstand verloren haben!

„Nein, das weiß man nie. Aber wie gesagt, man muss ständig auf der Hut sein. So, dann suchen wir mal den Knaben." Vater spazierte gemütlich aus dem Raum. Von oben erklang ein kindliches Lachen. „Du wolltest doch Ablenkung!" Vater rief aus einem der anderen Räume.

Na gut, dann eben ein zweiter Versuch. Das konnte doch nicht so schwierig werden. „Gibt es einen Zauber? Damit ich ihn fangen kann?"

„Nein, nur Jäger benutzen Bannkreise. Wir machen es auf die alte Variante. Draufhauen und in Kugel sperren."

„Das klingt barbarisch. Kann man das nicht ausdiskutieren?" Vater schaute aus einer Tür heraus. Ich fand die Treppe nach oben. Skeptisch inspizierte ich diese, da sie wirklich einsturzgefährdet wirkte.

„Du kannst nicht von jedem Geist verlangen, dass er Deutsch versteht und sich freundlich mit dir ausspricht!", lachte Vater vergnügt. Na wenigstens einer von uns hatte Spaß. Ich griff an das Geländer. Es wackelte schrecklich. Doch die Blöße, auf allen Vieren hinaufzukrabbeln, wollte ich mir nicht geben.

Ich stellte meinen Fuß behutsam auf die unterste Stufe. „Hauptsache ich finde keine Leiche." Die Stufe trug mich. Achtsam versuchte ich es mit der zweiten.

„Nein, deshalb betritt keiner mehr das Haus. Sie fanden die Bewohner und den Jungen. Sie starben im ersten Weltkrieg, hatten sich hier verkrochen … Ich vermute, dass sie an einer Grippe gestorben sind … Die holten die Leichen raus. Bereits da spukte es …"

„Ahhhh!" Ich schrie auf, da eine Stufe nachgab. Mein Bein hing in der Luft.

„Ach Nadja, was machst du denn? Pass besser auf!"

„Papa! Das habe ich!"

„Jetzt weißt du, wozu das Training gut ist!" Er blieb noch immer erstaunlich gelassen.

Angestrengt zog ich mich hoch. „Du quälst mich doch mit Absicht!"

„Das gehört zur Ausbildung dazu!", lachte er.

Ich tastete mich weiter voran. Je höher ich kam, desto morscher waren die alten Stufen. Am Ende krabbelte ich doch nach oben, denn sonst wäre ich mit der ganzen Treppe hinuntergerauscht.

Oben angekommen wurde es heller. Ich balancierte über die dickeren Balken. Zwar gab es den Boden noch, doch der erschien mir weniger vertrauenswürdig. Die Türen standen offen, ein paar waren aus ihren Angeln gerissen. Sie mussten einmal weiß gewesen sein. Das erste Zimmer war wohl einst ein Bad gewesen, aber da konnte ich mir nicht absolut sicher sein. Beim zweiten fand ich ein großes Bett vor. Die Laken verwittert, das Holz durch die Gezeiten zerborsten.

Ein edler Schrank mit feinen Gravuren stand in einem Eck. Ein schlichtes Blumenbild hing an der Wand, das Motiv nur schwer erkennbar. „Was ist da oben?" Na wenn er es wissen wollte, könnte er auch hochkommen.

„Bild und Schrank!", schnaubte ich ein wenig genervt. Trotzdem fand ich es irgendwie toll, dies allein erkunden zu dürfen. Vielleicht sollte ich meinem Vater gegenüber etwas netter sein.

„GEHT!", kreischte es auf einmal.

Ich drehte mich im Kreis, aber der Junge war bereits wieder verschwunden. „Können wir reden?", versuchte ich.

Nachdem keine Antwort kam, begab ich mich zum nächsten Raum. Ein alter Ohrensessel stand darin. Ein riesiges Bücherregal offenbarte sich vor meinen Augen. Der Raum fühlte sich angenehm an. Ich strich den Staub vom Sessel, setzte mich hinein, er hielt zu meiner eigenen Überraschung. Den Raum ließ ich auf mich wirken. Ein wenig untypisch fand ich, dass die Bibliothek im ersten Stock lag. Einst musste sie riesig gewesen sein. Die Reste von Papier lagen auf dem Boden. Auf einem kleinen Beistelltisch lag ein Buch. *Jean Paul: Eine Reise-Biografie.* Den Namen des Schriftstellers konnte man nicht mehr erkennen, den Titel kannte ich nicht einmal.

„Nicht anfassen!" Plötzlich stand der Junge vor mir. Er funkelte mich wütend an.

„Hat dein Großvater daraus vorgelesen?" Doch kaum sprach ich meine Frage aus, stürzte er sich auf mich. Mitsamt dem Sessel fiel ich um. Wieder löste sich der Knabe auf. Ihm zuliebe ließ ich das Buch liegen. Den Sessel stellte ich auf, klopfte erneut meine Sachen ab.

„Hör auf zu spielen!", rief Vater nach oben.

Ich atmete tief durch. „Ich kann doch kein Kind schlagen!"

„Der ist schon tot!"

Ich verdrehte meine Augen. „Also, junger Mann. Entweder wir reden vernünftig miteinander oder ich muss dir wehtun!"

Ein lautes Lachen durchbrach die Stille. Wenigstens klang es wie ein Kinderlachen. Nur der Hall ließ es etwas unnatürlich wirken, was wohl an dieser Geisterdimension lag.

Ich schüttelte wegen meiner Gedanken den Kopf. Ich musste wirklich verrückt sein. Geister, Zauberei ... nur Vater blieb das Beste an meiner schrägen Geschichte.

Ich zog meinen Stab. „Erwache!"

„Na endlich!"

Ich kicherte über Vaters Bemerkung. Durch die fehlende Isolierung wurde das Haus absolut hellhörig.

Im Flur am Fenster stand der Junge. Erneut starrte er mich finster an. „Mein HAUS!"

Ich nahm meine Abwehrhaltung ein. Angeblich konnte der Stab Geister sowie Dämonen verletzen. Bisher hatte ich noch nicht die Chance, es zu versuchen. Plötzlich tauchte er direkt vor mir auf. Ich schrie, stolperte und ging erneut zu Boden. Das nervte.

„Nadja, wird das heute noch?"

Ich verdrehte bei Vaters Worten meine Augen. Das war nicht sein Ernst? Schnaubend stand ich auf, meine Kleidung war bereits voller Dreck. „Wie heißt du?" Ich hustete wegen des Staubs. Wenigstens ließ der Knabe mich nicht lange warten. Er erschien vor dem Treppenabgang. Ich umklammerte meinen Stab, brachte mich erneut in Stellung, nur dieses Mal griff ich an. Leider waren Geister verdammt schnell. Kurz vor der Treppe stoppte ich. Taumelnd verhinderte ich meinen Absturz. Ruckartig drehte ich mich um. Erneut stürzte er sich auf mich. Ich zog meinen Stab durch, spürte einen Widerstand und schon sauste mein Geist durch den Flur.

Ein Kreischen erklang. Wieder kam er auf mich zu. Sein Leib wurde durchsichtig, zog sich merkwürdig in die Länge. Ich stach fest zu. Es fühlte sich seltsam an, als würde ich einen echten Körper durchstoßen. Der Geist schrie barbarisch auf. Es klang wie ein sterbendes Tier. Ich zog zitternd meine Kugel, öffnete diese. Wie durch Zauberhand wurde er aufgesogen. Entsetzt starrte ich die Kugel an, sie wurde ein wenig warm. Die Sache gefiel mir gar nicht.

Ich schluchzte laut auf. Sollte das meine Zukunft sein? Mitleid, Trauer überfluteten mich. Auf dem Boden sackte ich weinend zusammen.

„Hey Kleines." Vater legte seine Arme um mich herum, zog mich auf seinen Schoß. Meine eigenen Gefühle übermannten mich. „Warum weinst du?" Er schien es wirklich nicht zu verstehen.

Ich brauchte etwas Zeit, um mich artikulieren zu können. Es dauerte, bis ich mich beruhigte. Es fühlte sich grausam an. Die Kugel lag neben mir. „Es fühlt sich an, als würde man töten."

Vater musterte mich fragend. „Nein, wir tun etwas Gutes. Ich zeige es dir, dann verstehst du es."

„Aber wenn er an diesem Haus hing, es beschützen wollte? Wieso müssen wir ihn dann erledigen?"

Vater seufzte leise, hauchte mir liebevoll einen Kuss auf meinen Haaransatz. „Die Toten haben hier nichts zu suchen. Ihre Seelen werden gebraucht, um wiedergeboren zu werden. Damit sie einen Neuanfang wagen können. Die

Erde gehört den Lebenden." Seine Worte ergaben zwar einen Sinn, trotzdem fiel es mir schwer, daran zu glauben.

Vater strich mir sanft über meinen Rücken. Seine Nähe gab mir den nötigen Halt, nach dem ich mich all die Jahre insgeheim sehnte. Erst in diesem Augenblick verstand ich richtig, was es bedeutet, bedingungslos gewollt, geliebt zu werden. Was es hieß, Eltern zu haben. „Kommt er zu seinen Eltern?" Vielleicht klang es naiv. Trotzdem fand ich den Gedanken tröstend, dass jemand auf den Jungen warten, ihn an dem unbekannten Ort empfangen würde.

„Ja, bestimmt wartet jemand auf ihn." Ich schaute zu Vater auf. Irgendwie bekam ich das Gefühl, dass er daran glauben wollte. Aber glauben hieß bekanntlich nicht wissen. Dennoch versuchte ich, es mir zu wünschen. Manchmal konnten ja Träume oder Wünsche wahr werden.

Wir lösten uns voneinander. Das Haus wurde von einer mystischen Stille ergriffen. Mein seltsames Gefühl verschwand, betreten sah ich mich um. Irgendwie kam es mir auf einmal viel friedlicher vor. Es war merkwürdig, nicht logisch begreifbar.

„Spürst du es?"

„Ja, seltsam", hauchte ich leise.

„Siehst du. So sollte es sein." Vater schenkte mir ein liebes Lächeln.

Anschließend durchkämmten wir den Rest des Hauses. In einigen Räumen fanden wir weitere Bilder. Geschirr folgte und in einem Kellerraum erschienen alte Fotos. Nur die wichtigsten Sachen nahmen wir mit. Klar kam ich mir vor wie ein Leichenfledderer, aber trotzdem machte es mir Spaß. Zumal wir in einem Kellerraum ein paar wirklich nette Werke fanden. Vater versprach mir, dass man diese Kunstwerke aufarbeiten würde. Er blieb entschlossen, mir alles beizubringen und da es mir gefiel, wollte ich so viel lernen wie nur möglich.

Wir trugen die Bilder zum Wagen, bedeckten sie mit Laken sowie Decken. Vater erklärte mir, dass wir sie mit nach Dresden nehmen würden, damit sie dort begutachtet sowie restauriert werden konnten. Insgesamt fanden wir acht Bilder. Die Ausbeute war nicht so groß wie bei dem polnischen Gut.

Vater erstellte Fotos von den Möbelstücken. Er meinte, dass er sie selbst gern restaurieren würde. Eigentlich konnte ich mir meinen Vater nur schwer als Tischler vorstellen. Aber wenn er Lust darauf hatte, würde ich ihn kaum hindern wollen.

Kapitel 3

Wir entschieden, doch noch zurück nach Dresden zu fahren. Vater telefonierte während der Fahrt. Immerhin konnte ich ihm die moderne Technik ein wenig vermitteln. Am Anfang tat er sich mit dem tastenlosen Display schwer, langsam gewöhnte er sich daran. Mit Computern kannte er sich ein bisschen aus, dennoch musste ich ihm auch da einiges erklären. Es fehlten ihm fast achtzehn Jahre technischer Fortschritt. Er besaß vorher nur ein Tastenhandy sowie einen alten Computer. Zwar gab es damals schon die ersten E-Mails, aber auch das durfte ich ihm beibringen. Dafür fehlte mir eine Kindheit, eine Jugend und die Geschichte mit den Wächtern ging mir noch immer nicht in den Kopf.

Während der Fahrt besprachen wir, dass wir das Herrenhaus wieder verkaufen würden. Ich konnte es nicht noch einmal betreten, denn dort würde mich alles an den Jungen erinnern. Für die alten Möbelstücke bestellte Orlovski einen Möbelpacker, welcher die Sachen herausholen sollte. Sogar das alte Sanierungskonzept existierte noch. Vater entschied, dass er dieses Haus ordentlich herrichten lassen würde, um es anschließend gewinnbringend zu verkaufen. Schließlich gab es genug Verrückte und reiche Menschen, die ein altes Gruselhaus besitzen wollten.

Zufrieden juchzte ich auf, als ich unsere Burg auf dem Hügel entdeckte. Noch immer schaute sie über das anliegende Dörfchen hinweg. Nur jetzt sahen der Rasen sowie das Grundstück gepflegt aus. Die Obstbäume blühten und der Gärtner musste einen kleinen Kräutergarten angelegt haben.

Vater strahlte mich glücklich an, nachdem er meine Augen sah. „Du liebst diese Burg", stellte er zufrieden fest.

„Oh ja und wie. Keine Ahnung, doch hier habe ich das erste Mal das Gefühl, zu Hause zu sein." Gelassen fuhr ich in unsere weitläufige Tiefgarage. Durch die unterirdischen Tunnel gelangten wir in unser Reich.

Walther und Hilde servierten uns ein köstliches Abendessen. Sie freuten sich sehr, dass wir wieder die Burg besuchten, ihnen sei sonst zu langweilig. Walther verkündete mir, dass sich unser neuer Gärtner gut machte. Wenigstens das hatte ich hinbekommen. Auch wenn er und Daniel mir damals zur Seite gestanden haben, traf ich die Personalentscheidung. Die beiden hatten mir vor einigen Wochen bei den Vorstellungsgesprächen geholfen, zeigten mir, worauf ich achten musste und was für Fragen sowie Forderungen ich stellen konnte.

Glücklich nahm ich das Abendessen ein. In der Burg überkam mich immer eine angenehme Ruhe. An keinem Ort der Welt fühlte ich mich so unglaublich sicher wie an diesem.

In dem polnischen Gut schien die Zeit stillgestanden zu sein, denn es fühlte sich an, als wäre ich Monate weggewesen. Selbst das letzte Eck war mittlerweile geputzt worden. Die Bibliothek erschien mir wesentlich heller als zuvor, was aber auch an der Sonne liegen könnte. Walther meinte, dass der Lichteinfall im Winter nicht so gut sei und im Sommer aller anders wirken würde.

Nach dem Essen zog ich mich zurück. Wieder las ich in den Kunstbüchern, versuchte so viel zu behalten wie nur möglich. Ich fand es richtig interessant, so viel über diese Dinge zu lernen. Zumal es dazu beitrug, mein Eigentum besser zu verstehen.

Vor einigen Tagen gab es einen Zeitungsartikel über mich. Orlovski ließ diesen Artikel an uns schicken. Die Presse beglückwünschte mich zu meinem Erbe, doch in den folgenden Zeilen meinten sie, dass ich es eh verschwenden würde. Die beachtliche Summe sowie die vielen Gegenstände seien nichts für ein Waisenkind, welches keinen Luxus kannte. Außerdem äußerte sich ein Adliger dazu, den ich nicht einmal kannte. Dieser behauptete, dass ich mich nicht eignen würde. Deshalb strengte ich mich noch mehr an, all die Dinge zu lernen und zu begreifen.

Mit einem der Bücher legte ich mich in die Badewanne. Obwohl ich wusste, wie kostspielig diese Werke waren, brauchte ich dringend dieses heiße Bad, denn in dem Gut konnte ich nur duschen oder im Pool schwimmen, da die Installationen gegen Ende unseres Aufenthaltes gemacht wurden.

Meine Knochen schmerzten noch von dem Geist. Die Kugel lag in meinem Wagen. Vater versprach, dass wir sie am nächsten Tag beseitigen würden. Der Geist beschäftigte mich noch immer. Der kleine Junge, welcher über Jahre hinweg allein, verzweifelt in dem Haus wütete. Ich stellte es mir grausam vor. Ich hoffte, dass es ihm dann im Himmel, oder wo auch immer er hinkam, besser gehen würde. Oder jemanden fand, der sich um ihn kümmerte.

Diese Gedanken lenkten mich von David ab. Er fehlte mir schrecklich und manchmal überlegte ich, ob er nicht eine Neue, eine Bessere, gefunden hatte. Meine Entscheidung bereute ich nicht. Trotzdem hätte ich gern herausgefunden, was aus uns geworden wäre. Wie weit unsere Liebe gegangen wäre oder ob es nur eine Schwärmerei war. Nein, für mich war es mehr gewesen. Mein Herzrasen, meine Schmetterlinge im Bauch konnten keine Einbildung gewesen sein. Aber was verstand ich denn schon von der Liebe? Die Geschichte mit der Puppe fiel mir ein. Vielleicht hielt er nur an einer Erinnerung fest und diese konnte ich ihm einfach nicht bieten. Doch eines wusste ich gewiss: Er war mit seinen Jägern so fest verbunden, dass ich einfach nicht genug Platz dazwischen fand. Hätte ich eine normale Kindheit gehabt, ein normales Leben, womöglich wäre es dann machbar gewesen. Aber so, in meiner Situation, bereute ich meine Entscheidung absolut nicht.

Nach meinem Bad kuschelte ich mich in mein Bett. Es roch nach frischem Weichspüler. Ich mochte es. Ich las noch ein wenig und schlief behütet ein.

Vollkommen ausgeschlafen stand ich auf, genehmigte mir noch eine heiße Dusche, genoss den einfachen Luxus. Mehr brauchte ich nicht. Ich fand vor einigen Wochen meinen Vater, kannte keine Geldsorgen, nur diese Blutsache und Magie erschien mir noch immer merkwürdig. Im Großen und Ganzen fühlte sich alles großartig an. Allein diese Burg machte mich glücklich.

Eifrig schlüpfte ich in meine Jeans, zog ein schlichtes Shirt an, Turnschuhe folgten. Zufrieden begab ich mich nach unten. Die Düfte von frischem Kaffee, Brot und Ei lockten mich ins Esszimmer.

Vater saß mit seiner Zeitung bereits am Esstisch. „Morgen Liebling", murmelte er gelassen. Ich huschte um ihn herum, küsste ihn auf die Wange und setzte mich an seine Seite. Vater schaute auf. „So gut gelaunt?"

„Ich habe einfach himmlisch geschlafen."

Vater faltete die Zeitung zusammen, legte sie ab. „War es schlimm für dich? Ich meine die alten Häuser?"

„Nein, absolut nicht. In dem Bett hier ist mein Schlaf nur viel erholsamer."

Vater schmunzelte über meine Worte. „Aber du sagst mir, wenn es dir nicht gefällt!"

„Natürlich!" Beherzt griff ich nach meinem Frühstück. Der Kaffee schmeckte köstlich wie auch das frische Brot. Ich mochte dieses Leben, selbst wenn David mir fehlte und ich vermutlich als ewige Jungfer enden würde. Aber einen Schritt nach dem anderen, immerhin bekam ich durch Vater so viel. In seiner Nähe heilten meine alten Wunden. Einen Freund würde ich schon irgendwann finden, alles brauchte seine Zeit. Ich bekam einen Teil Familie. Auch wenn meine Geschichte schräg, verwirrend, seltsam war, mochte ich diese Chance, welche mir mein Leben gab.

Nach dem Frühstück machten wir uns auf den Weg in die Stadt. Ich strahlte, nachdem ich die große Semperoper entdeckte. Vater fuhr in ein Parkhaus, welches etwas versteckt in einer Sackgasse lag. Er nahm die Kugel mit, da er bereits auf der Fahrt erklärte, dass wir zuerst den Knaben wegbringen würden.

Die Bilder mussten noch im Wagen warten. Wir gingen am Taschenbergpalais vorbei, dabei handelte es sich um luxuriöses Hotel. Davor versammelten sich viele Menschen. Vater meinte, dass ein Prominenter zu Gast sei, denn sonst würden nicht so viele herumstehen.

Ich schaute aufgeregt zum Zwinger. „Den zeige ich dir danach. Erst kümmern wir uns um unseren kleinen Freund."

„Meinst du nicht, dass es zu gefährlich ist? Ich meine, wenn er aus der Kugel kommt?"

Vater schüttelte seinen Kopf. „Nein, so schnell kommen die da nicht wieder raus."

Wir stoppten. Eine mittelalterliche Pferdekutsche rollte an uns vorbei. Der Kutscher beachtete uns nicht.

Vater legte seinen Arm um meine Schultern. „Wie hast du das als Kind gemacht? Ich meine, du musst sie doch gesehen haben?"

„Ja, habe ich. Aber ich dachte meine Fantasie würde mir einen Streich spielen."

„Bist du denn nie einem bösen Geist begegnet?"

„Nein. Nicht, dass ich wüsste." Wir gingen um die Hofkirche herum. Vater öffnete eine der großen schweren Holztüren. In der Kirche war es sehr ruhig. Ich schaute nach oben. Riesige Bögen ragten empor, alles wurde in Weiß gehalten. Ich verliebte mich umgehend in diese Kirche, da ich sie nicht so überladen fand, wie die, die ich zuvor besichtigt hatte. Die meisten Kirchen hingen nur so voller Gold, Bildern und Prunk. Doch dieses schlichte Gotteshaus raubte mir den Atem, nur an einer Empore gab es etwas Gold.

Vater ging mit mir den Mittelgang entlang. Er drehte sich um. „Schau, das ist die Hauptorgel. Gottfried Silbermann hat diese erbaut. Er war einer der bekanntesten Orgelbauer seiner Zeit. Er lebte Ende des siebzehnten bis Mitte achtzehntes Jahrhundert. Die Kirche entstand siebzehnhundertfünfundfünfzig nach Christus. Gewidmet ist sie der Dreifaltigkeit. Trinitatis, nennt man es auch. Wie dein Kleeblatt."

Ehrfurchtsvoll betrachtete ich die großen Pfeifen der Orgel. Die feinen Ornamente waren in Gold gehalten, schmückten diese prächtig. Vater führte mich zum Altar. Dahinter hing ein atemberaubendes Gemälde.

Er fuhr leise fort: „Das Bild zeigt die Himmelfahrt Jesus Christus. Gemalt wurde es vom Dresdner Hofmaler Anton Raphael Mengs."

Ich fand dieses Bild wunderschön. Jesus stieg in den Himmel empor, Engel standen ihm zur Seite. Oberhalb von ihm empfing ihn sein Vater und unten erstarrten die Leute ehrfürchtig. Sie schauten zu ihm auf. Dieses farbenprächtige Bild, umrandet von hellem Marmor. Nur der Rahmen vergoldet. Einfach fantastisch!

Leises Gemurmel riss uns aus den Gedanken. Wir sahen uns um. Ein paar Nonnen betraten die Kirche, sie erschienen durch einen Seiteneingang. Vater verneigte sich tief vor ihnen, ich knickste verwirrt. Er ging zu einer der Damen, flüsterte ihr etwas ins Ohr. Diese sprach leise mit den anderen und schon verschwanden sie in alle Himmelsrichtungen. „Sie sorgen dafür, dass wir keine ungebetenen Gäste bekommen." Neugierig schaute ich Vater an. Dieser griff nach meiner Hand, zog mich zu dem Altar. Er holte eine Nadel aus seiner Tasche, pikte sich in den Finger. „Eines unserer ältesten sowie wichtigsten Geheimnisse." Liebevoll lächelte er mich an.

Mit seinem Blut strich er an den Rand des Altars. Ein leichtes Beben erklang. Der Altar bewegte sich. Mit einem Kratzen öffnete sich dieser, eine schmale Steintreppe erschien darunter. Vater zog die Kugel heraus, deutete mir leise zu sein und zog mich mit hinunter. Ein winziger Gang folgte. Es ging nicht weit hinab. Gerade so, dass man stehen konnte. Nach etwa fünf Metern blieben wir stehen, Vater leuchtete mit einer winzigen Taschenlampe. Eine steinerne Wand befand sich vor uns. Wir konnten nicht einmal richtig nebeneinanderstehen. Ich blickte an ihm vorbei, an der Wand war nur eine Einkerbung. Vater löste einen Stein, rotes Licht schimmerte uns entgegen. Vorsichtig zog er die Kugel heraus und öffnete diese. Der Junge schrie, und das Loch, das rote Licht, sog ihn auf.

Geübt schob er den Stein wieder in die Einkerbung. Er scheuchte mich zurück. Oben angekommen, begab sich der Altar wieder in seine ursprüngliche Position. Vater führte mich zu den Kirchenbänken. Er sah mich an. „Das funktioniert bei allen Altären, egal zu welcher Religion sie gehören. Das ist die Verbindung zur Unterwelt. Von da aus geht ihre Reise weiter."

Ich riss entsetzt meine Augen auf. „Wie? Wir haben ihn in die Hölle geschickt?"

„Schhhht …!" Oh, ich sprach zu laut. „Das entscheidet sich noch. Unsere Legenden besagen, dass dort bestimmt wird, wo er hinkommt. Nach unserem Ableben gehen die meisten direkt nach oben. Aber andere hält hier etwas fest. Weil wir kaum den Himmel öffnen können, bleibt dies die einzige Möglichkeit." Vater sprach sanft auf mich ein. Dennoch fand ich das ziemlich befremdlich. Er strich mir lieb über meinen Arm. „Nadja, ich weiß. Es ist schwer für dich. Glaubst du an Gott?"

Ich zuckte mit meinen Schultern. „Na ja, ich lebte in einem katholischen Heim. Das war schön. Die Frauen kümmerten sich um uns. Dort war es friedlich, die Gebete störten mich nie. Ich empfand es eher so, als würden sie mir eine Geschichte vorlesen."

Vater hauchte mir einen Kuss auf meinen Haaransatz. „Der Glaube könnte helfen, all das zu verstehen."

„Mmmhhh, aber wo war er, als es mir schlecht ging? Wieso lässt er dann all das Grauen zu?"

Vater schaute zum Altar. „Wenn deine Kinder Fehler machen, dann hoffst du, dass sie daraus lernen. Sich dadurch weiterentwickeln. Er kann nicht auf jeden Einzelnen blicken. Außerdem bin ich davon überzeugt, dass die

Menschen manchmal Schlechtes erleben müssen, um daraus wachsen zu können."

Ich legte meinen Kopf an seine Schulter. Seine Worte klangen einleuchtend. Ich fand es schön, wie geduldig er mit mir umging, wie viel Zeit er sich für solche kleinen Momente nahm.

Die Nonnen kamen zurück. Sie setzten sich auf die Bänke, beteten schweigend. Wir blieben noch ein bisschen sitzen. Die Stille des Ortes ging auf mich über. Kirchen und Burgen mochte ich schon immer. Diese Ruhe, welche die Orte ausstrahlten, diese alten Gemäuer, welche bereits so viel erlebt hatten. Irgendwie tröstete es mich, dass es Dinge gab, die scheinbar ewig existieren konnten. Gebäude, Bilder, Bücher, all diese Dinge gaben einem das Gefühl, unsterblich zu sein. Zumindest würden die Menschen, die Erbauer, Erfinder, Künstler niemals vergessen werden.

Vater zog mich mit sich. Kaum verließen wir diesen Ort, fiel mir die Lautstärke der Menschen auf. Überall liefen Touristen herum, Menschen saßen in kleinen Gruppen, andere eilten zu einem mir unbekannten Ziel. Vater aber führte mich zum Zwinger. „Ich war mit David hier." Als ich es aussprach, schmerzte es in meiner Brust.

„Ja, wegen der Gemäldegalerie. Du wolltest doch hindurch gehen." Wir erreichten den Park innerhalb des Zwingers. In den Brunnen sprühten Fontänen nach oben. Das Wasser glitzerte herrlich. Menschen versammelten sich vor dem Ausgang. Sie alle schauten nach oben, Vater führte mich zwischen diese. Der Zeiger einer Uhr klickte leise auf die Zwölf. Winzige kleine Glöckchen ließen eine Melodie erklingen. „Sie sind aus Meißner Porzellan", hauchte Vater an mein Ohr. Ich kam mir vor, als wäre ich noch einmal Kind und könnte das alles mit meinem Vater erleben.

Nach diesem atemberaubenden Schauspiel begaben wir uns in die Galerie. „Jetzt musst du übernehmen. Wir wollen die Bilder restaurieren lassen. Versuche selbstbewusst zu bleiben."

Ein wenig nervös machte mich das schon. Dennoch behielt er recht, da ich wohl kaum erzählen konnte, dass er mein Vater war. Außerdem meinte unser Anwalt, dass Vater sich noch immer bedeckt halten sollte. Wir durften keine Aufmerksamkeit erregen.

Die Dame an der Kasse schaute flüchtig auf: „Das macht dann … Zwei Erwachsene …"

„Entschuldigen Sie, aber ich wollte mit Ihrem Chef sprechen", versuchte ich freundlich.

„Haben Sie einen Termin? Da kann ja jeder kommen", sprach sie in typisch sächsischem Dialekt.

„Nein. Aber ich bin …"

„Mir egal, wer Sie sind." Doch dann sah sie mich an. Ihr Gesicht wurde auf einmal ziemlich rot. „Oh verd… entschuldigen Sie!" Sie sprang auf und rannte weg. Vater lachte leise an meiner Seite.

Sie kam mit einem älteren Herrn zurück. Dieser trug einen edlen Anzug und wirkte etwas ungehalten. „Frau von Hoym." Mit festem Händedruck begrüßte er mich. Vater schenkte er keine Aufmerksamkeit. „Ich muss Ihnen erklären, dass ich mich gerade in einem Meeting befinde. Was kann ich für Sie tun?"

„Oh, ich wollte nicht stören. Es handelt sich nur um ein paar Kunstwerke, die ich fand. Gerne vereinbare ich einen Termin." Immerhin half mir meine Ausbildung einmal mehr, da ich dort auch oft mit wichtigen Personen sprechen musste. Bevor die Geschichte mit meinem Erbe anfing, habe ich eine Ausbildung zur Rechtsanwaltsgehilfin gemacht. Diese schloss ich erfolgreich ab.

„Um was für Werke handelt es sich?"

Schnell legte ich mir eine passende Geschichte zurecht. Vor allem, da der Herr wirklich kurz angebunden wirkte. „Ich versuche gerade ein wenig über meine Eltern herauszufinden. Also kaufte ich die letzten Objekte, die mein Vater einst erwerben wollte. Nun, da fand ich einige Stücke."

Der Herr riss erstaunt seine Augen auf. „In Ordnung. Meine Kollegin kommt gleich und wird mit Ihnen alles besprechen. Wo befinden sich die Werke?"

„In meinem Auto." Ups, das klang dann doch nicht so professionell.

Sein entsetzter Blick ließ mich zusammenschrumpfen. Er hob bedrohlich seinen Finger. „Das macht man nicht mit Kunst! Wir haben dafür eine Abteilung, die sich darum kümmert. Sollten Sie noch einmal Bilder finden, dann rufen Sie an! Wir veranlassen alles Weitere."

Unschuldig blinzelte ich. Er strich sich gestresst übers Kinn, schüttelte seinen Kopf und verabschiedete sich. Schnaufend drehte er sich um und stapfte zurück.

„Wie kann ich helfen?" Eine Dame mittleren Alters kam auf mich zu. Sie lächelte mich freundlich an. Ihr kurzer Bob sowie ihre kaufmännische Kleidung ließen sie selbstbewusst erscheinen. Verlegen kratzte ich mich am Kopf. Ja, das sollte man eigentlich nicht tun, aber die Situation verunsicherte mich.

„Ähm … ich … wir haben Bilder gefunden und ich … wollte wissen, was ich damit mache." Wo war das Loch im Boden, wenn man es brauchte?

„Frau von Hoym, folgen Sie mir bitte." Sie lächelte mich freundlich an, betreten ging ich ihr nach. Sie führte uns in einen Bereich, in dem Besucher nichts zu suchen hatten. Es roch nach Farben, ein wenig Chemie und überall standen Kunstwerke herum. Einige in Verpackungen, andere nur abgehängt. „Hier restaurieren wir die Bilder. Auch gewertet werden sie hier. Schauen Sie! Das ist eigentlich kein besonderes Bild. Aber wir fanden heraus, dass es vierhundert Jahre alt ist und von einem unbekannten Maler stammt. Dann fingen wir an, Recherchen anzustellen." Sie zog eine Plane ab. Ich schaute auf ein wunderschönes Stillleben. Ein Tisch mit Obst versehen. Im Hintergrund tauchte ein Kreuz auf.

„Woran erkennt man das Alter?", erkundigte ich mich schüchtern.

„Wir entnehmen Proben der Farben. An ihrer Beschaffenheit können wir das Alter erkennen. Für Laien ist es oft schwierig, aber nach einiger Zeit bekommt man ein Auge dafür." Sie deutete auf einen anderen Bereich. Gespannt folgte ich ihr. „Sehen Sie, hier werden sie aufbereitet. Die Farben wiederhergestellt, Teile ausgebessert. Da hinten restaurieren wir die Rahmen. Nicht immer ist es möglich, dann ersetzen wir sie." Es sah aus, als würde ich mich in einer Werkstatt für Künstler befinden. Es war sehr sauber und dennoch herrschte ein bisschen Chaos. Ich fühlte mich wohl in diesem Raum. „Ihr Begleiter und ich holen die Bilder. Sie dürfen sich gern umsehen. Mögen Sie einen Kaffee?"

„Oh ja gerne." Sie verschwand in ein anderes Zimmer.

„Gefällt es dir?" Vater Augen funkelten mich liebevoll an.

„Ja, ich bin total beeindruckt … Entschuldige mein Gestotter."

„Ist schon gut. Du hast sie doch bereits verzaubert. Ich bekam keinen Kaffee angeboten." Er zwinkerte mir zu.

Die Dame unterbrach uns. Sie reichte mir mein Lieblingsgetränk und machte sich mit Vater auf den Weg zum Auto. Ich schlich an den Bildern entlang. Es war wundervoll zu erkennen, wie sie sich veränderten. Ein sehr altes stand in einem Eck, wartete auf seine Wiederbelebung. Andere erschienen bereits in neuem Glanz. Bei manchen konnte ich nur einen Teil sehen, da sie verdeckt waren.

In einer verborgenen Nische entdeckte ich ein grauenvolles Bild. Es zeigte einen Engel, der zu Boden fiel. Seine Flügel brannten, sein Gesicht verzerrt. Ein Stern leuchtete an seiner Seite, der Himmel wirkte, als würde er sich verschließen, nachdem er ihn ausgespuckt hatte.

„Gefällt es dir?" Ich schreckte auf.

Sein eisiger Blick erzeugte eine Gänsehaut auf meinen Armen. Noah, der Leibhaftige, sah hinter mir auf das Bild. In einem dunkelgrauen Anzug stand er bei mir, musterte mich mit starrem Blick. Seine dunklen Augen schienen Maß von mir zu nehmen. Mein Herz schlug aufgeregt. Langsam kam er näher an mich heran. „Der Fall Luzifers. Der Engel, der sich gegen seinen Vater auflehnte." Sein Blick wanderte gelassen zwischen mir und dem Bild hin und her. Seine Hände steckten lässig in seinen Hosentaschen. Er schaute zu mir. Sein Blick fesselte mich förmlich. „Es ist schön, dass du wieder da bist." Ich schluckte. Ein dicker Kloß bildete sich in meinem Hals. Er lehnte sich leicht zu mir. „Mmmhhh du riechst gut."

Spielte er mit mir? Was sollte das werden? „Noah. Ich werde mich nicht mit dir treffen!", spie ich zitternd aus, denn bei unserem ersten Treffen wollte er mich unbedingt sehen.

Er betrachtete mich. „Das wirst du ... damit du verstehen lernst."

Ich vergrößerte den Abstand zwischen uns und stellte meine Tasse ab. „Du hast mir meine Eltern genommen, mein Leben! Hast du eine Ahnung, was mit mir geschehen ist?"

„Nein, Nadja, woher sollte ich das wissen?"

„Du hast sie auf dem Ge..."

Noah war mit einem Satz bei mir, drehte mich herum und legte seine Hand fest auf meinen Mund. „Schht. Da kommt jemand." Er zog mich noch tiefer in das verborgene Eck. Schritte erklangen. Ich zappelte unter seinem starken Griff,

wollte nicht, dass er mich berührte. Eine tiefe Stimme erklang. Durch das Regal erkannte ich den Herrn vom Mu-
seum sowie Noahs Vater. Die beiden sprachen über irgendein Bild.

„Sei leise! Er führt etwas im Schilde und wir sollten
wirklich miteinander reden."

Ich hörte auf, mich gegen ihn zu wehren. Vater würde eh
gleich auftauchen. Mein Herz schlug panisch. Auf einmal
tauchten die Bilder meiner Vergangenheit auf. All meine
finsteren Erinnerungen überrollten mich. Ich bekam keine
Luft mehr, eine Panikattacke bahnte sich an. Noah lockerte
seinen Griff. Mir wurde schwarz vor Augen, alles drehte
sich. „Nadja? … Nadja?" Seine Stimme entfernte sich immer weiter von mir, bis ich umkippte. „Nadja!" Noah befand sich noch immer bei mir.

Ein graues Licht hüllte mich ein.

„Nein! Du hast nicht etwa gezaubert?", stammelte ich
und rieb mir über die Augen.

Noah schaute mich entschuldigend an. „Du hattest eine
Panikattacke!" Hinter uns stritten zwei Herren. Sie schrien
sich regelrecht an. Auf allen Vieren robbte ich zum Regal.
Ich beobachtete, wie sich Herr Manteuffel und Vater Vorwürfe an die Köpfe knallten.

„Ich muss dir einiges erzählen, damit du es verstehen
kannst."

Ich schnaubte. „Du hast meine Eltern getötet! Es ändert
nichts!" Noah seufzte neben mir. Ich stand auf, strich

meine Sachen sauber. „Rühr mich nicht noch einmal an!",
zischte ich.

Er sah mich unglaublich traurig an, trotzdem schüttelte
ich meinen Kopf. „Frag nach seinen Eltern!", knurrte
Noah.

Ich ignorierte seine Worte und begab mich zu Vater. Sicherlich wollte er mich nur in die Irre führen.

Noah ging mir nach. Kaum entdeckten uns die beiden,
wurde Vater blass und Herr von Manteuffel grinste siegessicher. Das konnte ich jedoch nicht nachvollziehen, denn
sicherlich würde ich mich nicht auf Noah einlassen. Er kam
einem Feind sehr nahe. Ich empfand nur Abscheu für ihn.

Die Dame stand nervös im Raum. Sie starrte entsetzt
meinen Vater an. „Was habt ihr beide getan?", kam eisig
von Vater.

Noah drängte sich dazwischen. „Es ist meine Schuld. Sie
schaute sich nur die Bilder an und ich habe sie aufgehal-
ten." Vater musterte mich. Mir verschlug es die Sprache.
Noah ging zu der Dame, ein Ring funkelte an seiner rechten Hand. Er öffnete diesen mit seinem Daumen, eine
kleine Spitze erschien. Die Dame wimmerte, sie stand so
sehr unter Schock, dass sie nicht wegrennen konnte. „Schhhht ... Ich tue Ihnen nicht weh." Er drückte seinen Daumen gegen ihre Stirn.

„Was du gesehen, war nie geschehen. Vergessen die letzten Minuten, damit wir dir nicht mehr zumuten." Ein
graues Licht ergriff sie. Sein Blut löste sich auf. Die Dame
sackte zusammen. Er fing sie noch im letzten Moment auf.

„Nadja?" Vater sah mich prüfend an.

„Alles in Ordnung", gab ich verstört ab.

Noah kümmerte sich um die Frau. Sie wachte umgehend wieder auf. „Was ist passiert?"

Vater mischte sich ein. „Wir kamen soeben rein und Sie wurden ohnmächtig." In diesem Augenblick fragte ich mich, wie tief diese Verbindungen untereinander durch die Wächtergeheimnisse sein mussten, wenn er sogar für seine Feinde log.

„Noah, wir gehen besser." Herr von Manteuffel machte sich zum Ausgang auf. Noah erhob sich.

Vater bemühte sich um die Dame. „Kommst du klar?" Verwirrt nickte ich ihm zu. Ich verspürte nicht das Bedürfnis, mit ihm darüber zu reden.

Vater flüsterte der Dame etwas zu. Diese beruhigte sich allmählich. Ich wartete ab, denn irgendwie kam ich mir vollkommen fehl am Platz vor. Was wollte Noah? Wieso warnte er mich vor Vater? Oder stimmte etwas an der ganzen Geschichte nicht? Ich erinnerte mich an diesen Traum, besser gesagt die Rückführung, in der Noah meine Eltern tötete. Damals erschien er so furchterregend. Davon spürte ich nichts mehr. Aber dann fiel mir ein, wie ich mich bei der Erweckung erinnerte. Wie er mich immer wieder versuchte zu töten. Nur den Sinn dahinter erkannte ich nicht.

Vater wusste damals nichts von Noahs Zeichen. Dieses stellte sich erst später heraus. Angestrengt grübelte ich über die Geschehnisse nach. Wieso versuchte Noah mich zu töten? Nachdenklich kaute ich auf meiner Unterlippe herum. Es musste für all das einen Grund geben, nur leider erschloss sich mir dieser nicht.

Die Dame ging schwankend hinaus. Ich stand noch immer wie gelähmt herum. Vater kam auf mich zu. „Nadja? Alles in Ordnung?"

„Nein", hauchte ich, da nichts in Ordnung war. Ich verstand die Welt nicht mehr. Kaum ging es mir etwas besser, stürzte wieder alles auf mich herein. Ich fühlte mich restlos überfordert.

Ich fand den Ausgang. Direkt im Park des Zwingers kam ich raus. Dort setzte ich mich an einen der Brunnen, starrte das Wasser an, welches selig vor sich hin glitzerte.

„Komm, wir fahren nach Hause." Vater legte seine Hand auf meine Schulter. Erschrocken zuckte ich zusammen. Er musterte mich besorgt, dennoch drängte er mich nicht. Sogar das Fahren übernahm er.

Kapitel 4

Am Abend zog ich mich in den Wächterraum zurück. Dort fühlte ich mich geborgen, beschützt. Keiner konnte einen überfallen oder einem den Mund zu halten. Noch immer lief es mir kalt den Rücken runter, wenn ich an Noah dachte. Wieso versuchte man mich zu töten? Nachdenklich schlich ich an den Tagebüchern entlang. Sehr alte und etwas neuere standen aufgereiht nebeneinander. Vaters sowie meines erschienen als letzte. Seltsam aber fand ich, dass es keines von Mutter oder meinen Großeltern gab. Wenn Mutter eine Wächterin war, wieso existierte ihres nicht? Noch einmal suchte ich die Reihen ab. Vaters Worten nach müssten auch die meiner Großeltern vorhanden sein. Nichts, absolut kein Buch von Verwandten.

Ein kleines fiel mir auf, dieses zog ich hinaus. *Viktoria von Hoym*. Das Buch seiner Schwester. Eine Sonnenblume befand sich auf dem Einband, sie sah schön aus. Ich griff nach einem der moderneren Bücher. *Symbolik der Pflanzen*.

Neugierig suchte ich nach der Sonnenblume. Sie stand für Fröhlichkeit, Wärme und Zuversicht. Mit Viktorias Buch begab ich mich in den dunklen Raum. Den Raum, in welchem ich mein Ritual empfing. Ich zündete die Fackeln an, setzte mich an die kalte Steinwand und schlug es ehrfürchtig auf. Sie hatte eine sehr filigrane Handschrift. Sogar die Seiten dufteten leicht nach Flieder. Das gefiel mir. Meine rochen nur nach Papier.

Fein säuberlich schrieb sie in ihr Buch:

Viktoria

November 1986

Nachdem ich mein Ritual empfing, bekam ich dieses Buch. Das Ritual war grausam. Meine Blume brennt noch immer und trotzdem bin ich stolz darauf, es empfangen zu dürfen. Annabelle empfing es einen Tag nach mir. Sie weinte die ganze Nacht, doch ich weinte nicht. Christian und Vater sahen mich so glücklich an, dass es den Schmerz vergehen ließ.

Vater meinte, dass ich eine gute Ehefrau abgeben würde. Das möchte ich auch werden, da ich das Kämpfen nicht mag und mich insgeheim vor den Geistern fürchte. Ach, wenn er mich nur besser verstehen würde. Denn meine Wahl würde weder meinem Bruder noch meinem Vater gefallen. Ich mag Lorenz, mein Herz schlägt höher, sobald er den Raum betritt. Lorenz Manteuffel. Wie es sich anfühlen würde, seinen Namen als den meinen tragen zu dürfen? Wie es wäre, in seinen Armen liegen zu können? Annabelle schwärmt für Christian. Ich sehe es ihr an. Immer wenn sie ihn sieht, leuchten ihre Augen. Sie kann ihren Blick nicht von ihm abwenden. Aber Lorenz würde keiner verstehen. Ich mag seine stolze, strenge Art. Wie unnahbar er wirkt. Zu gerne wäre ich die Frau an seiner Seite.

Ich blätterte ein paar Seiten weiter. Viel hatte sie nicht hinterlassen. Aber wieso sagte Vater, dass Herr Manteuffel sie gegen ihren Willen genommen hatte? Das stimmte nicht. Sie musste sich in ihn verliebt haben. Warum erzählte Vater so etwas? Ich verstand es nicht. Vor allem schrieb sie über ihren Vater. Von seiner Mutter kein Wort. Aber lebte der noch? Oder brachte man ihn ebenfalls um? Wieso verheimlichte mir Vater, dass seine Schwester auch eine Wächterin war? Von Mutter wusste ich es.

Anstatt Antworten, fand ich nur viele weitere Fragen. Ich schaute an die Decke, zog mit meinem Blick die Steine nach.

Die nächsten Seiten überflog ich. Sie traf sich heimlich mit Lorenz, verfiel ihm immer mehr, sogar ihre Jungfräulichkeit schenkte sie ihm. Doch zwischen den Zeilen las ich heraus, dass sie sich vor ihrem Vater fürchtete. Auch vor Lorenz bekam sie Angst, da er sich nicht zu ihr bekennen wollte. In einem der letzten Einträge schrieb sie, dass Leben in ihr heranwuchs und sie sich versteckte.

Viktoria

August 1988
Mein Bauch wird immer runder. Das kleine Wesen in mir wächst zu schnell. Ich kann es kaum noch vor Vater verstecken. Christian bekennt sich zu Annabelle, sie sind so ein schönes Paar. Aber Lorenz will in die alte Heimat aufbrechen. Es sieht so aus, als würden wir bald unsere alten Schlösser und Burgen zurückbekommen. Die alten politischen Reibereien scheinen zu enden. Die DDR löst sich hoffentlich friedlich auf, aber die Situation bleibt angespannt. Was mache ich nun mit diesem kleinen Wesen in

mir? Es wird im kommenden Jahr geboren werden. Lorenz scheint es nicht zu interessieren, doch ich liebe beide. Vater darf es nicht bemerken.

Oft überlege ich einfach abzuhauen, wegzulaufen. Aber was kann ich diesem Baby bieten? Wohin soll ich mit ihm?

Na gut, Manteuffel war ein Arsch. Immerhin ließ er sie im Stich, aber er vergewaltigte sie nicht. Obwohl es die Geschichte nicht besser machte. Noch immer fragte ich mich, wieso Vater sich nicht gekümmert hatte, es nicht mitbekam. Aber der war wohl mit seinem eigenen Leben beschäftigt. Sollte ich mal sein Buch lesen? Oder ging das dann doch zu weit? Ich fühlte mich bereits schäbig, da ich in Dingen herumschnüffelte, die mich nichts angingen.

In den letzten Seiten erkannte ich, wie sehr sie ihre Schwangerschaft mitnahm. Wie überfordert sie sich fühlte, bis sie keinen Sinn mehr sah. Die Sehnsucht nach ihrem Liebsten. Die strengen Blicke ihres Vaters, die Vorwürfe, die er ihr machte. Ihr einredete, wie dumm sie doch sei. All das überforderte sie restlos. Vater hatte sich ständig auf Reisen befunden. Annabelle durfte sogar mit, aber Viktoria blieb allein bei ihrem unbeugsamen Vater. Der letzte Eintrag klang furchtbar.

Viktoria

Oktober 1989
Mit Noah durfte ich endlich Christian besuchen. Deshalb lasse ich das Buch auch hier. Es existiert nur dieses eine,

denn ich bin unwichtig. Nicht gut genug, damit unsere Nachkommen aus meiner Geschichte lernen könnten. Noah ist mein einziger Schatz. Ich traf Lorenz in Dresden. Er hielt einen Moment lang seinen Sohn im Arm, aber mit mir sprach er nicht. Nur ihn sah er zufrieden an, als wäre es auch sein Geschenk.

Er versprach mir, dass er sich um Noah kümmern würde. Aber wer sorgte für mich? Wer liebte mich? Keiner und da ich es nicht wert bin, werde ich meinem Sohn eine bessere Chance geben. Bestimmt würde sich Lorenz seinem Sohn annehmen. Denn ich bringe es nicht fertig, ihm Noah einfach zu überlassen. Mein Egoismus kennt keine Grenzen.

Deshalb bereite ich meinem Leben ein Ende.

Es tut mir leid, dass ich so wertlos bin. Dass ich keine Geister mag und mich vor ihnen fürchte. Mein Leben ergibt keinen Sinn. Sagt Noah, dass ich ihn aus tiefstem Herzen geliebt habe. Wie auch seinen Vater.

Ein Brief rutschte aus dem hinteren Teil des Buches. *Für Noah* stand darauf. Diesen steckte ich ein. Sollte ich ihn Noah geben? Es änderte nichts daran, dass er meine Eltern tötete. Aber gab es einen Zauberspruch, der ihn hätte beeinflussen können? Doch wenn er es wüsste, würde er es ändern? Könnte ich so einfach diesen Mist beenden?

Wo stand Vater? Ich vertraute ihm mit ganzem Herzen. Konnte ich meiner eigenen Intuition Glauben schenken?

Langsam machte ich mich auf. Immerhin gab es bald Abendessen. Den Brief behielt ich bei mir. Das Buch schob ich zurück in das Regal.

Oben ging ich direkt ins Esszimmer. Die Tür zur Bibliothek stand offen. Vorsichtig schaute ich hinein, Vater saß hinter seinem Schreibtisch. Tief in seinen Unterlagen versunken, las er etwas. „Vater? Es gibt Essen."

Er sah flüchtig auf. „Setz dich mal bitte hin." Oh, hoffentlich war er nicht wütend. Ich nahm auf dem Sessel Platz. Vater seufzte leise. „Ich möchte dir sagen, dass du mit mir über alles reden kannst. Seit der Begegnung mit Noah ziehst du dich zurück. Ich weiß nicht, was er gemacht hat, aber du solltest mit mir sprechen."

Ich brauchte einen Augenblick und sortierte meine Gedanken. Das alles war einfach zu verwirrend. Sollte ich ihn auf Viktorias Tagebuch ansprechen? Oder auf seinen Vater? Wenn ich nichts sagte, würde es einen Keil zwischen uns treiben. Hoffentlich rastete er nicht aus, denn damit käme ich nicht zurecht. Ich schluckte meine Ängste hinunter. „Ich habe mir das Bild mit Luzifer angesehen. Plötzlich stand Noah hinter mir, wollte mit mir reden. Doch dann unterbrachen uns Herr Manteuffel und ein Mitarbeiter. Noah zog mich ins Eck, hielt mir den Mund zu. Ich bekam eine Panikattacke. Er hat mich schnell zurückgeholt."

Während ich sprach, spannte sich Vater immer mehr an. Er rang um seine Selbstbeherrschung. Mir gefiel das nicht. „Hat er irgendetwas gesagt?" Seine Stimme klang gepresst.

„Ja, ich solle dich nach deinem Vater fragen. Du musst nicht mit mir darüber reden. Ich vertraue dir." Nun stammelte ich auch noch. Ach, das war zum Davonlaufen. Wieder einmal stand ich mir selbst im Weg.

Vater erhob sich, er deutete zum Esszimmer. Verunsichert folgte ich ihm, gemeinsam setzten wir uns. Vater reichte mir die Klöße, welche Hilde aufgetischt hatte. Rouladen mit Blumenkohl gab es. Den mochte ich so gerne.

Er setzte leise an: „Vater war ein sehr schwieriger Mensch. Ich habe keinen Kontakt zu ihm. Er interessiert sich nur für sich selbst. Mutter starb früh und er nahm sich ständig Frauen."

„Lebt er noch?"

Er zuckte mit seinen Schultern. Er wirkte sehr verletzt, wenn er von seinem Vater sprach.

Ich erfuhr, dass mein Großvater gegen die Verbindung zwischen Vater und Mutter war. Mutter kam aus einer verarmten Familie, schien nicht gut genug zu sein. Außerdem verloren sie durch die Heirat ihre Titel, damit fiel sie aus dem Adel, nur ihre Gabe brachte sie zurück. Ihre Eltern verstarben über die Jahre, sie waren nur einfache Sterbliche. Manchmal überging die Natur die Linien. Immerhin wären Mutters Eltern nun auch über achtzig Jahre. Sie mussten in der Zeit meiner Kindheit verstorben sein, da Vater bereits Orlovski danach fragte. Ich erfuhr, dass sie in Frankreich gelebt hatten. Sie besaßen nicht die Mittel oder Möglichkeiten, um mich aus der staatlichen Fürsorge zu holen. Außerdem waren sie damals bereits zu alt. Ich fand es schade, ändern konnte ich es nicht.

Wir sprachen lange darüber. Ich erkannte Schmerz in Vaters Augen. Nach der Geschichte mit seiner Schwester traute ich mich nicht zu fragen, da alles ihn zu sehr mitnahm. Ich wollte meinen Vater nicht leiden sehen, das brachte ich nicht übers Herz.

Es tat gut, dass er offen mit mir darüber sprach. Dass er nicht wütend wurde und nicht schlecht über Noah herzog.

Im Bett liegend ging mir die Situation nicht aus dem Kopf. Ich erinnerte mich an eine Nonne aus einem der Heime. Sie sagte einmal, dass Zweifel die Saat des Bösen seien. Wollte Noah mich nur von Vater fernhalten? Natürlich, denn so wäre ich angreifbarer, lenkbarer. Nur schwer fand ich in den Schlaf. Ich träumte von seltsamen Machtkämpfen. Gut, dass Wächter keine Laserschwerter besaßen.

Beim Frühstück schockte mich Vater. Er reichte mir einen Umschlag, in dem sich mein neuestes Projekt befand. Ich sollte noch einmal eine Fahrschule besuchen, um meinen Motorradführerschein zu bekommen. Außerdem fuhr ich ihm zu langsam Auto. Er erhoffte sich, dass ich damit etwas mutiger werden würde. Ich fand es schrecklich. Allein die Vorstellung, dass ich kein schützendes Metall um mich hatte, machte mir Angst.

Zu meinem Leidwesen ging es noch am selben Tag los. Es handelte sich um einen Crashkurs. Innerhalb von zwei Wochen sollte ich diesen blöden Führerschein machen. Ich saß noch nie in meinem Leben auf einem solchen Gefährt. Reitunterricht wäre mir sogar lieber gewesen, wobei ich mich vor großen Tieren fürchtete. Vater schmunzelte über meine Reaktion, ich fand da absolut nichts Witziges dran.

Bereits nach dem Frühstück fuhren wir in die Stadt. Vater setzte mich an der Fahrschule ab, da ich Theorieunterricht bekam.

Zu meinem Erstaunen handelte es sich um eine Fahrschullehrerin. Eine nette hübsche Dame empfing mich, übergab mir meine Lernutensilien und erklärte mir gelassen alle Regeln. Na das fiel mir nicht schwer, immerhin besaß ich ja meinen Führerschein bereits. Dank Adrian. Er fehlte mir wie auch die beiden Zwillinge. Aber irgendwie musste das wohl so sein.

Nach drei Stunden langweiliger Theorie durfte ich Mittagessen gehen, was sich als schwieriger als gedacht herausstellte. Denn in dem Teil der Stadt kannte ich mich nicht aus. Ein paar Bürogebäude reihten sich aneinander, dahinter standen schlichte Häuser. Ich fand ein Café, in welches ich mich setzte. Ich grübelte über den Brief nach. Dass Noah mit Vorsicht zu genießen war, blieb mir bewusst. Trotzdem gehörte der Brief ihm. Vielleicht sollte ich ihn anrufen? Ich suchte in meiner Brieftasche. Seine Karte befand sich noch immer darin. Zögernd schaute ich auf mein Handy. Sollte ich es wagen? Meine Unsicherheit überwog. Lieber trank ich meinen Kaffee, aß meine Wiener und machte mich auf den Rückweg.

Die Dame empfing mich vor dem Gebäude. „Fahrstunde!", trällerte sie zufrieden. Ich riss entsetzt meine Augen auf. Sie lachte darüber. Ich fand es noch immer nicht lustig.

Sie führte mich zu einer silbernen Maschine. Eine BMW und verdammt groß. Was ist, wenn ich umfiel? Dann wäre ich hinüber, und müsste das nicht wiederholen. Freundlich erklärte sie mir, wo sich alles an diesem Ungetüm befand. Wie man das Gas betätigte, schaltete, und viele andere Details. Noch immer geschockt, ließ ich es über mich ergehen. Aufgeregt schlug mein Herz, nachdem sie mir den Helm gab. Ich schluckte meine Panik hinunter, setzte ihn auf, anschließend mich auf die Maschine. Ich sollte nur ein paar Meter fahren.

Doch bevor die Maschine losfuhr, gab sie einen Ruck ab und verstummte. Ich hatte zu sehr am Gas gedreht und sie damit zum Erliegen gebracht. Die Dame versuchte mich zu motivieren. Beim zweiten Anlauf rollte ich los. Siehe da, es klappte. Bis zur Kurve, dort kam ich ins Straucheln. Doch ich hielt die Maschine und rollte langsam zurück. Zitternd stieg ich ab.

Kapitel 5

Die nächsten beiden Tage verfluchte ich meinen Vater. Das Motorradfahren sagte mir überhaupt nicht zu, es war schlimmer als das Training auf der Burg. Meine Knochen schmerzten von meiner letzten Trainingseinheit und das Motorrad machte mir noch immer Angst, obwohl ich bisher noch nicht einmal umgefallen bin. Dafür schlich ich über die Straßen. Meine Fahrlehrerin versuchte mich anzutreiben, was nicht funktionierte. Jedes Mal stieg ich schlotternd ab und freute mich, wieder Boden unter den Füßen zu spüren. Ich bekam eine sonderliche Zuneigung für rote Ampeln, an denen konnte ich wenigstens stehen bleiben.

Am Abend stand das große Treffen der Wächter an. Walther holte mich von der Fahrschule ab. Darüber war ich wirklich froh, denn mit meinen weichen Knien konnte ich selbst nicht mehr fahren.

Zu Hause duschte ich mich, zog mir ein schlichtes Kostüm an. Vater bestand darauf, dass meine Schuhe nicht zu hoch ausfielen. Obwohl er eigentlich immer wieder betonte, dass es nicht gefährlich sei.

Vater ließ sich einen Bart stehen, damit man ihn nicht gleich erkannte. Es sah gut aus, ein leichter Flaum überzog sein Gesicht. Immerhin entsprach er damit der derzeitigen Mode, obwohl es ihm selbst nicht zusagte.

Wir fuhren nach Leipzig. Mir fiel ein, dass auch die Jäger sich dort vor ein paar Wochen treffen wollten. Damals dachten sie, dass sie uns ausliefern könnten. Meine Gedanken machten mich nervös, Vater schwieg angespannt.

Vor uns erhob sich das imposante Bauwerk. Mächtig ragte sich das Völkerschlachtdenkmal empor. Vater lenkte mich ab. Er erzählte, dass dieses Denkmal zu einem der größten Europas gehörte. Es wurde neunzehnhundertdreizehn eröffnet und erstreckte sich auf über einundneunzig Metern Höhe. Ich fand es etwas zu statisch, zu grob, zu steif. Es passte eher in die moderne Zeit. Sogar die Figuren wirkten erdrückend. Wir hielten auf einem Parkplatz, ein angelegter See trennte uns noch von dem Denkmal.

Vater deutete auf ein paar Schatten. „Die Jäger." Überall standen Leute. Ich zog mir meinen Wächtermantel über, den ich von Vater nach meiner Erweckung erhielt. Mein Kleeblatt, mein persönliches Symbol, leuchtete förmlich im Dunkeln. Gemeinsam stiegen wir aus, schritten an dem See entlang.

Die Schalter für die Touristen waren nicht mehr besetzt. Das Denkmal wurde hell beleuchtet, der Souvenir- sowie Kartenshop versanken in der Dunkelheit. „Egal was ist. Du weichst nicht von meiner Seite", hauchte Vater mir leise zu.

„Nichts anderes hatte ich vor." Ein kalter Schauer lief mir über den Rücken. Wir stiegen die breiten Steinstufen hinauf. Immer wieder erschien ein Jäger. Sie verneigten sich ehrfürchtig, sobald wir vorbeikamen. Sie gaben keinen Laut von sich. Am Eingang wachte ein gigantischer Ritter. In Stein gehauen stand er über der winzig wirkenden Öffnung.

„Die Krypta der Toten", flüsterte Vater. Schweigend folgte ich ihm. Fackeln beleuchteten den Raum. Um uns herum versank alles in tiefster Finsternis. Nur die steinernen Soldaten, welche ihre Augen ehrfurchtsvoll geschlossen hatten, befanden sich bei uns. Zwischen ihnen verschwanden immer wieder Stufen in die Dunkelheit. Mir gefiel die Sache nicht. Es jagte mir eine Heidenangst ein, zumal ich die Anwesenheit anderer spürte.

„Christian!" Über uns erklang eine hallende Stimme. Gleichzeitig schauten wir nach oben. Den Kerl kannte ich nicht, um ihn herum versammelten sich weitere dunkle Gestalten. „Auferstanden von den Toten. Wie kann das sein?" Ich konnte den Mann durch seinen Umhang nicht einmal erkennen.

„Zu Unrecht gestorben. Mein Kind gepeinigt. Wie kann das sein?" Vater klang ebenso finster wie der Herr. Ah ja, na wenigstens mussten wir uns niemandem unterordnen.

„Immer noch ein vorlautes Mundwerk. Hast du denn nichts gelernt?"

Vater zögerte einen Moment. Er schaute hinauf. „Lorenz, ich kenne den Unterschied noch immer. Es ändert nichts an eurer Niederträchtigkeit, eurer Verlogenheit und eurem Hang zur Habgier." Auf einmal erschienen überall Wächter. Aus den dunklen Gängen tauchten sie paarweise auf. Auch bei Lorenz versammelten sich welche. Nervös schaute ich mich um.

„Sie ist noch keine von uns! Sie wurde nicht aufgenommen!", rief einer aus den Reihen. Vater schaute mich entschuldigend an. Was sollte das jetzt werden?

Einer kam auf mich zu. Er lüftete seine Kapuze. Natürlich musste es gleich mein Freund Lorenz von Manteuffel sein. „Fünf Tage wirst du bei einem anderen leben. Fünf Tage darfst du dir eine Wächterfamilie ansehen, um deine Ausbildung zu vervollständigen. Danach musst du dich entscheiden. Eine letzte Zeremonie wartet auf dich. Das Bemächtigungsritual endet mit der Unterwerfung der Jäger."

„Was?" Nein. Weder brauchte ich eine neue Herberge noch eine andere Familie. Die Pflegefamilien reichten mir. Da konnte ich nirgendwo anders hin. Hilfe suchend schaute ich zu Vater. Dieser stand kreidebleich an meiner Seite. „Mach was dagegen!"

„Ich kann nicht." Schuldbewusst sah er mich an, Tränen standen ihm in den Augen.

„Zu welcher Familie bist du damals hin? Oder hast du dieses Ritual nicht absolviert?" Er musste es doch gewusst haben! Wieso hatte er es mir nicht gesagt? Auch bei Viktoria hatte ich nichts über ein Bemächtigungsritual in dem Tagebuch gelesen.

„Ich war damals bei Baltasar", kam angespannt von Vater. „Der war nett!" Ich machte einen Schritt zurück. Vater sah mich verzweifelt an.

Herr Manteuffel baute sich vor mir auf. „Du musst da durch. Fünf Tage, an denen du etwas anderes kennenlernen wirst. Fünf Tage, in denen du viel lernen kannst."

Ich schüttelte panisch meinen Kopf. „Nein … Nein! Das könnt ihr mir nicht antun." Erneut tauchten die Schatten meiner Vergangenheit auf. Eine weitere Panikattacke rollte auf mich zu. Meine Atmung kam nur noch gepresst. „Vergesst es!" Ich wollte davonrennen, doch Vater versperrte mir den Weg. „Das kannst du mir nicht zumuten."

„Ich weiß, Nadja, es tut mir leid. Aber das gehört dazu."

„Warum hast du mich nicht gewarnt?"

Manteuffel mischte sich ein: „Weil es das größte Geheimnis der Wächter ist. Über alles führen wir Buch, nur über diese Tage nicht. Ursprünglich war es ein Monat. Wir kürzten es vor knapp achtzig Jahren."

Ach, wie beruhigend. „Kann ich meine Zeit bei Pflegefamilien anrechnen lassen? Ich würde dann gerne nach Hause!", gab ich zitternd ab.

Herr von Manteuffel musterte mich skeptisch. „Nein!" Vater legte seine Hand auf meine Schulter.

Ich drehte mich zu ihm. „Was passiert, wenn wir gehen?" Meine Stimme bebte bereits vor Angst.

„Dann wirst du verbannt und lebst ein einsames Leben."

„Na, das ist doch was."

„Nein, Nadja, dann dürfen wir uns nicht einmal mehr sehen."

„Wer will uns daran hindern?"

„Die Magie. Sie verfluchen dich."

Ich riss entsetzt meine Augen auf. Kaum gewöhnte ich mich an diesen Mist, schon stürzten sie mich ins Chaos. „Aber was ist, wenn man mir wieder wehtut?" Damit gestand ich meine größte Angst.

„Dir wird nichts passieren. Ich verspreche es. Aber ein paar Aufgaben gehören dazu." Sogar Herr Manteuffel sprach nett auf mich ein. Das hätte ich ihm nicht zugetraut.

„Was ist mit meinen Fahrschulstunden?" Vielleicht kam ich so aus der Nummer raus. Auch wenn ich sie hasste, wurden sogar die mir gerade lieb.

„Auch dafür sorgen wir. Du kannst sie weiternehmen", sprach er freundlich.

Ich kaute auf meiner Unterlippe herum. Fünf Tage. Fünf verdammte Tage. Noch einmal schaute ich zu Vater. Dem gefiel die Sache ebenso wenig. Ich atmete tief durch. „Ja und nun? Also vereinbaren wir einen Termin?"

Manteuffel ging um mich herum. „Zieh deinen Mantel aus. Die Tasche legst du auf den Boden." Brav folgte ich seinen Anweisungen. Hauptsache meine restlichen Sachen durfte ich anbehalten. Nackt würde ich bestimmt nicht her-umhüpfen. „Die Jacke", forderte er mich auf. Ich schluckte, doch auch die zog ich aus. „Du darfst nun wäh-len. Wer soll dich begleiten? Wähle klug, denn du brauchst jemanden, der an deiner Seite bleibt, jemanden, auf den du dich verlassen kannst."

„Ich bin am Ar…"

„Schweig!" Ich zuckte zusammen. Aber wenn ich keinen erkannte, dann konnte ich wohl kaum wählen. Manteuffel hob seine Hand. Gleichzeitig schoben alle ihre Kapuzen hinunter. Na gut. Da stand die schrille alte Dame von der Geburtstagsparty auf Schloss Moritzburg. Einen anderen erkannte ich. Das war der, der auf der Feier auf Französisch mit mir gesprochen hatte. Noah befand sich unter ihnen. Er schaute streng in meine Richtung. Gott, sollte ich mich wirklich für den Mörder meiner Eltern entscheiden? Ach herrje, ich saß mächtig in der Patsche. Manteuffel? Nein, oh nein, das ging nicht. Wie ein gefährliches Tier umkreiste er mich. „Wähle!"

Bloß keinen Druck erzeugen. Ich schaute hinauf. Matthäus stand da oben, neben ihm eine ältere Dame. Wenn wir Aufgaben bekommen würden, dann bekäme der noch einen Herzinfarkt. Also das ging nicht.

„Noah", hauchte ich kaum hörbar. Vater gab einen erstickten Laut ab. Ich warf ihm einen finsteren Blick zu, denn immerhin hatte er mich ja in diese Situation gebracht. Noah trat auf mich zu. Im Gehen ließ er seinen Mantel hinabgleiten. Eigentlich sah das richtig elegant aus.

„Kniet nieder!" Ich runzelte bei Manteuffels Worten meine Stirn. Noah stellte sich vor mich hin und ging umgehend in die Knie. Ich schnaubte, folgte ihm dennoch. Er blickte mich sanft an, aber ich wusste, wie gefährlich er sein konnte. Bestimmt würde er mich nicht um seine Finger wickeln können. Nur fünf verdammte Tage, die musste ich irgendwie überstehen.

Vater legte seine Hände auf meine Schultern, Herr Manteuffel tat es bei seinem Sohn gleich. Ein Dritter kam mit einer Schüssel an. „Noah, schwöre zu schweigen und zu hüten die Geheimnisse von Nadja. Du wirst alles sehen, all ihre Erfahrungen teilen und für sie sorgen. Solltest du jemals dein Schweigen brechen, so wirst auch du in ewiger Verdammnis enden. Wir nehmen dir sogar deine Gaben."

Noah warf mir einen entschlossenen Blick zu. „Ich schwöre bei meinem Leben, meinem Leben als Mensch sowie als Wächter."

Vater erhob das Wort: „Nadja, du wirst über diese fünf Tage kein Wort fallen lassen. Über das, was du siehst, was du erfährst, was geschieht. Ansonsten droht dir die ewige Verbannung sowie der Verlust deiner Gaben." Angespannt schluckte ich. Tausende Fragen fielen mir ein. Was ist, wenn er mir doch etwas antat? „Er wird dir nichts tun. Sollte er dir irgendein Leid zufügen, dann darfst du es uns sagen. Alles andere bleibt geheim", flüsterte Vater mir zu.

Ich atmete tief durch. Ich fand die Geschichte wirklich mies. „Ich schwöre bei meinem Leben, meinem Leben als Mensch sowie als Wächter", wiederholte ich Noahs Worte. Der andere Herr stellte die Schüssel zwischen uns.

Vater hockte sich zu mir. Der Duft von Kräutern drang aus der Schale. „Er wird dein Leben sehen." Vater griff lieb nach meiner Hand. Ein leichter Stich folgte. Ein Tropfen meines Blutes fiel in die Schale.

In dem Augenblick tat mir Noah leid. „Was passiert mit ihm?" Eigentlich sollte ich nicht reden, aber das ging einfach nicht.

„Er wird in der Zeit deine Wunden tragen, deine alten Narben." Entsetzt starrte ich Vater an. Ich schüttelte heftig mit meinem Kopf.

„Schhht. Nadja, ich habe es ebenfalls entschieden. Ich hätte ablehnen können", sprach Noah leise.

Ich schaute ihn an. „Dann zieh dein Hemd aus. Es wird hässlich." Tränen brannten in meinen Augen. Etwas huschte über Noahs Blick. Bekam er doch Angst? Oder sorgte er sich um mich? Nein, beides passte nicht zu ihm. Er zog sein Hemd aus.

Ich wusste, dass es gleich schlimm für ihn werden würde. Wenigstens musste ich da nicht durch. Ich rutschte an ihn heran, keine Ahnung, warum ich das tat. Wahrscheinlich weil ich befürchtete, dass er zusammenbrechen würde.

Herr Manteuffel überreichte seinem Sohn die Schale. Er nahm sie bedächtig an sich. Jemand murmelte leise Worte, welche ich nicht verstand. Noah trank einen tiefen Schluck aus der Schüssel. Sein Vater nahm ihm diese ab.

Sein Blick haftete starr auf mir. Klar, die Geburt war nicht so schlimm. Dann aber folgte er selbst, meine Eltern, die Zwillinge. Sogar die Liebe, die ich für sie empfand, entdeckte ich in seinen Augen. Plötzlich trat Blut aus seiner Brust. „Das warst du." Trotzdem zog ich mein Shirt aus, drückte es gegen die stark blutende Verletzung. Noah keuchte leise auf. Ein Stöhnen folgte mit den kleinen Verbrennungen. Ich zählte mit. Achtzehn waren es gewesen. Noah schwitzte, sein Körper spannte sich an. Sein Arm brach. Die Wunden veränderten sich, wie im Zeitraffer bildeten sich die Narben. Die Verletzungen kamen, heilten umgehend und hinterließen ihre Spuren. Ich griff nach seinem Gesicht. Seine Augen verzerrten sich durch die Schmerzen. Er zwang sich, mich anzusehen.

„Wird noch besser", gab ich leicht zynisch ab. Immerhin war es fair, dass er mein Leid erfahren durfte. Dass er sah, was er angerichtet hatte. Ich legte meine Stirn an seine. In dem Moment schrie er laut auf. Ich schaute über seine Schulter. Langsam brannte sich der Stoff des Nachthemds ein. Ich erinnerte mich an den Gestank meiner brennenden

Haare, an die Schmerzen. Noah sackte zusammen. Sein Vater warf mir seltsame Blicke zu, aber die ignorierte ich. Sogar die Beobachter schnaubten entsetzt.

„Da kommt noch was." Ich hielt Noah, damit er nicht vollkommen zusammenfiel. Er wurde immer dünner, ich spürte seine Rippen. Blutergüsse tauchten auf, die von der Arbeit auf dem Bauernhof stammten. Der Schnitt am Arm, welcher mich ins Krankenhaus brachte, erschien. Der war nicht so schlimm, nur fast hätte ich eine Blutvergiftung davongetragen. Noah schrie am Ende auf. Vermutlich sah er meine Erweckung oder die seelischen Sachen wegen Vater. Was auch immer. Dennoch schrie er aus Leibeskräften und sackte anschließend zusammen.

Nur schwer wurde er wieder wach. „Eigentlich tut es mir sogar leid. Aber du hast es verdient", flüsterte ich an seiner Seite. Es tröstete mich, dass er nun alles wusste. Auch wenn es seltsam klang, bei ihm tat es gut zu wissen, dass er das Leid, das er verursacht hatte, zu spüren bekam.

Noah schaute mich an. Tränen standen ihm in den Augen, trotzdem sprach er nicht. Sein Vater legte ihm seinen Umhang um. Wir erhoben uns langsam. „Jäger!" Vater und Herr Manteuffel riefen sie gemeinsam. Die Pforten öffneten sich. Von überall strömten die Jäger herein. Sie trugen ebenfalls Umhänge, nur dass sie grau, statt schwarz waren. Sie versammelten sich auf den Ebenen des Denkmals, blickten auf uns hinab. „Die beiden werden eure Opfer! Sie bekommen zwei Tage, danach habt ihr drei Tage, um sie zu prüfen. Herauszufinden, ob sie sich eurer bemächtigen dürfen. Ob sie euch führen können!"

Ich riss meine Augen auf, doch Vater deutete mir zu schweigen. Ich hätte gerne etwas dazu gesagt. Aber nein, wieder einmal durfte ich nicht. Noah legte seinen Arm um mich. Vater drückte mich flüchtig. „Geht. Genießt die Ruhe."

„Wir beide ha...!" Noah schob mich raus. Ich war wirklich sauer. Nicht einmal der kühle Wind beruhigte meine Nerven. Noah übergab mir meinen Füller. Meine Tasche musste ich wohl zurücklassen. „Ich hab nichts zum Anziehen!"

„Wir sorgen für alles. Könntest du bitte fahren?", presste er leise hervor. Ich warf ihm einen prüfenden Blick zu. Wir begaben uns zu den Fahrzeugen. „Wir nehmen deinen. Dein Vater kann bei jemandem mitfahren."

„Bist du dir sicher?" Noah nickte mir erschöpft zu. Ihn musste die Sache ziemlich mitgenommen haben. Aber das hatte er verdient. Ich schloss meinen Wagen auf. Er setzte sich auf den Beifahrersitz. „Wo geht die Reise hin?"

„Nach Dresden"

„Ich komme nicht mit auf die Festung. Da stinkt es zu sehr."

Noah verdrehte seine Augen. „Mit deiner Ansage bei der Verkaufsveranstaltung für Gemälde hast du uns reichlich Ärger beschert. Sie kamen mit Durchsuchungsbefehlen. Wir haben die Dämonen zurück in die Hölle verfrachtet."

Auch das verdienten sie. Ich startete den Motor. Noah gab die Adresse ein und schon fuhren wir über die Autobahn. Er lehnte sich müde zurück. „Fahr etwas schneller, sonst musst du mich ins Bett tragen."

„Ich fahre eben vorsichtig. Immerhin verlor ich meine Eltern bei einem Autounfall."

Noah schnaubte leise. „Ist dir schon mal in den Sinn gekommen, dass ich unter Einfluss gestanden haben könnte?"

Ich dachte über seine Worte nach. Mir kam es schon die ganze Zeit über seltsam vor. Welcher Achtjährige könnte so grausam sein? Dennoch wollte ich meine Gedanken nicht preisgeben. „Nehmen wir einmal an, man hätte dich hypnotisiert oder verzaubert. Was auch immer. Du musstest spätestens bei deiner Erweckung davon erfahren haben. Also hattest du eine Chance zu wählen und trotzdem bist du bei deinem Vater geblieben."

„Können wir das auf morgen vertagen? Ich bin echt fertig." Noah warf mir einen bittenden Blick zu. Ich schaltete das Radio an und setzte meine Fahrt fort.

Nach fast zwei Stunden erreichten wir die Festung Königstein. Dunkel ragte sie empor. Noah blieb wach. Er zeigte mir einen Weg, wie man mit dem Wagen hinaufkam. Obwohl es teilweise sehr steil nach oben ging, schaffte ich es. Zufrieden hielt ich vor einem der Häuser an. „Wo schlafe ich?" Beim Aussteigen schnupperte ich. Die Luft roch wirklich nicht nach Dämonen.

Noah führte mich zu einem größeren Gebäude. Dort öffnete er die Tür. Wir stiegen die schmalen Stufen hinauf, bis wir in einem unglaublich modernen Wohnbereich landeten. Helle Möbel in diesen fantastischen gewölbten Räumen, gemischt mit Holztönen. Beeindruckt sah ich mich um. Das hätte ich sicherlich nicht in meinen kühnsten Träumen erwartet.

Ein Herr im Frack kam auf uns zu. Er verneigte sich: „Die Gemächer der Dame wurden vorbereitet." Das ging aber schnell. Mir tat der Mann leid, da er des Nachts noch auf uns warten musste. Zumal wir ihm auch noch Arbeit bescherten.

„Danke. Bringen Sie Frau von Hoym auf ihr Zimmer." Noah legte seinen Umhang ab. Ich entdeckte meine Narben auf seinem Körper. Der Herr deutete mir, ihm zu folgen.

„Gute Nacht, Noah."

Er sah zu mir. „Schlaf gut."

Für gewöhnlich schlief ich tief, da machte mir eine andere Umgebung nichts aus. Trotzdem kam ich mir fehl am Platz vor.

Das Bett bestand aus einer schlichten Holzumrandung und einer riesigen Matratze. Schnell fiel ich in einen traumlosen Schlaf.

Tag 1

Erholt wachte ich auf. Befand ich mich wirklich bei Noah? Noch immer konnte ich es nicht fassen.

Mir stand ein eigenes kleines Bad zur Verfügung. Ein Nachthemd hatte in der Nacht schon für mich bereitgelegen. Ich schlich ins Badezimmer. Auch da gab es alles, was ich brauchte. Ich duschte mich, genoss die flauschigen Handtücher. Von denen bekam ich einfach nicht genug. Meinen Stift schob ich zurück ins Haar. Mit dem Handtuch um meinen Körper ging ich zurück.

Auf einmal lagen auf meinem Bett frische Sachen für mich. Wer konnte denn da so toll zaubern? Zufrieden zog ich mich an. Ich beschloss, dass ich mich vor Noah und vor allem seinem Vater hüten musste und ich nicht zu viel Persönliches preisgeben durfte. Was sich bei Noah allerdings erübrigte, weil er jetzt meine ganze Geschichte kannte. Irgendwie vertraute ich auf diesen seltsamen Schwur.

Mich wunderte nur, dass ich eine Jeans sowie ein schickes Shirt bekam. Ich hatte nämlich bereits befürchtet, dass ich den ganzen Tag nur in Kostümchen und Röckchen herumlaufen sollte. Ich durfte mich also leger kleiden, sogar schlichte Turnschuhe standen für mich bereit. Nachdem ich in die Schuhe geschlüpft war, schaute ich zögernd aus dem Zimmer. Immerhin liefen meine Entführungen bisher immer sehr zuvorkommend ab. Vorsichtig ging ich den schmalen Flur entlang, bis ich in dem großen Wohn- und Essbereich landete.

„Guten Morgen, Frau von Hoym. Ihr Frühstück ist bereit." Wieder verneigte sich der Herr vom Abend.

Ich knickste leicht, stammelte ein: „Danke", und nahm an dem Esstisch Platz.

„Guten Morgen", murmelte ich den beiden zu.

Noah schaute angestrengt in ein Tablet, sein Vater las Zeitung. „Morgen", sagten beide gleichzeitig. Irgendwie kam ich mir wie ein Eindringling vor, weil sie mir nicht einen Blick schenkten.

Doch dann sah Noah auf: „Nimm dir. Trinkst du lieber Kaffee oder Tee?"

„Kaffee?" Noah deutete dem Herrn etwas. Schon brachte der mir eine kleine Kanne sowie ein hübsches Tässchen. Der Kaffee duftete himmlisch, auch wenn die Portion für meine Verhältnisse etwas zu dürftig ausfiel.

Zögernd griff ich nach dem Brot. Der Tisch war reichlich gedeckt. Von frischem Obst bis zu Aufschnitt gab es alles.

Ich nahm mir von der Marmelade. „An ihrem Benehmen musst du arbeiten", knurrte Herr von Manteuffel hinter seiner Zeitung. Ich sah mich fragend um. Was machte ich denn falsch?

Noah musterte mich. „Das bekommen wir hin. Die Grundlagen sind vorhanden."

Sein Vater sah auf. „Nadja, ich lasse euch allein. Ich muss die nächsten Tage nach Berlin."

Sollte mir recht sein. Er erzeugte noch immer dieses unangenehme Gefühl bei mir. Die momentane Situation war mehr als absurd. Hatte ich nicht erst vor ein paar Wochen

Gefangene von dieser Festung befreit? Nun saßen die beiden wie normale superreiche Menschen da und frühstückten. Also mir ging das nicht in den Kopf. Ich empfand das alles nur als höchst merkwürdig.

Noah runzelte seine Stirn. „Du hast heute noch Fahrschule. Ich werde dich begleiten. Bis dahin kannst du dich draußen umsehen. Wundere dich nicht, der Komplex ist für Touristen frei zugänglich." Okay, irgendwie hatte ich mir die Geschichte gruseliger vorgestellt.

Erst einmal aß ich mein Frühstück. Sein Vater verabschiedete sich bereits.

Ich wollte mein Geschirr abräumen, doch der Herr fauchte mich an, es zu unterlassen. Dafür nahm er meine Sachen mit.

Noah lehnte sich zu mir rüber. „Nadja, du hast nichts zu befürchten. Ich verstehe deine Sorgen. Aber ich werde dir nichts tun. Zumal ich für dich zuständig bin. Leider muss ich noch ein paar geschäftliche Dinge erledigen. Du kannst dir die Festung ansehen. Sie wird dir gefallen."

„In Ordnung." Langsam stand ich auf. Zwar hätte ich noch einige Fragen zum Verlauf des Bemächtigungsrituals, doch diese behielt ich vorerst für mich, da ich mich mit meinem neuen Umfeld vertraut machen musste.

„Ach warte!" Noah sprang auf, lief in einen abgetrennten Bereich und kam mit einer Tasche zurück. Besser gesagt meiner Tasche, da es sich um meine Wächtersachen handelte. „Brieftasche und die wichtigsten Utensilien. Mehr dürfen wir nicht bei uns tragen. Dein Vater hat sie zusammengestellt. Außerdem darfst du sie nur beim Schlafen ablegen."

„Danke." Ich schnupperte an der Tasche. Sie roch nach Vater. Auch wenn ich mit ihm noch ein Hühnchen zu rupfen hatte, fehlte er mir.

Nachdem Noah verschwunden war, machte ich mich auf den Weg nach unten. Ich fühlte mich ziemlich einsam. In meiner Burg konnte ich immer zu Vater, auch die Angestellten sprachen oft mit mir. Unser Arbeitsverhältnis wirkte eher locker, neben Noah kam ich mir erbärmlich vor. Unten angekommen fand ich einen Wegweiser. Na gut, dann sah ich mir eben den Brunnen an. Die ersten Touristen liefen bereits herum, doch noch hielt es sich in Grenzen. Die Sonne schien warm auf mich herab, in einem flachen Bau fand ich den Festungsbrunnen. Eine Glasscheibe schützte diesen vor dummen Menschen. Ich schaute hinab, der war wirklich tief. Eine Tafel verriet mir, dass dieser über hundertfünfzig Meter nach unten ging. Damit war er Sachsens tiefster Brunnen. Auf einem anderen Schild stand, dass man diesen für Belagerungen gebraucht hatte, damit sich die Bewohner ständig mit frischem Trinkwasser versorgen konnten. Ich schlich wieder hinaus, genoss die Sonne.

Ich ging um ein Gebäude herum und fand eine kleine Kirche. Neugierig schaute ich in diese hinein.

Die Kirche war innen in frischen Grautönen gehalten. Doch mir stand nicht der Sinn nach Kirchenbesichtigungen. Ich machte mich lieber auf in den wilden Park. Riesige Bäume ragten dort empor. Ich setzte mich zwischen diese, legte mich ins Gras und betrachtete die Wolken. Mein Leben nahm wirklich seltsame Bahnen. Ich verstand es nicht. Vor allem dachte ich an Vater. Bestimmt hatte er deshalb mit Manteuffel in der Galerie gestritten. Vater sah anschließend so besorgt aus.

Irgendwie fühlte ich mich beobachtet. Ich setzte mich auf, sah mich um. An einem Baum stand jemand. Er löste sich, zeigte sich. Julius von Vogelberg. Dann drehte er sich weg und verschwand.

Ich erinnerte mich an die Worte, welche Noahs Vater sprach. Die Jäger dürften uns jagen. Angespannt schluckte ich. Wie sollte das aussehen? Würde Noah an meiner Seite stehen? Wäre David darunter? Mein Herz schmerzte bei dem Gedanken, von David verfolgt zu werden.

„Nadja?" Noah kam auf mich zu. Er setzte sich mit auf die Wiese.

„Julius war gerade hier."

Noah sah sich nachdenklich um. „Sie spionieren uns aus. Das wird dieses Mal kein Spaß."

„Was wird das?"

„Ein Test. Die Jäger müssen den Wächtern folgen, aber bei diesem Ritual dürfen sie sich rächen. Für alle Fehler, die unsere Vorfahren begangen haben. Danach werden sie sich uns fügen müssen … Insofern wir gewinnen."

„Du hast es doch schon einmal erlebt. Wie war es?"

Noah atmete tief durch. „Nein, mein Ritual wurde nicht eingefordert." Geschockt starrte ich ihn an. „Ja, wir sind beide fällig und es wird schlimm werden. Du weißt, was ich ihnen angetan habe."

„Wirst du sie danach wieder foltern?"

Noah zuckte mit seinen Schultern. „Die Frage, die sich mir stellt, ist, wirst du wirklich an meiner Seite stehen?" Ich schüttelte empört meinen Kopf. Noah beugte sich vor. „Die drei Tage?"

„Na da müssen wir gemeinsam durch. Dir ist aber klar, dass ich noch keine ordentliche Ausbildung genossen habe."

„Oh dafür besitzt du viel Potential. Komm, jetzt fahre ich dich zu deiner Fahrschule und zeige dir gleich mal wie man Auto fährt."

Ich lief eilig neben ihm her. „Gegen wie viele müssen wir antreten?"

Noah führte mich zu den Fahrstühlen. Wir fuhren hinab. Er brachte mich zu einer Garage. „Ich schätze mindestens fünfzig."

Ich keuchte entsetzt auf. „Werden die Zwillinge darunter sein?"

Noah grinste mich an. „Natürlich und die beiden sind nicht unsere gefährlichsten Gegner. Wir müssen wirklich zusammen arbeiten."

Ich staunte nicht schlecht, als ich den schwarzen Porsche sah. Er entriegelte die Türen, hielt mir sogar die Beifahrerseite auf. Ich ließ mich hineinplumpsen. „Raus mit dir und gleich nochmal!", schimpfte er lachend. Ich hatte ihn noch nie lachend erlebt. Betreten schaute ich auf den niedrigen Sitz. „Hintern zuerst, Beine zusammenhalten und dich auf dem Gesäß elegant hineindrehen." Ich versuchte es noch einmal, kämpfte mit meinem Gleichgewicht. Wie das elegant aussehen soll, blieb mir ein Rätsel.

„Das geht besser!"

„Du nervst!"

„Aber zu Recht!" Na gut. Ich nahm einen weiteren Anlauf. Es klappte bereits besser. „Geht doch! Oder möchtest du, dass man deine Unterwäsche in allen Zeitungen sieht?"

Natürlich nicht. Ich verstand, wieso die Presse solch dämliche Bilder oft bekommt. Noah schloss meine Tür und nahm hinter dem Steuer Platz. Der Motor brummte tief. Langsam glitt er aus der Garage. Doch bevor ich mich versehen konnte, drehte er voll auf. Er machte die Musik laut. Düstere Bässe hallten aus den Lautsprechern. Viel zu schnell schoss er über die schmalen Straßen. Zitternd krallte ich mich an der Türhalterung fest.

Noah grinste zufrieden. „Das ist wie bei einem Computerspiel!"

„Ich besitze erst seit ein paar Wochen ein Auto. Bitte! Könntest du nicht langsamer machen?" So, wie er um die Kurven schoss, wurde mir ganz anders.

„Nadja, du wolltest dich umbringen! Du brauchst dich nicht vor dem Tod zu fürchten."

Ich funkelte ihn finster an. „Was hättest du an meiner Stelle getan?"

„Meine Mutter hat gesehen, was für ein scheußliches Kind ich war. Also brachte sie sich um und übergab mich ihrem Bruder!" Noah klang ein wenig wütend.

„Nein, deine Mutter brachte sich nicht wegen dir um."

Er kniff seine Augen zusammen, erwiderte nichts. Rasant schoss er über die Straßen hinweg. Die Musik dröhnte laut in meinen Ohren. Erst vor der Fahrschule stoppte er endlich. „Was weißt du schon!"

Hatte er nicht gesehen, was ich gelesen habe? Vermutlich hatten ihn die Schmerzen zu sehr abgelenkt. Ich ärgerte mich darüber, dass ich ihm den Brief nicht geben konnte. „Ich habe ihr Tagebuch gefunden." Doch kaum wollte er ansetzen, kam schon die Lehrerin auf mich zu. Sie hielt den Helm in der Hand. Ich bibberte noch von der Fahrt mit Noah.

Zu allem Übel durfte ich auf die Autobahn. Ich zuckelte gemütlich mit der Maschine durch die Stadt. Kurz vor der Autobahn ließ mich meine Fahrlehrerin anhalten. Ich hoffte, dass sie es sich anders überlegt hatte, doch Noah tauchte neben mir auf: „Du schleichst wie eine alte Oma! Das da ist das Gas! Benutze es, sonst setze ich mich hinten drauf!"

„Ich hänge an meinem Leben!"

„Da habe ich was anderes gesehen! Also nimm deinen Mut zusammen und fahr schneller!" Seine Stimme überschlug sich bereits.

„Von dir lasse ich mir doch nichts vorschreiben!"

Noahs Augen glühten förmlich. „Fahr schneller oder du erlebst dein blaues Wunder!" Damit stapfte er wütend davon und nahm neben der Fahrlehrerin Platz. Ich setzte meinen Helm wieder auf und fuhr ein kleines bisschen schneller auf die Autobahn. Zu meinem Glück war diese nicht stark befahren, deshalb traute ich mich, mit hundert Sachen zu düsen. Mir ging das zu schnell. Zumal mir bewusst wurde, dass ich sterben würde, sobald ich irgendwie umfiel. „NADJA!", schrie es durch meine Kopfhörer. Ich zuckte zusammen. In letzter Sekunde hielt ich die BMW.

„In drei Kilometern kommt ein Parkplatz. Du hast die Wahl! Gib Gas oder halte an!" Mir schlotterten bereits die Knie, deshalb hielt ich besser auf dem Rastplatz an. Unverzüglich tauchte Noah mit einem Helm auf. „Rauf!"

„Ich …"

„Setz dich wieder drauf!" Ich kam mit dem Tonfall nicht klar, machte einen Schritt nach hinten, stolperte fast über meine Füße. Doch Noah reagierte schnell. Er hielt meinen Arm, damit ich nicht fiel. „Du hast noch nicht einmal gelebt! Also warum hängst du auf einmal daran?" Nun sprach er etwas sanfter. Er zog mir den Helm ab, schaute mir prüfend in die Augen. „Nadja, werde wach! Du versäumst alles. Das Leben kann aufregend sein. Genieße das Herzklopfen, jeden Atemzug. Aber du vegetierst lieber vor dich hin!" So ganz unrecht hatte er ja nicht. Trotzdem wollte ich nicht. Noah runzelte seine Stirn. „Komm! Du fährst, ich setze mich hinten drauf."

„Dann wird es noch schwerer", wimmerte ich.

„Vertraue mir wenigstens hierbei ... oder betrachte es als Test." Ich schluckte, gab ihm mit einem Nicken zu verstehen, dass ich es noch einmal versuchen wollte. Ich setzte mich auf die Maschine. Noah reichte mir den Helm. Die Fahrlehrerin saß wartend hinter dem Steuer.

Noah steckte sich noch Kopfhörer ein, der Helm folgte. Ich spürte das erhöhte Gewicht, kämpfte gegen die schwere Maschine an.

Als sie losrollte, merkte ich ihn kaum noch. Er griff um mich herum, legte seine Hände auf meine. „Vertrau mir." Er drückte zu, drehte das Gas auf. Die Anzeige verriet mir, dass wir die zweihundert Sachen erreichten. „Hörst du dein Herz schlagen? Den Rausch? Wie alles verschwimmt? Genieße es." Seine Stimme klang schon fast hypnotisch.

Tatsächlich, alles rauschte an mir vorbei. Die Landschaft, das Dröhnen der Maschine, der Wind. Alles zog sich endlos dahin. Es fühlte sich an, als würde ich fliegen. „Bereit?" Doch bevor ich etwas erwidern konnte, nahm Noah seine Hände weg. Sanft legte er sie um meine Taille, überließ mir das Steuer. Musik erklang in meinen Ohren. Sanfte Klänge, gemischt mit leichten Indianer-Gesängen. Mein Herz schlug heftig. Alles wurde so unwichtig. Alles sauste an mir vorbei. Ich spürte nur noch mich. Als wäre ich allein und hätte die Macht über das Motorrad. Die Streifen der Straße gingen in einen langen weißen über. Mein Körper drängte sich gegen den Wind. Hinter mir spürte ich Noahs Wärme. Diese hüllte mich ein wie ein schützender Kokon. Es war atemberaubend.

Zu schnell unterbrach uns die Fahrlehrerin und wies uns an umzudrehen. Wir fuhren von der Autobahn hinunter. Doch noch einmal durfte ich fliegen. Auf dem Rückweg zog ich selbst das Gas durch. Erneut erklang die Musik, welche mich in eine eigene Welt zog. Es fühlte sich unglaublich an. Zum ersten Mal genoss ich es, wahrhaft auf dieser Welt wandeln zu dürfen. Noah legte seine Hände auf meine. Er reduzierte das Tempo. „Breite deine Arme aus und schließe deine Augen." Oh mein Gott. Es war fantastisch. Ich flog zum ersten Mal in meinem Leben. Ich fühlte mich wie ein Vogel, welcher durch die Lüfte glitt.

Am Ende der Autobahn überließ er mir wieder das Steuer. Etwas sicherer fuhr ich durch die Stadt, parkte das Gefährt vor der Fahrschule. „Das war doch großartig. Sehen Sie? Damit bestehen Sie die Prüfung." Zufrieden strahlte ich die Dame an. Sie zwinkerte mir zu. „Den sollten Sie behalten."

„Oh nein, das ist mein Cousin."

Die Dame errötete beschämt. „Na dann. Trotzdem viel Spaß noch." Damit entließ sie uns ins Wochenende. Immerhin war es Samstag und am Sonntag hatte auch sie frei.

Noah wartete bereits an seinem Porsche auf mich. Er lächelte, als ich auf ihn zuging. Erneut hielt er die Tür auf, ich ließ mich elegant hinab, drehte mich mit geschlossenen Beinen auf dem Sitz. „Geht doch!"

Wieder fuhr er viel zu schnell zurück zur Burg. „Duschen, umziehen. Du hast eine Stunde!", trug er mir streng auf.

Ein hübsches Chiffonkleid mit glitzernden Pailletten lag bereits auf meinem Bett. Es hatte das gleiche Blau wie meine Augen und die passenden Riemchensandalen warteten ebenfalls auf mich. Eilig duschte ich mich, legte ein schlichtes Make-up auf, zog mir das Kleid an. Es passte perfekt.

Anschließend ging ich zurück zu Noah. Er sah toll aus in seinem dunklen Anzug. Ein weißes Hemd trug er dazu, der oberste Knopf stand lässig offen. Damit wirkte er seinem Alter entsprechend, denn sonst erschien er eher steif. Noah hielt mir seinen Arm hin. Ich hakte mich ein. „Schau her." Er legte meine Hand an seinen Unterarm. „Du bist doch keine Oma, die gestützt werden muss." Dabei zwinkerte er mir zu. Gemeinsam gingen wir nach unten.

„Erzählst du mir von dir?", flüsterte ich auf dem Weg zum Wagen.

„Nein, Nadja. Ich mag dich zu sehr, um dich in meine Abgründe mitzureißen." Besorgt musterte ich ihn. Er stoppte, legte seinen Zeigefinger unter mein Kinn und hob es leicht an, damit ich ihm in die Augen sehen konnte. „Ich wünschte dich immer an meine Seite. Aber ich mag dich, ich habe deine Seele gesehen. Du gehörst nicht zu mir. Genießen wir diese Tage, danach trennen sich unsere Wege. Die Jäger und einige der Wächter glauben, dass du dich danach für mich entscheiden wirst. Doch ich wünsche mir, dass du genau das nicht tust. Für dich."

„Noah, warum? Wieso wollt ihr das? Wieso tut ihr diese grausamen Dinge? Du hast doch auch ein Herz."

„Nein, Nadja. Ich habe keines mehr. Ja, es geht um Macht. Aber ich liebe es, andere leiden zu sehen. Sie haben dich während der Zeremonie bewusst nicht in mein Leben blicken lassen. Weil sie wussten, dass du daran kaputtgehen würdest."

Wieder hielt er mir die Tür vom Wagen auf. Tausende Fragen kreisten durch meine Gedanken. Aber ich wusste, dass er mir keine Antworten geben würde. Wieder fiel mir der Brief ein. „Ich habe das Tagebuch deiner Mutter gelesen. Sie hat dich geliebt. So sehr wie deinen Vater. Die Geschichten stimmen nicht."

Noah warf mir einen unterkühlten Blick zu. „Hör auf! Du brauchst nicht um mein Herz zu kämpfen. Du wirst es schon noch mitbekommen." Damit drehte er die Musik so laut auf, dass man kein weiteres Gespräch führen konnte. Traurig betrachtete ich die Lichter der Stadt. An der Elbterrasse parkte er und führte mich zur Frauenkirche. In unmittelbarer Nähe befand sich ein atemberaubendes Restaurant. Weiße Schirme, helle Polster auf den Sitzmöbeln.

Er ging mit mir hinein. Ein Herr kam auf uns zu, verneigte sich und brachte uns zu einem abgelegenen Tisch.

„Ich bestelle", kam höflich von Noah. Er verunsicherte mich. Was führte er schon wieder im Schilde? Der Kellner kam. Noah entschied sich für einen Weißwein sowie Hühnchen für mich und Hummer für sich. Allein die Mischung fand ich etwas befremdlich. Trotzdem wartete ich neugierig ab.

„Ich wäre gern dein Bruder gewesen, Nadja. Aber manchmal haben wir keine Wahl."

Ich runzelte bei seinen Worten meine Stirn. „Ich dachte, du wirst mir nichts erzählen?"

Noah sah mit leerem Blick aus dem Fenster. Die Frauenkirche war in gelbes Licht gehüllt. Die Kuppe und die hellen Steine sahen atemberaubend aus. „Ich wollte nur, dass du es weißt. Ich … ich hätte dir nie wehtun können."

Ich lehnte mich genervt zurück. Was spielte er für ein seltsames Spiel? Woher kam sein plötzlicher Sinneswandel? Ja, es war erstaunlich toll mit ihm. Aber ich traute ihm nicht. Zumindest nicht, was seine eigenen Ziele betraf. „Du sagtest bei unserem ersten Treffen, dass ich dir gehören würde. Genau das Gleiche meintest du auch bei dem Unfall."

Noah atmete tief durch, sein Blick haftete wieder auf mir. „Das Einzige, was ich liebe, was ich lieben kann, das bist du. Wir sind verwandt, du bist meine Cousine, doch ich habe dich von Anfang an geliebt. Wie bei David. Es scheint, als wären wir verdammt dazu … Es schmerzt so sehr, dass es sich wie ein grausamer, schrecklicher Fluch anfühlt."

Na aber dafür konnte ich doch nichts. Was hatte das zu bedeuten? Noah legte seine Hand auf meine. Es fühlte sich seltsam vertraut an. Der Kellner unterbrach uns mit dem Essen. Ein kunstvoll angerichtetes Mahl erschien vor mir. Das Hühnchen bestand aus einer Hälfte. In diesem noblen Lokal konnte ich es kaum mit der Hand essen.

„Versuche es mit Besteck. Wenn nicht, dann darfst du die linke Hand nehmen. Niemals die rechte, weil man damit Leute begrüßt."

Aha, das wurde eine weitere Lektion im Bereich *Anstand*. Irgendwie gefiel es mir, wie Noah mir die Dinge beibrachte. Er deutete auf seinen großen Hummer. Eine Zange lag dabei. „Schau her!" Geübt brach er die Außenhaut auf, legte elegant das Fleisch frei. Beeindruckt schaute ich ihm zu. „Die Anordnung des Bestecks kennst du?", erkundigte er sich gelassen.

Es machte mich verrückt. Mal deutete er etwas Persönliches an, dann schien er wieder dieser düstere Typ zu sein. „Ähm … ja. Von außen nach innen." Noah nickte mir zufrieden zu. In dem katholischen Heim legte man Wert auf guten Anstand. Sie zeigten uns, wie man das Besteck nutzte. Der Löffel lag ganz außen, also gab es eine Suppe davor. Gar nicht schwierig. Dafür mühte ich mich mit dem Huhn ab.

Noah schmunzelte. „Schau mal!" Er kam um den Tisch herum, griff nach meinen Händen. Anmutig führte er mich wie bei einem Tanz. „Du verkrampfst dich zu sehr. Setz dich nicht so unter Druck … So einfach geht das." Er schnitt an dem Knochen entlang, bis sich das weiße Fleisch löste.

Es schmeckte köstlich. Noah setzte sich wieder. Seine Augen lächelten mich zufrieden an. Am liebsten hätte ich ihn nach seiner Kindheit gefragt, aber das ließ ich lieber bleiben. Er sagte ja, dass ich nichts zu wissen brauchte. Vermutlich würde ich ihn dann noch mehr mögen und keiner mochte den Mörder seiner Eltern. Schuld hin oder her. Er gab mir klar zu verstehen, dass er seinen Weg gehen würde, selbst wenn er in Dunkelheit enden sollte. Ich verstand es nicht, aber weiter nachbohren, wollte ich auch nicht.

Nach dem Essen gingen wir zurück zum Wagen. Auf der Elbterrasse verharrten wir einen Augenblick, nur das leise Rauschen der Fahrzeuge, das Plätschern des Wassers war zu vernehmen. Die Sterne funkelten am Nachthimmel. Die Schiffsdampfer lagen am Rand, warteten auf ihren nächsten Einsatz. „Ich mag die Stille", gestand ich Noah leise.

„Ich ebenfalls." Wir schauten hinauf in den Himmel.

„Glaubst du an Gott?" Ich sah Noah fragend an.

Er zuckte mit seiner Schulter. „Wenn es Dämonen gibt, dann weiß ich, dass er existiert."

„Hast du Luzifer schon mal gesehen?"

Noah lachte laut auf. „Ein solches Gespräch führte ich mit noch keinem Mädchen."

Darüber konnte selbst ich schmunzeln. „Angeblich sei ich ja auch die letzte Wächterin." Ich zwinkerte ihm zu.

„Du bist die letzte mit einem Herzen und einer Seele. Die dürfen wir nicht zerstören." Ich hakte mich erneut bei Noah ein. „Ich stand schon einmal am Höllenschlund. Aber Luzifer sah ich nie." Erstaunt blickte ich zu ihm auf. „Hat es dir dein Vater noch nicht gezeigt? Wir haben die Möglichkeit, in die Hölle zu gelangen."

„Nein, ich war auf Stolpen und der Geist in dem Waldhaus."

„Man sagt, dass es die reinen Wächter kaum aushalten. Wenn sie zurückkommen, dann geht es ihnen schlecht."

„Nein, ich habe keine reine Seele. David nahm mir übel, dass ich mich für mich selbst, für mein Leben entschied und nicht für die Menschen kämpfen würde."

Noah lachte leise auf. „David ist ein dummer Tor. Er hat keine Ahnung. Er wird an meiner Seite stehen, du wirst es schon sehen." Ich erinnerte mich, wie übel die Jäger zugerichtet waren, als wir sie aus der Festung befreiten.

Ich löste mich von Noah, starrte ihn schockiert an, während mir ein Gedanke kam. „Du wolltest, dass ich dich wähle! Du hast damals das Bemächtigungsritual nicht empfangen, also folgen die Jäger dir nicht freiwillig! Erst wenn du es mit mir vollendest, dann folgen sie dir!"

Noah blickte hinauf auf die Elbe. „Du verstehst es nicht. Ja, ich brauche dich. Außerdem kommst du aus der Sache nicht mehr raus. Wir können uns jetzt streiten, dafür kassieren wir dann die Rechnung. Nadja, lass uns zu Hause alles Weitere bereden."

„Nein! Ich will in meine Burg!"

„Das kannst du nicht. Das Spiel hat bereits begonnen." Noah machte einen Schritt auf mich zu. Seine Augen funkelten mich streng an. „Mach jetzt hier keinen Aufstand. Sie überwachen uns bereits die ganze Zeit. Also reiß dich zusammen. Außerdem werden sie uns holen, egal, wo wir uns befinden."

Ich schluckte. Dieses Spiel nervte mich. Das Ritual war echt scheiße. „Nein, dann nehme ich ein Leben in Einsamkeit. Ich lasse mich nicht benutzen!"

„Du hast es geschworen! Es ist zu spät."

„Stimmt!" Ich drehte mich nach der Stimme um. Katharina stand in einem dunklen Outfit hinter uns. Weitere Gestalten tauchten aus den Schatten der Gebäude auf. Es mussten mehr als fünfzig sein. Sie kam gelassen auf uns zu. „Das wird ein Spaß. Nicht jeder bekommt die Chance, einen Wächter zu quälen und für dich, Noah, haben wir uns bereits einiges einfallen lassen … Nadja." Sie verneigte sich vor mir.

Zitternd sah ich zu Noah auf. Immer mehr Leute erschienen um uns herum. Die Zwillinge traten an Katharinas Seite. Ein anderer, hinter Noah, ergriff das Wort: „Wir sorgen dafür, dass wir euch nicht mehr folgen müssen. Wir werden diesem Mist ein Ende bereiten." Ein zustimmendes Raunen erzeugten die Anwesenden.

Noah blieb gelassen. „Das werden wir sehen."

Julius schlich um mich herum. Wie eine Schlange umkreiste er mich. „Wir beide werden unseren Spaß haben. Danach wirst du mir gehören."

Davids Kinn mahlte. „Nein Julius. Nadja gehört uns allen", gab er kühl und unberechenbar ab.

Ich starrte ihn entsetzt an. „David?" Hatte ich nicht Gefühle für ihn gehabt? Hatte er mich belogen? Wollte er mich auch nur benutzen, indem er mich mit seiner Freundschaft ablenkte und mich von der Ausbildung fernhielt? War das in Pirna nur ein Ablenkungsversuch?

Panisch schaute ich zu Noah. Mein Herz brannte bei Davids Worten. Noah zog mich schützend in seine Arme. „Ihr lasst uns noch in Ruhe. Die zwei Tage sind noch nicht um!" Hinter ihm wichen die Jäger aus. Sie bildeten einen Gang.

Eigentlich wollte ich nicht mit Noah zurück, doch in der Situation blieb mir nichts anderes übrig.

Noch einmal drehte ich mich um. „Das ist euer Dank? Ich hab euch gerettet!" Tränen brannten in meinen Augen.

David folgte uns im Laufschritt. „Du verrätst uns! Du hast ihn gewählt!" Ich löste mich von Noah. Dieser blieb dennoch schützend an meiner Seite. „Er hat deine Eltern getötet!" David klang schrecklich wütend.

„Ich hatte ja wohl keine andere Wahl! Für wen hätte ich mich entscheiden sollen?"

David zuckte, als hätte ich ihn geschlagen. „Für jeden anderen. Aber nicht ihn!"

„Ach so? Man sagte, dass es gefährlich werden würde! Hätte ich einen alten Mann nehmen sollen?"

David kniff seine Augen zusammen. Mein Herz tat mir weh. Er tat mir weh. „Du hast dich für dein erbärmliches Leben entschieden. Also komm damit klar!"

Ich schluchzte bei seinen Worten auf. Er drehte sich weg, tauchte in den Schatten der Häuser unter. Noah zog mich erneut in seine Arme, führte uns an den finster blickenden Jägern vorbei zu seinem Wagen. Sie lösten sich in der Dunkelheit der Nacht auf. Noah reichte mir ein Taschentuch. Ich weinte die ganze Fahrt über. Wieso war David nur so grausam? Warum tat er mir das an? Machte ich wirklich alles falsch?

Noah legte seine Hand auf mein Knie. „Dein Leben ist nicht erbärmlich. Seines ist es. Er hat dich nicht verdient." Auch wenn seine Worte ehrlich klangen, trösteten sie mich nicht.

Noah führte mich die Burg hinauf. „Geh schlafen, Nadja, es ist zu viel für dich."

Ich verabschiedete mich weinend von ihm. Vater fehlte mir. David verstand ich nicht und bei Noah konnte ich nicht bleiben. Ich wollte das Jahr mit Vater verbringen und nicht bei seltsamen Ritualen ausgenutzt und verfolgt werden. Lange weinte ich mich in den Schlaf. Es dauerte, bis ich wegdämmerte und endlich schlief.

Tag 2

Die Dusche weckte meine Lebensgeister. Intuitiv wusste ich, dass ich aus dieser Geschichte nicht herauskam. Zunehmend sorgte ich mich, denn die nächsten drei Tage würden nicht einfach werden. Durfte ich meinem Vater wenigstens einen Brief schreiben? Ich beschloss Noah zu fragen. Aber was sollte ich schreiben? Würde er ihn lesen? Eigentlich war das egal, wenn man bedachte, dass er geschworen hatte, niemals darüber zu reden.

Etwas entschlossener als am vorherigen Morgen, betrat ich den offenen Bereich.

Noah saß bereits am Frühstückstisch. „Guten Morgen, Nadja." Er musterte mich prüfend.

Ein Brief lag auf meinem Platz. Der Bedienstete vom Vortag schien freizuhaben. Zumindest sah ich ihn nicht. Sogar Kaffee stand schon bereit. „Morgen Noah."

Er deutete auf den Brief. Er hob einen ähnlichen hoch. „Jägerpost, mal sehen, was sie vorhaben."

„Was steht drin?"

„Weiß nicht. Ich habe auf dich gewartet." Ich atmete tief durch, goss mir Kaffee ein und betrachtete den Briefumschlag. Ein graues Siegel verschloss diesen. Auf dem Siegel waren Waffen abgebildet. Ein Bogen, ein Schwert und eine Streitaxt konnte man erkennen. Zögernd brach ich es auf. Das kalte Wachs bröselte ein bisschen. Ich wischte es zusammen, faltete den Brief auseinander. Immerhin war dieser mit Computer geschrieben worden.

Wächterin Nadja

Heute Abend um 22.00 Uhr beginnt unsere neue Zeit. Wir werden euch jagen, euch folgen und euch gefangen nehmen. Wenn wir euch besiegen, dann werden die Sieger als freie Jäger emporgehen. Ihr habt nur zwei Möglichkeiten zum Sieg: Entweder ihr entkommt uns oder einer der teilnehmenden Jäger entscheidet sich, einem von euch zu folgen, indem er sich freiwillig unterwirft.

Ihr habt drei Orte zur Flucht. Andere Orte sind untersagt. Das Verletzen der Regeln bedeutet euer Eingestehen, dass ihr es nicht wert seid, euch zu folgen und euch zu dienen.

Fluchtpunkt 1: Kloster Altzella bei Nossen

Fluchtpunkt 2: Schloss Übigau in Übigau-Wahrenbrück

Fluchtpunkt 3: Felsenburg Rathen auf der Bastei

Weil wir Rücksicht auf die Geheimhaltung unserer Gaben nehmen müssen, ist am Tag die Jagd verboten. Sobald die Sonne aufgeht, könnt ihr eure eigenen Wege gehen. Doch nehmt euch in Acht, wir werden euch überwachen. Seid auf der Hut, denn wir werden nicht kampflos aufgeben.

Noch nie waren die Jäger so vereint, noch nie so verbunden und entschlossen, den Wächtern Einhalt zu gebieten.

Entsetzt schaute ich zu Noah. Dieser wirkte eher nachdenklich. „Ich kenne diese Orte nicht einmal."

Noah sah auf. „Dessen bin ich mir bewusst. Es sind abgelegene Orte, an denen keine Menschen sind. Zumindest nicht nachts. Wirst du mir trotzdem beistehen, an meiner Seite kämpfen?"

Ich zuckte mit meinen Schultern. „Was passiert, wenn nicht? Wenn ich dich verraten würde oder einfach weglaufe?"

„Du hast sie gestern gehört, dann verlieren wir die Sache."

„Dann wird mir nichts anderes übrig bleiben. Aber was passiert, wenn wir gewinnen?"

Noah umringte den Tisch, hockte sich vor mir nieder. „Sollten wir das schaffen, dann hast du die meiste Macht über mich. Nur du wirst mich je aufhalten können. Die Jäger werden dir folgen und mir. Aber nur wir beide zusammen würden zu wahren Gegnern werden, da unsere Macht die gleiche ist."

„Ich will den ganzen Quatsch doch gar nicht. Also …"

Noah unterbrach mich. „Ich weiß. Das ist mein Glück." Er zwinkerte mir zu. Ich brauchte einen Augenblick. Nachdenklich belegte ich mir das Brot. „Du kannst klettern?", unterbrach mich Noah.

Ich nickte. Na gut, wenn ich mich auf die Situation einlassen musste, dann sollte ich besser über diese Orte recherchieren. „Hast du einen Laptop für mich?"

„Wieso?"

„Schon mal was von Kartenprogrammen gehört? Oder wollen wir uns heute alle Orte ansehen?" Noah holte mir sein Tablet. Ich suchte mir Bilder über das Kloster heraus. „Ach herrje. Das ist alles ziemlich verteilt. Vor allem besteht es überwiegend aus Ruinen ..."

„Ich weiß und ein paar Mönche spuken auch noch herum."

Das Kloster Altzella wurde von einem König gespendet und galt als größtes Kapuzinerkloster in Mittelsachsen. Ich recherchierte weiter. Die Mönche sorgten einst für ein wenig Fortschritt. Andere siedelten sich an und damit entstanden weitläufige Ländereien.

Das Schloss Übigau stand leer. Ich fand nur einiges über Besitzstreitigkeiten und dass der Park zugänglich sei. Bei der Felsenburg stockte mir der Atem. Da gab es keine Burg, nur hohe Sandsteinberge, welche emporragten. Unterhalb der seltsam erscheinenden Berge gab es einen Theaterplatz, dieser wurde nur im Sommer genutzt. Ich schaute auf die Veranstaltungsseite. „Da schau mal. Heute Abend ist dort ein Waldkonzert. Wir sollten da anfangen."

Noah blickte über meine Schulter. „Klingt gut. Wir müssen nur bis zum Morgengrauen durchhalten. Aber sie werden uns hier bereits versuchen zu fangen."

Ich suchte mir noch die Karte der Festung Königsstein raus. Diese stand auf einem Berg, in Stein gehauen. Das nervte, zumal es nur den Lift und zwei sehr schmale Ausgänge gab, bei denen wir kaum die Möglichkeit zur Flucht hätten. „Können wir uns abseilen? Ich meine, wenn wir direkt hier aus den Fenstern klettern?"

Noah sah sich um. „Ja, aber wir müssen zu den Fahrzeugen."

„Komm mal mit." Ich rannte hinaus. Wir verließen das Gebäude und ich blickte über die Mauer hinweg, hinab zur Elbe. Diese schlängelte sich still unterhalb der Festung entlang. „Schau! Wenn ich gerade richtig gelesen habe, dann liegt die Bastei mit der Felsenburg auch direkt an der Elbe. Kannst du rudern? Wir müssten nur irgendwie ein Boot da unten hinbekommen."

Noah lachte vergnügt auf. Er schob mich zurück zu seiner Wohnung. „Du bist schlauer, als ich dachte. Nein, rudern werden wir nicht. Aber da unten ist ein Bootsanlegeplatz. Wir haben da ein kleines Motorboot."

In der Wohnung angekommen, warf er mir meine Autoschlüssel zu. „Was machen wir?"

„Wir fahren jetzt zu einem Kletterpark und kaufen Seile sowie Zubehör."

„Müssen wir nicht in eine Wächterkammer und Zeugs brauen?"

Noah schnaubte. „Die Jäger können unsere Magie binden. Wir haben am Ende nur unser Blut. Mit etwas Glück gehen die Stifte noch. Ansonsten sind wir auf uns selbst gestellt."

Ich folgte ihm zu meinem Wagen. Ich überließ ihm das Steuer. Der Weg hinab zum Ort glich einem Abenteuer. Vielleicht hätte ich Noah eher nach einem Geländewagen fragen sollen, da es mächtig ruckelte und holperte. Der schmale Weg tat sein Übriges und ich würde sicherlich nicht mit einem Auto von der Festung fliehen wollen.

„Wenn sie so viele Möglichkeiten haben, wieso unterstellen sie sich dann den Wächtern?", erkundigte ich mich bei Noah.

Er fuhr elegant die Serpentinen entlang, er schien die Strecke zum Ziel bereits zu kennen. „Weil es ihr Schicksal ist."

„Ein Fluch?"

Noah grübelte einen Moment. Wenn er so ausgeglichen war, konnte man ihn fast mögen. „Man sagt, dass die Wächter von den Engeln abstammen. Die Jäger sind nur Menschen. Deshalb ist es so."

Ich kicherte, weil es so absurd klang. „In Zeiten, wo sich alles nur noch um Technik dreht, jeder in sein Handy schaut und Menschlichkeit nur in Büchern existiert? Also Noah, das klingt wirklich abgedroschen." Noch immer fand ich diese Engel-, Wächter- und Jägersachen surreal.

Noah sah mich skeptisch an. „Würdest du überhaupt für die Menschen kämpfen wollen, für ihre Leben einstehen?"

Ungläubig schüttelte ich meinen Kopf. „Nein, wozu?"

„Nadja, wenn du so denkst und die Jäger es herausfinden, dann wird es auch für dich schlimm."

„Wieso? Ich tue niemandem etwas?"

„Du besitzt eine Gabe, ein Geschenk. Diese musst du nutzen. Für was auch immer."

„Na toll, das sagt mir derjenige, welcher die Menschheit unterjochen will."

„So einfach ist das nicht. Ich würde es dir wirklich gerne zeigen, damit du es verstehen kannst."

„Meinetwegen. Wir können es ja zwischen meine Fahrstunden und dem Gejagtwerden einschieben."

Nun konnte Noah wenigstens mal lachen. „Ich mag deine zynische Art", gab er schmunzelnd ab.

Wir hielten vor einem Indoor-Kletterpark an. Gemeinsam gingen wir hinein. Noah suchte gezielt die Sachen aus, welche wir brauchten. Ich beobachtete durch eine Glaswand, wie andere sich an den Wänden zu schaffen machten. Angestrengt hangelten sie sich an diesen kleinen, bunten Halterungen hinauf. Andere seilten sich ab. „Fertig!" Noah hielt einen großen Rucksack bei sich.

„Was schulde ich dir?"

Noah runzelte bei meiner Frage seine Stirn. „Einen Sieg?"

Wir fuhren zurück zur Festung. Die Uhr verriet mir, dass es bereits drei Uhr war. An der Festung standen bereits viele Motorräder und Fahrzeuge. Touristen spazierten durch die Anlage. Uns warf man neugierige Blicke zu. Die Atmosphäre wirkte irgendwie aufgeladen, als würden Spannungen in der Luft liegen. „Spürst du es?", flüsterte Noah an meiner Seite.

„Ja, es fühlt sich an wie Elektrizität."

„Das sind die Bannkreise. Wir können nicht mehr zaubern."

Ich schluckte. „Jetzt schon?"

Noah nickte. „Sie werden uns kaum Fluchtmöglichkeiten lassen."

Wir begaben uns in die Wohnung. Für mich lag bereits frische Kleidung da. Ein Shirt, eine schwarze Hose aus Leder sowie eine leichte Jacke. „Leg dich noch etwas hin. Nimm dir ein Bad und versuche zu entspannen", schlug Noah vor. Er zog sich in sein eigenes Reich zurück.

Gut, dann baden. Ich zwang mich, das warme Wasser zu genießen, obwohl die Anspannung kaum zu ignorieren war. Auch zu schlafen versuchte ich, doch ich kam nur schwer zur Ruhe. Gegen acht Uhr zog ich mich an, nahm meine Tasche mit und prüfte den Inhalt. Schlösserzeugs, mit welchem ich die Jäger befreit hatte. Dämonenbetäubungsmittel, getrockneter sowie pulverisierter Klee, mein Mantel. Ein Röhrchen mit einer schwarzen Flüssigkeit folgte. Ich drehte es.

„Dämonenblut." Ich zuckte wegen Noahs plötzlichem Auftauchen zusammen. Er strich mir beruhigend über meine Schultern. „Wir schaffen das."

Ich sah ihn besorgt an. „Das sind verdammt viele. Was wenn nicht?" Mir war es eigentlich egal, ob mir Jäger folgten oder nicht. Ich fürchtete mich nur schrecklich vor ihrem Vorhaben. Ich konnte mir nicht wirklich ausmalen, was sie genau planten.

„Ich bekomme sie so oder so", lächelte Noah siegessicher.

„Wie?"

„Nadja, das willst du nicht wissen." Damit behielt er womöglich recht. Wieder einmal erinnerte er mich daran, wie grausam er sein konnte. Ich verstand nicht, wie man freiwillig böse sein wollte. Das bekam ich einfach nicht in den Kopf.

„Komm essen. Wir sollten uns stärken. Hast du ein wenig schlafen können?"

„Nicht wirklich."

Noah holte saftige Steaks aus der Küche. Diese trug er zum Esstisch. Ich nahm brav Platz und verputzte schweigend meine Henkersmahlzeit.

Wir schauten aus den Fenstern. Die Sonne verabschiedete sich, in glühendem Rot verschwand sie. Die kleine Kirche schlug an. Plötzlich erklangen düstere Geigen aus den Lautsprechern der Burganlage.

Ein Chor sang laut, eine finstere Männerstimme folgte. Als würde man uns bereits zum Scheiterhaufen führen. *Haggard – The Final Victory.* „Wir müssen los!" Noah lief mit mir die Stufen nach unten. Im Erdgeschoss des Gebäudes führte er mich durch einen langen Saal, öffnete eines der Fenster. Immerhin hatte er bereits die Halterungen angebracht, so weit hätte ich nicht geplant. Er reichte mir einen Gurt, welchen ich um meine Hüften legte.

Wir kletterten auf das Fensterbrett, helfend reichte er mir seine Hand. Er steckte sich den kleinen Stab zwischen die Zähne. Meine plötzlich aufkeimenden Erinnerungen von dem Tod meiner Eltern schüttelte ich ab. Im Burggelände erklangen düstere, schnelle elektronische Gitarren. Ich zog ebenfalls meinen Stab, schob ihn aber in meine Hosentasche. Noah reichte mir Handschuhe, welche ich überzog. Er blickte nach unten, stellte sich auf das Fensterbrett.

Verdammt, ging das weit nach unten. An der Stelle war die Wand glatt, nichts, wo man sich zur Not festhalten könnte. „Bereit?", nuschelte er.

„Ja ..."

Noah nahm den Stab aus dem Mund. „Den Hang runter, rechts befindet sich der Anlegeplatz. Ich werde dir Deckung geben. Ich befürchte, dass du nicht kämpfen kannst."

„Wieso?"

Er schüttelte seinen Kopf, deutete nach unten. Kräftig stieß er sich ab. Nach knapp zehn Metern berührten seine Füße die Wand. Ich atmete tief durch, versuchte es ihm gleichzumachen.

Aber so schnell war ich dann doch nicht. Ich hüpfte, rutschte nach unten, krallte mich an dem Seil fest und ließ mich langsam hinabgleiten. Endlich erkannte ich den rauen Fels, aus dem die Burg einst gehauen wurde. Es wurde uneben, aber nicht mehr so steil. Ich ließ mich auch da langsamer hinab. „Erwache!" Unter mir blitzte der Stab auf. Ich berührte den Boden, löste das Seil.

Der erste Angreifer stürzte sich bereits auf Noah. In der Ferne schrien andere nach Verstärkung. Der Typ hielt ein Schwert in der Hand. Erbarmungslos schlug er auf Noahs Stab ein. Angestrengt dachte ich nach. Zu schnell kamen die anderen. Ich stürzte mich auf den Angreifer, zerrte ihn von Noah weg. Dieser kam ins Straucheln. „LAUF!", schrie Noah. Ich rannte zum Hang. Die anderen folgten uns. Mein Herz schlug aufgeregt. Noah griff nach meiner Hand, er zog mich mit sich.

Er ließ los und rutschte aus. Der Hang ging verdammt steil hinab. Nur die Bäume bremsten einen.

„Da unten!" Die anderen hörten sich verdammt nah an.

Ich schnaubte, rannte Noah nach. Er stolperte, rutschte nach unten. „Noah?"

„Lauf!"

In Ordnung. Ich schlitterte nach unten, prallte gegen einen Baum, ging zu Boden. Schnell rappelte ich mich auf, um gleich wieder zu stürzen. Über uns keuchten die anderen.

„Wir haben es gleich!" Ich sah bereits das Wasser schimmern. Ich stolperte über eine Baumwurzel, überschlug mich und landete ziemlich schmerzhaft auf dem Kies. Auf allen Vieren rappelte ich mich auf. Ich erkannte den Anlegeplatz. Noah rannte bereits darauf zu. Ich eilte ihm nach.

Oberhalb von mir rief jemand. Na hoffentlich tat sich keiner ernsthaft weh. Bevor ich mir sorgen machte, sprintete ich Noah nach. Vermutlich wäre es ziemlich dumm, seinen Verfolgern Hilfe anzubieten.

Noah löste das Tau von einem Motorboot. Ruderboote sowie zwei andere Motorboote standen herum. „Bist du reich?", gab ich keuchend ab.

„Ja, warum?"

Ich grinste, löste die anderen beiden Boote und schob sie aufs Wasser, damit die anderen uns auf diesem Wege nicht folgen konnten. Nur Rudern stand noch zur Debatte und das stellte ich mir kräftezehrend vor. Um die beiden schicken Boote, die nun über die Elbe glitten, tat es mir doch etwas leid. Die Strömung der Elbe trug sie hinfort.

„Danke! Aber jetzt komm!" Der kleine Bordmotor erklang bereits. Ich sprang auf das Boot. Die anderen erreichten den Steg. Ich streckte ihnen die Zunge raus, da wir uns bereits auf dem Wasser befanden.

„Hast du gerade deine Zunge rausgestreckt?"

„Ja?"

Noah schüttelte belustigt seinen Kopf. „Eine Dame macht das nicht."

Das Boot beschleunigte. Ich plumpste auf meinen Hintern. „Eine Dame klettert auch nicht aus Fenstern und rennt Hänge hinab."

„Stimmt!", lachte Noah. Ich musste ebenfalls lachen, da die Anspannung ein wenig nachließ. Außerdem tat es in dieser merkwürdigen Situation gut.

„Komm her!" Ich kämpfte gegen das Wackeln des Bootes an, rappelte mich auf und stellte mich umständlich zu Noah. Der Wind pfiff uns um die Ohren. Das Wasser peitschte einem ins Gesicht. Er zog mich an sich heran, legte meine Hände um das Lenkrad des Boots. Wieder einmal entdeckte ich einen durchsichtigen Fischer auf dem Wasser. Ich erinnerte mich an die Zeit mit Adrian, als ich in seinem Schlossgarten schon einmal ein solches Fischerboot auf dem Fluss bewundern konnte.

Die Lichter der Häuser verschwammen. Das Wasser rauschte an uns vorbei. Auch wenn wir beide noch immer Handschuhe trugen, spürte ich seine Wärme. „Da schau!"

Ich blickte staunend nach oben. Die Bastei erhob sich majestätisch über uns. Eine beeindruckende Brücke, die sich innerhalb dieser Berge befand. Die alten, grauen Steine, die vor hunderten von Jahren dort hinaufgeschafft worden waren. Ohne Hilfe von modernster Technik.

Noah drosselte das Tempo. Auf der anderen Seite lag schlafend eine Fähre. Er hielt gekonnt am Steg an, band das Boot fest. Er reichte mir helfend seine Hand, damit ich aussteigen konnte. „Wenn es keine Jagd wäre, dann fände ich es nett."

Noah grinste. Das stand ihm wirklich gut. „Tja, aber man sollte eben die kleinen Dinge im Leben genießen."

„Sagt der Mann, der die Weltherrschaft anstrebt."

„Ja, auch Despoten können genießen." Noah deutete mir einen Weg. Mitten in dieser wilden Landschaft erhoben sich Stufen. „Wir sollten uns beeilen, dann haben wir einen Vorsprung. Sie kommen sicherlich mit Motorrädern."

Ich joggte ihm nach. Die Landschaft war einfach fantastisch. Kleine Höhlen, Einkerbungen, wilde Bäume, Geäst. Es sah atemberaubend aus. Nur leider konnte ich es nicht genießen. Wir rannten die Stufen hinauf, unterbrochen von schmalen Pfaden. Noah atmete schwer. Meine Kondition schien besser als seine zu sein. „Komm schon!", trieb nun ich ihn an.

„Wer hätte das gedacht!"

„Nicht reden! Laufen! Los!"

Noah lachte über mich und hustete anschließend, da er um Luft rang. Ich joggte vor ihm weg. Es dauerte eine gefühlte Ewigkeit, bis ich an einem Durchgang ankam. Dieser war ebenfalls in Stein gehauen. Noah hielt sich schwer atmend am Fels fest, er zeigte auf einen dunklen Holzzaun. In der Ferne hörte ich die *Mondscheinsonate*.

Ach, das Konzert! Wir liefen auf die Brücke. Tief unter uns lag eine Bühne, von da aus kam die Musik. „Geh zum Zaun. Ich sorge für Ablenkung", kam etwas ruhiger von Noah. Ich sah ihn fragend an, doch er schritt auf der Brücke entlang. Er hockte sich auf den Boden. Etwas funkelte in seiner Hand und dann verschwand er spurlos. Ich rieb mir meine Augen. Wo war er hin? Wie konnte er verschwinden? Das Zwielicht müsste ich eigentlich erkennen können, auch wenn ich mich nicht darin befand. Ich blickte verstört hinab zum Konzert. Die Leute applaudierten. Meine Uhr verriet mir, dass es bereits nach Mitternacht war. Schade, ich fand die Musik schön.

Die Leute standen auf. Ihre leisen Gespräche hallten bis zu mir hinauf. Ich fühlte mich, als käme ich aus einer anderen Welt, als würde ich nicht dorthin gehören. Nicht zu ihnen. Vielleicht doch zu Noah? Nein, das konnte nicht sein. Ich wollte doch diesen ganzen Mist nicht. Ich wollte nicht in Angst leben, nicht Kriege und Kämpfe führen.

Im Schatten eines Felsens tauchte er wieder auf. Ein riesiger schwarzer Haufen lag vor ihm. Er zog seinen Stab aus der schwarzen Masse. Diese gab ein tiefes dämonisches Knurren ab. Hatte er da gerade einen Dämon aus der Hölle geholt? Ich revidierte alle meine Gedanken, die ich ein paar Sekunden zuvor gehabt hatte. Noah kam auf mich zu. „Das dürfte uns etwas mehr Zeit verschaffen." Ich kniff meine Augen zusammen. Er stank schrecklich nach Schwefel.

Er zog die hohe Holztür auf und schob mich hindurch. Abgerundete Stufen gingen ein wenig hinab. Übergänge aus Metallbrücken sowie Treppen folgten. Angestrengt folgte ich Noah. Tiefe, dunkle Abgründe tauchten unter uns auf. In der Dunkelheit fühlte sich der Ort wirklich gruselig an. „Hier kann man sich nicht verstecken", schnaubte Noah, blieb stehen und sah sich um. In der Ferne erklangen die ersten Motorengeräusche. Stimmen folgten. Ich schaute hinüber zu der steinernen Brücke. Im Mondschein erkannte ich die ersten Schatten der Jäger, sie schrien wegen dem Dämon, riefen sich Befehle zu, ihre Waffen blitzten auf.

„Nadja, wir müssen noch ein paar Stunden durchhalten. Aber hier können wir uns nicht verstecken."

Angespannt betrachtete ich die Umgebung, folgte dem Weg für Touristen. An einer Stelle ging es nicht ganz so weit nach unten. Zumal eine Tanne hinaufragte. „Da unten!"

Noah schaute hinab. „Dort sitzen wir in der Falle. Wir können uns kaum unsichtbar machen", knurre er genervt.

Ich quiekte wegen seines Kommentars. „Vertraust du mir?"

Noah runzelte seine Stirn. „Ja? Muss ich wohl."

„Dann ab nach unten." Er ergab sich widerwillig. Zwischen Tanne und Fels hangelten wir uns hinab. „Setz dich da ins Eck und mach dich klein." Ich zog meinen Mantel raus.

„Nadja? Pantomime?" Ich verdrehte meine Augen, zog mir den Mantel um. Noah rieb sich seine Augen, wie ich es vorher getan hatte. „So bist du also in die Festung gekommen!"

„Richtig!" Ich setzte mich auf seinen Schoß, kuschelte mich an ihn, da wir sonst nicht genügend Platz zusammen unter dem Mantel gehabt hätten. „Noah, du stinkst."

„Entschuldige. Das ist die Hölle."

„Mmmhhh ... passt zu dir." Noah sah mich an. Er sagte nichts. In der Ferne hörten wir die anderen kämpfen. Sie riefen sich Dinge zu. Jemand schrie laut und es wurde still.

Ich drückte mich besorgt an Noah. Hoffentlich würden sie uns nicht finden. Ein leises Läuten erklärte uns, dass es zwei Uhr war. Noch drei Stunden ... Dann wäre der Spuk vorbei. Noah legte seine Arme um mich herum. Langsam wurde seine Atmung flacher.

Über uns erklangen Schritte. „Sie müssen hier sein!"

„Sucht sie!"

„Ich hab doch gesagt, dass wir sie nicht unterschätzen sollen!" Das war David. Ich erkannte seine Stimme überall.

Noah schloss seine Arme fester um mich. Es fühlte sich fast an, als würde er mich beschützen wollen. Aber das konnte nicht sein. Ich legte meinen Kopf an seine Halsbeuge, damit wir uns so klein wie möglich machten. Neben dem Geruch von faulen Eiern roch ich das Leder seiner Kleidung. Darunter erahnte ich eine leichte Note Aftershave. Es roch nach Sicherheit, nach Erfolg, nach einem Mann, der wusste, was er vom Leben wollte. Ein wenig beneidete ich ihn darum. Vorsichtig regte er sich. Er griff nach einer Strähne meines Haars, schnupperte schweigend daran.

„Sie sind nicht hier!" Die Stimme erhob sich direkt über uns. Ich zuckte zusammen. Der Schein einer Taschenlampe strich über uns. Direkt neben mir entdeckte ich das Licht. Noah strich über meinen Kopf, drückte ihn behutsam an sich heran, schenkte mir damit ein sicheres Gefühl. Auf einmal fühlte ich mich in seinen Armen beschützt.

„Die können sich kaum in Luft auflösen!"

„Erinnert euch, wie uns Nadja befreit hatte. Sie hat sich unsichtbar gemacht!" Das war das Mädchen, welchem ich zur Freiheit verholfen hatte. Noah spannte sich unter mir an.

„Sorry!", hauchte ich.

„Nein, diese undankbare Verräterin", gab er mit zusammengebissenen Zähnen ab.

„Dann finden wir sie nie!", erklang ein anderer.

„Wir drehen jeden Stein um!" Überall erklangen Schritte. Sie schienen wirklich jeden Stein umzudrehen.

„David?" Das war Daniel.

„Was ist?"

„Wir haben geschworen, sie zu schützen. Ist das denn nichts wert?"

David schnaubte. „Nein, sie hat sich entschieden. Sie wollte uns nicht!"

„Das, was wir machen, ist falsch."

„Daniel! Sie kuschelt hier irgendwo mit Noah! Wer verrät uns?"

„Ich sehe das anders. Nadja wollte das nicht. Sie hat es nicht gewusst und sie hat uns gerettet! Haben wir ihr gedankt?"

„Daniel, du nervst! Sie wird sich für Noah entscheiden! Sie hat sich gegen uns gewandt!" David klang schrecklich wütend.

In meinem Herzen brannten seine Worte. Sie taten furchtbar weh. Erneut traten mir die Tränen in die Augen. Noah knurrte leise, strich mir tröstend über meinen Rücken. Sie suchten die ganze Zeit nach uns.

Die Vögel erwachten. Es konnte nicht mehr lange dauern.

Tag 3

Noah regte sich unter mir. Er hob den Mantel ein Stück-chen hoch. Der Morgen brach an. „Wir können", sprach er leise.

Nur schwer erhob ich mich. Meine Knochen schmerzten durch die gepresste Haltung. Ich schüttelte meine Beine aus, schaute nach oben. Zwischen den Bergen erwachte die Sonne.

„Da sind sie!"

Noah gab mir meinen Mantel. Diesen schob ich zurück in meine Tasche. Vorsichtig kletterte ich den Baum hinauf. Die Jäger musterten mich betreten. Ich schaute sie nachei-nander an.

„Ist jemand verletzt?", erkundigte ich mich.

Katharina verstand und warf mir einen traurigen Blick zu. „Nein, wir sind so viele gewesen. Da machte der Dä-mon nichts aus."

Ich nickte ihr verstehend zu. „Komm!" Noah begab sich zum Ausgang. Nachdem sein Körper mich nicht mehr wärmte, fror es mich. Der Schlafmangel sowie die Anspan-nung machten sich umgehend bemerkbar.

Einer der Jäger stellte sich vor Noah hin. „Die nächste Nacht werdet ihr nicht überleben."

Noah griff nach mir, zog mich an sich heran. „Das wer-den wir sehen." Er schob uns an dem Kerl vorbei. Wir schritten die Stufen erschöpft hinauf.

„Nadja! Du bist Dreck!", schrie mir David nach.

„Das bist du nicht", seufzte Noah an meiner Seite. Er löste sich vor dem Holzzaun, drehte sich zu den anderen um. „David, ich hatte dich für klüger gehalten. Aber meine Rache wird grenzenlos sein!"

Hinter dem Zaun sackte ich weinend zusammen. Ich hielt diesen unnötigen Mist einfach nicht aus. Es machte mich fertig. Dieser Hass, diese Wut. Das alles führte doch zu nichts.

Auf einmal erschien Noahs Vater vor mir. Er hockte sich hin. „Haben sie euch bekommen?"

Ich schüttelte schluchzend meinen Kopf. Noah hob mich in seine Arme. „Kann laufen." Vorsichtig ließ er von mir ab.

„Wie war es? Wieso weint Nadja?"

„Worte können mehr verletzen als die schlimmsten Schläge", kam leise von Noah.

Er wollte nach meiner Hand greifen, aber ich konnte gerade nicht. Auch seine Worte brannten sich tief in meine Seele. Sein Hass, ich verstand ihn einfach nicht. „Woher kommt deine Verachtung, dein Antrieb?", gab ich erstickt ab.

„Ich sagte doch, dass ich es dir zeigen werde. Aber alles zu seiner Zeit." Noah klang ebenfalls erschöpft. Herr Manteuffel brachte uns zu seinem Wagen. „Wieso bist du wieder hier?", erkundigte sich Noah bei seinem Vater.

„Deine Nadja hat es geschafft. Sie fanden ein paar fragliche Dinge heraus und ich bin von meinen Ämtern erst einmal beurlaubt worden."

Ich erinnerte mich, wie ich sie während einer Veranstaltung bloßgestellt hatte und deshalb ihr Leben umgekrempelt wurde. Es glich einem Wunder, dass sie nicht ins Gefängnis mussten, doch seitdem liefen Ermittlungen gegen Herrn Manteuffel.

Noahs Vater hielt mir die Tür vom Wagen auf. Ich traute mich nicht, einzusteigen. „Mach schon. Ich darf dir nichts tun, solange du in unserer Obhut bist. Danach schon." Er zwinkerte mir selbstgefällig zu.

Noah schob mich sanft in den Wagen. „Auch danach wirst du ihr nichts tun. Sie kann nichts für deine Fehler."

„Du hängst da auch mit drin."

„Dann soll es so sein." Ich rutschte im Sitz etwas hinab, ihrer Diskussion konnte ich nicht mehr folgen. Mich fror es noch immer. Noah beobachtete mich besorgt. „Schließ deine Augen und schlaf ein wenig." Lieb strich er über meine Wange.

Ich schloss meine Augen und schlummerte bereits auf der Fahrt ein.

Erst gegen Mittag wurde ich wieder wach. Ich nahm mir eine heiße Dusche, zog mir die Sachen an, welche schon wieder auf dem Bett lagen. Ein bisschen gruselig fand ich es schon.

Noah öffnete zögernd die Tür. „Oh, du bist schon wach. Ich wollte dich sonst wecken."

„Danke. Wie geht es dir?"

Er kam herein, setzte sich auf das Bett. „Gut. Vater nervt. Aber so sind Eltern nun mal."

„Na ich glaube dein Vater ist sehr eigen." Ich schlüpfte in meine Schuhe.

„Nadja, die Dinge sind anders, als sie erscheinen. Bitte glaube mir."

Ich zuckte mit meinen Schultern. „Ich las das Tagebuch deiner Mutter. Sie liebte euch beide. Aber er verschmähte sie."

Noah sah mich verwirrt an. „Wie bist du daran gekommen? Ich meine an das Buch?"

„Es lag in Vaters Wächterraum. Sie legte es da hin. Zumindest schrieb sie es. Aber eines wundert mich ... Vater sagte, dass dein Vater sie vergewaltigt hat. Doch sie schrieb, dass es auf Gegenseitigkeit beruhte und wie sehr sie ihn geliebt hatte." Noah sah mich prüfend an. „Sie brachte sich um, weil sie wollte, dass du es bei ihm gut hast."

Noah schüttelte schweigend seinen Kopf. „Nadja, da steckt mehr dahinter. Die alten Wächter ziehen die Fäden. Nicht wir und wir können es auch nicht ändern. Hör auf, Fragen zu stellen. Bitte." Er klang vollkommen verzweifelt.

„Du meinst also, dass unsere Großeltern an allem Schuld sind?"

„Ich meine, dass du jetzt schweigen solltest. Bitte, du begibst uns alle in Gefahr."

Ich schluckte meine Neugierde hinunter. Sein Blick wirkte so flehend, dass ich wirklich nachgab. Trotzdem musste ich mehr erfahren, denn alles sollte irgendwie einen

Sinn ergeben. Ich wollte herausfinden, wer an allem Schuld war. Was hatte man womöglich Noah angetan?

„Hör auf zu denken!"

„Also das kannst du mir wohl kaum verbieten."

Noah drückte mich an sich. Er hauchte mir einen Kuss auf meinen Haaransatz. „Essen, dann Fahrschule!" Schmollend trottete ich ihm nach. Seine gute Laune verstand ich nicht.

Der Duft von Spaghetti und einer Käsesauce kroch mir in die Nase. „Welches Ziel nehmen wir heute?" Noah schob mir das Tablet hin.

Ich musterte das Schlösschen sowie das alte Kloster. „Geistermönche?"

Noah nickte mir zufrieden zu. „Das Gebiet ist sehr weitläufig. Überall sind Ruinen. Das könnte klappen."

Gemeinsam schauten wir uns die vielen Bilder an. Das Kloster Altzella bestand überwiegend aus offenen Gewölben, einer riesigen Ruine, einem restaurierten Gemeinschaftshaus sowie einem modernisierten Mausoleum. Das Mausoleum war das einzig komplett erhaltene Gebäude.

Noah erklärte mir, dass nur Mönche dort herumspukten. Mehr gab es nicht. Wir suchten die alte Kirche heraus, dort musste sich das Versteck unterhalb des Altars befinden. Doch Noah meinte, dass sie uns genau da erwarten würden.

Sein Vater setzte sich zu uns: „Na, ihr seid aber guter Laune. Wir haben uns damals fast in die Hose gemacht und da waren nur dreißig Jäger beteiligt."

Neugierig sah ich ihn an. „Wie weit dürfen sie gehen? Dürfen sie uns töten?"

Er schaute auf. „Körperverletzung ist möglich."

Ich kaute auf meiner Unterlippe herum. „Darf ich eine Sache erzählen?", fing ich flüsternd an.

Herr Manteuffel musterte mich prüfend. „Dir ist klar, dass wir nicht über das Ritual reden dürfen?", knurrte er.

Ich nickte. „Vater aber sagte, wenn mein Leben in Gefahr sei, dann dürfe ich." Herr Manteuffel schaute finster zu seinem Sohn.

Noah lehnte sich zurück. „Sie haben gedroht, mich zu töten und sie ordentlich zu foltern", erklärte er nun.

Herr Manteuffel blickte zwischen uns hin und her. „Wie viele sind es?"

„Ich schätze über hundert", antwortete ich beschämt.

„Und da seid ihr letzte Nacht unverletzt rausgekommen?" Seine Stimme überschlug sich fast.

Noah huschte ein Lächeln über seinen Mund. „Wir sind ein sehr gutes Team."

Herr Manteuffel sprang panisch auf. Er zog sein Handy und rannte telefonierend raus. Ich futterte besser meine Nudeln. Die Sahnesauce schmeckte köstlich. Herr Manteuffel kam zurück. „Ihr dürft mir alles erzählen. Danach überlegen wir, ob wir die Sache nicht sogar abbrechen."

Noah schnaubte verächtlich. „Das fällt euch früh ein. Wir werden bereits dauerüberwacht. Außerdem haben sie uns schon am Samstag aufgelauert. Erst sah Nadja Julius im Park, anschließend suchten sie uns in der Stadt auf. Wir dachten, es gehört dazu."

„Nein, nicht so. Sie wollen sich wirklich ihre Freiheit zurückholen. Wie war das gestern?"

Ich ergriff das Wort. Lieber sprach ich mit ihm, als auf ewig unter der Erde zu ruhen. „Musik erklang laut aus den Lautsprechern. Sie befanden sich auf der gesamten Festung. Wir seilten uns ab, Noah kämpfte mit einem, wir rutschten den Hang runter und am Steg holten wir das Boot. Die anderen beiden Boote gehen auf meine Kappe. Wir flogen über die Elbe, rannten zur Bastei rauf. Noah besorgte einen Dämon und wir versteckten uns."

Herr Manteuffel runzelte seine Stirn. „Wie? Da kann man sich nicht so einfach verstecken! Zumal sie eure Magie blockieren."

„Betriebsgeheimnis!", grinste ich frech und warf Noah einen flehenden Blick zu.

„Das mit dem Verstecken geht auf Nadjas Rechnung", erklärte Noah voller Achtung mir gegenüber.

„Wieso zwei Boote?", keuchte Herr Manteuffel. Ich hätte nie gedacht, dass er sich so sorgen könnte.

„Nadjas Idee, da die anderen uns gefolgt waren. Sie schob sie einfach in den Fluss und übergab sie der Strömung."

Herr Manteuffel schüttelte bestürzt seinen Kopf. Erneut sprang er auf. Wieder zischte er in sein Telefon.

„Na hoffentlich enden wir nicht doch in der Verbannung", murmelte ich und ärgerte mich, dass meine Nudeln nun kalt wurden.

Noah schmunzelte. „Ach wir beide in der Verbannung, da würde uns nichts lange aufhalten." Ich kicherte leise. „Du magst mich!", freute sich Noah.

„Nein, du bist mir zu wechselhaft."

„Du magst mich!", lachte er.

„Nein, du schaust so finster."

„Und du magst mich trotzdem."

„Ich denke an mein drittes Lebensjahr."

Noah lehnte sich über den Tisch. „Du hast ein riesiges Herz und du magst mich."

Ich schnaufte. „Na gut. Ein ganz klein wenig." Noah streckte siegessicher seine Hände nach oben.

„Dafür, dass ihr mächtig in der Tinte sitzt, lacht ihr noch?" Sein Vater kam zurück.

„Sie mag mich", strahlte Noah glücklich.

„Keiner mag uns, wir sind die Bösen … Ihr müsst los." Herr Manteuffel warf mir einen seltsamen Blick zu. Leider konnte ich diesen nicht deuten. Noah zischte, nachdem er auf die Uhr blickte.

„Heute ist nur Theorie dran. Du kannst ja was anderes machen!", schlug ich vor.

„Ich weiche nicht von deiner Seite." Er hielt mir meine Jacke hin.

Dankbar nahm ich sie entgegen. „Gut, dass wir nur noch zwei Tage haben", kicherte ich ausgelassen. Dafür, dass es mir am Morgen so mies ging, verscheuchte Noah meine Sorgen. Die Beleidigungen von David schmerzten noch, aber das, was sie vorhatten, machte mir Angst. Dennoch ließ ich diese nicht zu, da wir sonst gleich aufgeben könnten. Und Aufgeben lag nach Davids Worten nicht im Bereich des Möglichen.

Wir fuhren mit dem Porsche zur Fahrschule. Drei Motorräder standen davor. „Jetzt übertreiben sie es", knurrte Noah. Auf dem Weg ins Gebäude tippte er eine Nachricht in sein Handy. Fünf Typen warteten bereits auf den Unterrichtsbeginn. Die wirkten seltsam, so als hätte man ihnen die Führerscheine abgenommen, nachdem man sie wegen was auch immer erwischte. Ich setzte mich brav in die zweite Reihe. Immerhin konnten auch Autofahrschüler an der Unterrichtseinheit teilnehmen, also schienen nicht alle Anwesenden Jäger zu sein, die es auf uns abgesehen hatten.

Noah setzte sich zu mir. „Mal sehen, ob ich noch was lernen kann."

„Ich hab das doch auch schon hinter mir. Aber was solls." Wir bekamen Fragebögen ausgeteilt, welche wir gleich beantworten sollten. Die Verkehrsschilder sowie einige Vorschriften mussten beantwortet werden. Danach korrigierte die Dame sie. Ich hatte null Fehler. Noah sah mich zufrieden an. Die letzten beiden Stunden ging es noch um Umweltfragen sowie andere Regeln.

Nach drei Stunden hatten wir es hinter uns. „Was machen wir jetzt?", erkundigte sich Noah.

„Keine Ahnung. Wollen wir nicht auf die Festung?"

„Nein, ich habe keine Lust, dass sie dort schon wieder auf uns warten." Da musste ich ihm recht geben. Noah hielt mir einmal mehr die Wagentür auf. „Was hast du noch nie getan?", fragte er.

Ich dachte darüber nach. „Vieles. Kino, Theater, Oper, …"

Noah hustete. „Nicht einmal Kino?"

„Doch einmal mit der Schule. Als Heimkind hat man kein Geld."

Noah schaute auf seine Uhr. „Wir fahren in die Festung, ziehen uns um und danach schauen wir uns eine Chorprobe an. Kino machen wir morgen."

„Chorprobe?"

Er lächelte mich an. „Ja, aber das wird dir gefallen."

Noah fuhr wie ein Henker zur Festung. Dieses Mal schlängelte er das Auto sogar bis ganz hinauf. Seinem Porsche gefiel das gar nicht, denn er setzte mehrfach auf.

Nachdem ich mich umgezogen hatte, wartete sein Vater auf uns. „Könnten wir uns einen Augenblick lang unterhalten?" Noah kam ebenfalls dazu. Wir setzten uns kurz an den Esstisch. „Wir Wächter treffen uns heute Abend. Dein Vater wird ebenfalls dabei sein. Wir prüfen, ob wir es abbrechen können, obwohl das eher aussichtslos erscheint. Wir lassen euch nicht sterben. Ihr seid die letzten jungen Wächter. Von euch hängt die Zukunft ab. Nadja muss auf jeden Fall gut bleiben, ansonsten bekommen wir ernsthafte Probleme. Ihr Herz ist stärker als angenommen."

So ganz schlau wurde ich aus Noahs Vater nicht. Erst möchten sie mich lynchen und nun beschützen. Wussten die eigentlich, was sie wollten?

„Wie sollen diese Probleme aussehen? Ich meine, ursprünglich wollten wir Nadja an unserer Seite", murmelte Noah verwirrt.

Herr Manteuffel schüttelte seinen Kopf. „Nein, du weißt, welchen Weg wir eingeschlagen haben. Da dürfen wir sie nicht hineinziehen. Sie hat unbewusst bei David schon die richtige Entscheidung getroffen. Wenn sie sich zu uns bekehren würde, dann könnte die Weltordnung aus den Fugen geraten."

„Welche Weltordnung?" Ich verstand absolut nicht, worum es ging.

„Himmel und Hölle. Die Hölle könnte aufbrechen. Alles braucht einen Gegenpol."

„Ihr nervt mich! Wieso verdammt fange ich an, euch zu mögen? Ich sollte euch hassen!"

Herr Manteuffel lächelte mich besorgt an. „Genau das ist es. Du besitzt eine reine Seele. Vermutlich bist du sogar noch unberührt."

„Das geht Sie nichts an!" Ich verschränkte meine Arme vor meiner Brust.

Er lachte laut auf. „Noah, erkläre es ihr. Ich meine unsere Ziele. Wir versuchen euch letzten Endes auch nur zu beschützen."

Noah nickte seinem Vater verstehend zu und führte mich hinaus.

Erst im Wagen fing er an. „Die Menschen sind unglücklich. Reiche werden reicher, Arme immer ärmer. Die Welt, das Gleichgewicht, gerät aus den Fugen. Wir nehmen uns den Menschen an und wollen wieder für etwas mehr Wohlstand unter ihnen sorgen. Dazu brauchen wir Macht, viel

Macht und Geld. Einfluss, Vermögen, Ansehen. Wir opfern unsere Seele dafür. Die heutigen Machthaber setzen alles daran, uns loszuwerden."

„Dann ist es doch nicht schlecht?" Ich verstand das alles nicht.

„Wir sind auch nur Menschen. Wenn wir zu viel Macht bekommen, dann fängt der Kreislauf von vorne an. Dazu brauchen wir dich."

Ich lehnte mich zurück. Sein Gesicht wirkte vollkommen ernst. Ich kratzte mich am Kopf. „Warum folterst du dann Jäger und wieso holst du Dämonen auf die Erde?"

„Ich bin so. Den Rausch, den du beim Motorradfahren gespürt hast, erlebe ich so."

„Kann man das therapieren?"

Noah lachte. „Nein, nur mit harten Drogen. Nadja, ich bin im Grunde meines Herzens schlecht. Wenn ich überhaupt eins besitze …"

„Nein, das bist du nicht." Ich schaute aus dem Fenster. Wie konnte man davon überzeugt sein, böse zu sein?

Noah fuhr in die Stadt. An der Semperoper hielt er an. Er deutete mir, dass wir hineingehen würden.

„In dem Outfit?" Wieder trug ich diese engen schwarzen Lederklamotten.

Staunend betrat ich das Gebäude. Ein Knabenchor probte gerade, ihre Stimmen hallten hell durch das Gebäude. Mein Atem stockte. Ehrfürchtig betrachtete ich die wundervollen Stuckarbeiten. An der Decke hingen riesige funkelnde Kronleuchter, kunstvolle Bilder fanden sich um diese herum. Die samtbezogenen Sitze, die Emporen. Ich befand mich in einem wundervollen Traum, während der Gesang der Jungen mich in ein berauschendes Universum zog. Die Angst vor den Jägern verflog. Ich spürte einen angenehmen Zauber um mich herum. Nein, keine Magie. Die glockenähnlichen Stimmen, dieser majestätische Ort, nahmen mich ein, verzauberten mich vollkommen.

Noah schob mich lieb auf einen der Sitze. Lächelnd betrachtete er mich. Aber ich konnte mich nicht sattsehen, lauschte den Stimmen der jungen Sänger, welche engelsgleich eine Melodie erklingen ließen. Den Text verstand ich nicht und dennoch fand ich es traumhaft. Es fühlte sich an, als würde ich eine andere Welt betreten. Eine Welt, welche längst hinter uns lag. Ein durchsichtiger Dirigent lief vor den Knaben auf und ab. Er schüttelte empört seinen Kopf. Doch außer uns bekam niemand etwas von ihm mit.

Wir verharrten eine Weile an diesem fantastischen Ort. „Wir müssen los. Nicht, dass sie uns noch holen", flüsterte Noah an meiner Seite. Ich seufzte traurig und folgte ihm schweigend hinaus.

Der Abend graute bereits. „Ich will das nicht."

„Ich auch nicht."

Erstaunt schaute ich Noah an. „Woher der Sinneswandel?"

Noah blieb bei mir stehen. Er nahm mein Gesicht in seine Hände. „Seitdem ich dich kenne. Du bist unglaublich."

„Du wolltest mich töten."

Er zuckte, als hätte ich ihn geschlagen. Dennoch legte er seine Stirn an meine. „Ich könnte das niemals. Bitte vergib mir, vergib, was ich tat. Ich kann es dir nicht erzählen. Vater rettete mich. Trotzdem weiß ich, spürte, sah, was ich dir antat." Tränen standen in seinen dunklen Augen.

Niemals hätte ich es für möglich gehalten, dass dieser Kerl Emotionen zeigen könnte. „Ist schon gut. Ich fang nicht wieder damit an."

Noah blinzelte. Er betrachtete mich eingehend, zog mich in seine Arme. „Deine Vergebung … du bist das Einzige auf dieser Welt, was mir etwas bedeutet."

Ich genoss für einen winzigen Moment seine Nähe. „Das sagst du jetzt", schmunzelte ich an seiner Brust.

„Nein Nadja, ich bin nicht David. Ich halte meine Versprechen." Er öffnete mir die Tür.

Ich ließ mich unelegant hineinplumpsen und grinste ihn frech an. Er schüttelte belustigt seinen Kopf. Er sprang um den Wagen herum. „Ich mach aus dir ein Weichei!", witzelte ich.

„Oh nein!"

„Doch, ich hab Tränen in deinen Augen gesehen."

„Das hat dir der Teufel verraten!"

„Du kommst mir mit Rumpelstilzchen?" Ich lachte laut auf. Noah drehte den Schlüssel um. Das tiefe Brummen seines Motors erklang.

Plötzlich tauchten wieder diese verdammten Motorräder auf. Noah atmete tief durch. „Halt dich fest!"

„Das bringt nichts. Wenn sie schlau sind, dann warten sie bereits. Die Chancen stehen fünfzig zu fünfzig."

„Dann hoffen wir mal, dass unser Schulsystem versagt hat." Ich prustete bei Noahs Worten los.

Er warf mir sein Handy zu. Ich sollte seinem Vater eine Nachricht schreiben, dass wir bereits verfolgt wurden. Schnell tippte ich, während er die Musik lauter drehte. Erneut dröhnten dunkle Bässe aus den Boxen.

Wir schossen aus der Stadt hinaus, Noahs Fahrstil war wirklich furchtbar. Aber ich erkannte, dass selbst die Verfolger so ihre liebe Müh mit uns hatten.

Noah sauste in den Sonnenuntergang. Beeindruckt betrachtete ich, wie sie in einem schönen Rot zwischen den leichten, langgezogenen Wolken unterging. „Wie du immer alles anschaust." Noah musste die Musik leiser gedreht haben. Ich hatte mich vollkommen in dem wundervollen Anblick des Sonnenuntergangs verloren. „Du bist wunderschön. Von innen und von außen."

Ich lächelte Noah an, obwohl mir bei unserer Situation nicht zum Lächeln zumute sein sollte. Aber er, mit ihm, machte es irgendwie Spaß, auch wenn ich ihm das nie gestehen würde. „Wenn du nicht so grausam sein könntest, dann würde ich dir das Kompliment gern zurückgeben."

„Hört, hört! Du findest mich schön, trotz meiner Narben."

Ich kicherte. „Es sind meine Narben und ich gestehe, dass es mir eine Genugtuung war, als du sie empfangen hast!"

Anstatt wütend zu werden, sah er mich nur lieb an. „Ich bereue es nicht. Ich sehe es als Chance, als Bestrafung und als das, was ich verdiene." Noah hielt mir seine Hand hin. Ich nahm sie an. Es fühlte sich gut an, ihm zu vergeben, ihn zu mögen. Auch wenn er gefährlich war und sich entschieden hatte, einen Weg zu gehen, den ich niemals einschlagen würde.

Noah fuhr von der Autobahn ab. Nur eines noch musste ich wissen, um endgültig abschließen zu können. Die Sache mit den alten Wächtern würde ich wohl selbst herausfinden müssen, da er diesen Fragen auswich. Aber was war mit Mutter geschehen? Vater vermutete einmal, dass Noah sie gefangen halten könnte.

„Noah?"

„Ja, Liebes?"

Seine Bezeichnung wunderte mich ein wenig, störte mich jedoch nicht. Auch der Schmerz von Davids Trennung, seinem Persönlichkeitswandel, verblasste allmählich. „Was ist mit Mutter geschehen? Hältst du sie gefangen? Du hattest ein schwarzes Kästchen in der Hand gehalten."

Noah drosselte das Tempo. „Nein, ich hab sie nicht. Ich weiß nicht, was mit ihr geschehen ist. Ich sah, wie der Geist deines Vaters weggezogen wurde, aber bei deiner Mutter weiß ich es nicht. Das Kästchen habe ich wegen deines Blutes benötigt."

Ich musterte ihn prüfend. Ich glaubte ihm, wieso auch immer. „Danke. Also dass du ehrlich bist."

„Nadja, ich würde dich nicht anlügen. In deinem Fall schweige ich dann lieber."

Er bog ab. Wir fuhren an ein paar kleineren Einfamilienhäusern vorbei. Manche waren hell gestrichen, bei anderen bröckelte der Putz ab. Dennoch fand ich die Unterschiede atemberaubend.

Könnte ich mir ein Leben in einem solchen Einfamilienhaus vorstellen? Irgendwie passte es nicht zu mir. Ich fand, dass dieser Traum einer anderen Person gehörte, nur nicht mir. Noah fuhr auf einen Schotterweg. Dieser endete in einem Parkplatz. Die intakten Außengebäude des Klosters erschienen vor unseren Augen. Wir hielten vor einem großen Zeughaus. Da die Tore offen standen, entdeckte ich Maschinen darin. Noah schaltete den Wagen aus. Durch dumpfes Licht erkannte ich den Eingang. Ein Bogen wies diesen aus. Daneben gab es ein kleines Café mit integriertem Ticketverkauf. Dieses hatte bereits geschlossen. „Ich komme mir gerade vor, als wäre ich zu meiner eigenen Hinrichtung gefahren." Ich schaute zu Noah. Irgendetwas stimmte nicht. Meine Haut kribbelte nicht. Sollten dort nicht Geister drin sein? „Noah, spürst du was? Ich meine Geister?"

Er runzelte seine Stirn, ging in sich. „Nein. Da ist nichts."

„Hätten die uns helfen können?"

Noah blickte aus dem Fenster. „Ja, das wäre eine Möglichkeit gewesen. Warte! Schau dir den Boden an!" Ich sah auf den Boden. Dieser war mit feinem weißem Staub bedeckt. „Damit ist dein Mantel hinfällig."

Sie konnten durch den Staub jeden unserer Schritte genau nachverfolgen. Wir würden überall Spuren hinterlassen. Verdammter Mist! Ich schluckte angespannt. „Was hältst du von einem Kaffee? Ich meine, können wir nicht abhauen?"

Noah griff nach meiner Hand. Die Motorräder fuhren soeben auf das Gelände. „Wir müssen diese Nacht irgendwie überstehen." Noah schaute sich erneut um. Die Motorradfahrer kamen auf uns zu. Sie wirkten ziemlich stark. Am Tor, dem scheinbar einzigen Eingang, standen ebenfalls welche. Noah kramte in seiner Tasche. Er zog zwei Münzen heraus. „Vertraust du mir?"

„Na muss ich wohl."

Er zwinkerte mir zu. Aus dem Wagen kämen wir so einfach nicht mehr heraus, denn die anderen umzingelten ihn bereits. Schweigend, düster schritten sie vom Eingang auf uns zu. Wie dunkle Soldaten erschienen sie mir. Noah drehte die erste Münze. Wir erreichten das Zwielicht, doch die anderen konnten folgen. „Du springst gleich aus dem Wagen raus. Dann stellst du dich an die Motorhaube. Dreh dich nicht um und vertraue mir!" Betreten nickte ich Noah zu. Er zog eine zweite Münze. Kupferfarben schimmerte sie im Zwielicht. Er stellte sie auf das Armaturenbrett, schwungvoll ließ er diese drehen. Wir rauschten nach unten. Es fühlte sich an, als wäre ich in einem unglaublich schnellen Fahrstuhl. Mein Magen rebellierte. Er knotete sich zusammen. „RAUS!" schrie Noah.

Mechanisch öffnete ich die Tür. Ein höllischer Gestank nach Tod wehte mir entgegen. Mir wurde schwindelig. Um uns herum herrschte tiefste Dunkelheit. In der Ferne vernahm ich ein endloses Knurren, Zischen, was auch immer. Es ging in ein stetiges Getöse über. Ich tastete mich an dem Wagen entlang, bis ich auf einmal Noahs Hand spürte. Er zog mich mit sich. Wir rannten durch die scheinbar endlose

Finsternis. Wie konnte er sich hier auskennen? Mir fiel es schwer, klare Gedanken zu fassen. Mein Magen wollte das Gegessene wieder loswerden. Befand ich mich in der Hölle? Oder unterlag ich einer seltsamen Täuschung? Der Gestank brannte in meiner Nase. Verfaultes, totes Fleisch, getrocknetes Blut, faule Eier, Schwefel. Wir rannten und rannten durch die Dunkelheit, bis Noah plötzlich stoppte. Er zog mich schwungvoll in seine Arme. „Schhht. Gleich geschafft. Du musst dich übergeben?"

„Mpf." Ich löste mich, drückte mich weg und ließ der Natur freien Lauf. Meine Spaghetti und die feine Sauce landeten mitten in der Finsternis. Noah strich mir durch mein Haar, als uns auch schon etwas nach oben saugte. Ich entdeckte schales Licht und meine Knie gaben nach. Wir befanden uns in einem unterirdischen Gewölbe. Es roch nach frischer Luft, mein Magen krampfte erneut. „Gleich vorbei." Ich nickte, zog die Luft tief in meine Lungen auf. Noah musterte mich besorgt. „Alles in Ordnung?"

„Ja, wo waren wir?"

„In der Hölle."

„Aber wie ging das? Wo sind wir jetzt?"

„Die Gänge, die Wände innerhalb der Hölle sind sehr anpassungsfähig. Wir befinden uns jetzt in dem Kloster. Besser gesagt in dem alten Weinkeller. Aber hier sitzen wir in der Falle. Wir müssen raus." Er zog mich erneut mit sich. Wir begaben uns ein paar sehr alte Steinstufen hinauf und landeten auf einem winzigen Hügel. Alte Bäume ragten empor. Ich entdeckte, wie die anderen am Eingang diskutierten, sich stritten.

„Schau, da ist das Mausoleum", flüsterte Noah ange-spannt, „wenn wir hineingehen, sind wir geliefert."

„Kannst du auf Bäume klettern?" Noah nickte mir zu. Neben dem modernisierten Mausoleum standen riesige Bäume. „Dann aufs Dach!", schlug ich vor.

Noah juchzte leise. Wir verschwanden in der Dunkelheit. Die Jäger strömten in die Klosteranlage. Sie suchten nach uns. Wir kletterten den Baum hinauf und erklommen schließlich das Dach. Noah folgte mir keuchend. Mein Training machte sich wirklich bemerkbar.

Die Jäger durchkämmten das Gebiet. Ich holte meinen Mantel aus meiner Tasche und legte diesen über uns. Nur für den Notfall. Noah kuschelte sich an mich heran und ki-cherte: „Das kann doch nicht sein, dass wir hundert Typen austricksen."

„Freu dich nicht zu früh. Ich würde uns finden."

Noah schaute mich an. „Wie?"

„Kameras."

„Scheiße!" Ich nickte, lüftete den Mantel und deutete auf die leuchtenden Punkte zwischen den Bäumen. „Dann soll-ten wir hoffen, dass sie nicht so klug wie du sind."

Ich schenkte ihm erneut ein Lächeln. Zusammen rutsch-ten wir weiter hinauf. Wir setzten uns auf die Spitze des Dachs. Noah legte uns den verrutschten Mantel wieder um. Er saß hinter mir, wärmte mich.

Unten suchten die Jäger nach uns. Sie drehten erneut je-den einzelnen Stein um. Gut, dass sie nur den Parkplatz gepudert hatten, denn sonst hätten sie uns längst gefunden. Sie schnaubten, fluchten vor sich hin.

„Schau da, das ist die Milchstraße." Noah deutete auf einen weißen Nebel, welcher sich im All befand. Der Himmel wurde nur durch leichte Wolken durchbrochen. Die Sterne schienen hell, boten uns ausreichend Licht. „Du kannst schlafen. Ich wecke dich, sollten sie uns finden oder auf dumme Gedanken kommen."

Ich drehte mich ein wenig. „Ich habe eine Superheldenfähigkeit."

„Die da wäre?"

Noahs Atem an meiner Wange fühlte sich himmlisch an. Auch wenn wir beide schrecklich nach Hölle stanken. „Ich kann überall schlafen."

Noah hauchte mir einen Kuss auf die Wange. „Dann mach das. Aber nicht schnarchen."

„Nein. Das tue ich nicht." Ich legte meinen Kopf zurück, betrachtete die Sterne und schloss ein wenig meine Augen. Noah strich mir sanft über meine Arme. Es fühlte sich vollkommen an, mit ihm an diesem Ort zu sein. Bei Noah vergaß ich alles. Meine Ängste, meine Sorgen, meine Zweifel. Bei ihm kam ich mir selbstbewusster, stärker, ernst genommen und verstanden vor.

Irgendwann durchbrach eine kleine Glocke die Stille der Nacht. Elf Uhr erklärte sie. Es würde noch lange dauern, bis der Tag anbrach. Noahs Arme ruhten auf mir. Er hielt mich fest. Ich döste ein wenig dahin. Zwölf Uhr erklang. Die Jäger schienen unruhiger zu werden. Immer wieder hörte ich einen fluchen. Sie zündeten kleine Lagerfeuer an. Am Ausgang schoben sie Wache, andere durchkämmten noch immer das Gebiet. Wieder schloss ich meine Augen. Noahs Atem wirkte beruhigend auf mich. Er hüllte mich in eine schützende, wohlige Decke ein.

Erneut döste ich weg. Ein Uhr, informierte mich die Glocke aus der Ferne. Plötzlich wurden die Jäger wach. Sie tuschelten miteinander, rannten umher, verbreiteten Unruhe. Sogar Noah spannte sich an. Einer lief mit einem Laptop herum. „Mist!", zischte er bei mir.

Ich griff nach seiner Hand. „Warten wir ab. Wer weiß, vielleicht schauen sie ein Fußballspiel."

Er hauchte mir einen Kuss auf meinen Haaransatz. „Deinen Optimismus hätte ich gern."

„AUFSTEHEN!"

Wir schreckten zusammen. Weißer Nebel legte sich auf uns. Sie beschossen uns von unten mit weißem Puder. Damit waren wir nicht mehr unsichtbar. Ich zog meinen Mantel vorsichtig ab, stopfte ihn in meine Tasche. Noah stellte sich schützend auf. „Lasst sie in Ruhe! Ihr wollt mich." Vorsichtig versuchte ich aufzustehen. Meine Beine waren eingeschlafen. So einfach kam ich nicht hoch. Ich spürte nur das unangenehme Prickeln.

„Steh auf!" Jetzt erkannte ich Daniel, welcher zu uns aufs Dach kam, uns den Weg zur Flucht versperrte.

Okay, der konnte wirklich gut klettern. Fast noch besser als ich. Ich erinnerte mich an die Begegnung im Park, wie er mit mir auf die alten Bäume sprang. „Hallo Daniel! Findest du es nicht ein bisschen übertrieben?" Ein Schwert funkelte in seiner Hand. Das weiße Metall glänzte gefährlich. Er streckte es Noah entgegen.

„Wir kämpfen für unsere Freiheit und du weißt, was er tut!", fauchte Daniel. Hinter ihm erschien ein weiterer Jäger.

„Jetzt haben wir dich, Prinzessin." Ich drehte mich um. Ein unangenehmer Kerl tauchte auf.

„Kurfürstin. Prinzessin ist ein eigener Titel." Noah gluckste hinter mir.

„Dir werden die Sprüche gleich vergehen!"

Ich sah mich um, tastete nach Noah. Unsere Hände verschlangen sich ineinander. „Noah, wir sollten gehen." Er verstärkte den Druck. Wir ließen uns fallen, lösten uns, rutschten das Dach hinab. Ich drehte mich, hielt mich an der Dachkante fest. Noah nutzte einen Ast, an dem er sich auffing. Ich schwang meinen Körper ein wenig, erreichte mit meiner Fußspitze einen Ast. Der Halt reichte. Noch einmal nahm ich Schwung, ließ los. Ich kam ins Straucheln, hielt mich, rutschte jedoch ab und krachte unsanft zu Boden. Verdammt, mein Kopf!

Bevor ich aufsehen konnte, zerrte etwas an mir. Ich versuchte mich zu drehen, doch man drückte mich auf den Boden. „Du bist Dreck!" Ein Tritt in meine Rippen folgte. Neben mir keuchte Noah auf. Etwas knackte dumpf. Noah gab einen erstickten Laut ab, doch er schrie nicht. Sie schliffen mich bäuchlings über den Boden. Ich versuchte mich an einer Wurzel festzuhalten, riss mir aber meine Hände dabei auf.

Jemand zog mich hoch, presste mich gegen einen Baum. Andere verschnürten mich, banden mich fest. Nur verschwommen sah ich, was sie taten. Sie warfen Noah auf den Boden, er lag zu meinen Füßen. Immer wieder traten sie auf ihn ein. Wie grausame Monster schlugen sie ihn. Ich hustete, versuchte meine Gedanken zu sortieren.

„Macht mal langsam. Jetzt haben wir zwei volle Tage, um sie leiden zu lassen", hörte ich eine Mädchenstimme. Wieder trat jemand auf Noah ein.

„Hört auf!", keuchte ich den Tränen nahe. Mir wurde bewusst, dass dies kein Spiel war. Dass sie es wirklich ernst meinten und uns wirklich töten wollten.

Julius erschien vor mir. Er hockte sich vor mich hin. „Du bist jetzt ganz leise oder willst du mit deinem Freund tauschen?" Er hielt mir eine Klinge vors Gesicht. Auch diese funkelte in diesem gespenstischen Weiß.

„Ihr dürft uns nicht töten. Sie haben es versprochen", versuchte ich erschöpft.

Julius lachte laut auf. Er ballte seine Hand zu einer Faust und schlug mir voll ins Gesicht. Der Schmerz hallte dumpf in meinem Körper. Ich spürte nur den Druck, scheinbar hielt mich mein eigenes Adrenalin voll im Griff.

Plötzlich fingen sie an, Holz zu stapeln. Sie legten Äste auf einen Haufen, zündeten diese an. „Was machen wir nur mit euch beiden?", seufzte ein Herr an meiner Seite. Er schien bereits etwas betagter zu sein. Nur an Mitleid, Menschlichkeit fehlte es ihm. Er zog an meinem Haar, roch daran. „Du stinkst furchtbar."

Na wenigstens das. Ich dankte dem seltsamen Ausflug in die Hölle. Wieder schlich jemand um Noah herum. Er rührte sich nicht mehr. Seine Arme hatte man auf dem Rücken gefesselt. Ein weiterer Jäger hockte sich zu ihm und zog ein Messer, schnitt ihm die Jacke auf. Noahs Rücken lag frei, seine helle Haut schimmerte im Licht der Flammen. Mit der Spitze der Klinge zog er die Lilie nach. Noch immer war diese verwelkt und doch fand ich sie schön. Zu gerne hätte ich sie berührt.

„Wir werden dir ein Mal setzen. Einmal quer über dein Blümchen."

Ich erkannte, wie andere eine Metallstange in das Feuer hielten. „NEIN!" Ich versuchte mich zu befreien, zog an den Fesseln, doch sie schnitten sich in meine Haut. Eine Frau kam, sie trat mir ohne ein Wort fest in die Rippen und verschwand. Es waren zu viele. Ich hustete, meine Rippen brannten, der Schmerz meines Körpers ging in ein brennendes Rauschen über.

„Ihr könnt euch nicht einmal heilen. Der Bann blockiert euch!", lachte jemand schrill.

Mir fiel ein, dass Noah sagte, dass unser Blut nicht zu blockieren sei. Aber was konnte ich ausrichten?

Ich schaute auf. Sie drehten Noah um, den Rücken nun zum Feuer gerichtet. Sein Gesicht sah furchtbar geschunden, geschwollen aus. Seine Augen blickten mich nur noch durch kleine Schlitze an. In der Ferne läutete es zwei Uhr. Diese Nacht würden wir nicht überstehen, es sei denn mir käme eine Idee. Verzweifelt dachte ich nach.

„Reime ..." Noah hustete Blut aus. Seine Stimme klang so gequält. Ich schloss meine Augen, dachte nach. Mir musste dringend etwas einfallen. Wieder sah ich mich um, sie alle saßen am Feuer, zogen die Metallstange aus dem Feuer. Sie glühte ihnen noch nicht hell genug. David saß beobachtend am anderen Ende. Seine Blicke schienen mich ermorden zu wollen. Ich atmete tief durch.

> „Der Boden, den ihr berührt,
> das, was ihr unter euch spürt,
> wird zu eurem Gemach,
> bringt euch den tiefen Schlaf.
> Bis die Sonne erwacht,
> da endet des Wächters Macht.
> Dass wir ..."

Jemand trat auf mich ein. „Schweig!" Weitere harte Schläge folgten. Ich spürte, wie sie mein Gesicht bearbeiteten. Dennoch musste ich es fertig bringen. Ich wollte nicht sterben!

> „Dass wir können heilen,
> ohne weiter zu leiden."

Ich nutzte den geringen Spielraum, welchen mir die Fesseln boten, berührte mit meinen Fingerspitzen die kühle Erde, schob meine Hände flach auf den Boden. Ein Vibrieren durchzog das Erdreich und alle Jäger fielen, kippten, sackten schlafend um. Einer schwankte sogar gegen mich.

Tag 4

Ich dämmerte kurz weg.

„Nadja?" Etwas zog an meinen Händen.

„Geh weg! Lasst mich!" Ich strampelte mit meinen Beinen, wollte keine Schmerzen mehr.

„Ich bin es", vernahm ich Vaters sanfte Stimme.

Ich spürte, wie sich die Fesseln lösten. Das unangenehme Brennen meiner Schultern ignorierte ich. „Noah?" Ich rutschte herum, sah ihn auf den Boden liegen. Sein Bein schien seltsam verdreht zu sein. Ich robbte zu ihm, zog ihn in meine Arme. „Noah, nicht sterben." Tränen brannten in meinen Augen. Sanft legte ich seinen Kopf auf meinen Schoß, strich ihm über sein verstaubtes Haar.

„Alles ... wird ... gut." Er klang furchtbar. Das Sprechen fiel ihm schwer. Sein Gesicht schwoll weiter an. Ich schaute durch meinen Schleier aus Tränen über das Gelände. Überall lagen diese Monster und schliefen. Das Feuer knackte leise, Funken sprühten nach oben. Die ersten Vögel erwachten und kündeten den Tag mit einem Zwitschern an.

„Oh mein Gott!" Ich schaute erschrocken zu der Stimme auf. Vater und Herr Manteuffel starrten uns entsetzt an. Ein weiterer Herr kam hinzu.

Ich schluchzte heftig auf. „Sie wollen uns töten."

Vater hockte sich zu mir. Sanft strich er mir mein Haar aus dem Gesicht. „Ist schon in Ordnung. Ihr habt es hinter euch. Es wird nichts mehr geschehen." Herr Manteuffel musterte zögernd seinen Sohn. Er wollte ihn hochheben.

„Nicht! Bitte nicht." Ich klammerte mich an Noah.

Unsere Väter tauschten besorgte Blicke aus. „Nadja, wir nehmen euch beide mit", sprach Vater sanft.

„In die Burg? Nach Hause?", wimmerte ich. Vater versuchte mich hochzuheben, doch der Schmerz wurde unerträglich. Ich brach erneut zusammen.

Regen prasselte gegen ein Fenster. Zögernd schlug ich meine Augen auf. Ich erkannte das Bett, ich war in der Festung Königsstein. Mein Körper wies keine Spuren mehr von der Nacht auf. Alle Wunden waren verschwunden. Betreten schaute ich an mir herab. Hatte ich nur schlecht geträumt? Doch dann schnupperte ich an mir. Sofort kamen alle Erinnerungen zurück. Wie wir in die Hölle rutschten, ich mich übergab, Noah nicht von meiner Seite wich, wir die Sterne betrachteten, das Läuten der Glocke, die Stimmen der Jäger, wie Noah vor mir am Boden lag. „Noah … Noah! NOAHHHH!"

Die Tür sprang auf. Da stand er, ebenfalls kerngesund. Er rutschte auf mein Bett, zog mich in seine Arme. Er duftete himmlisch. „Alles ist gut." Sanft wog er mich, tröstete mich. „Alles ist in Ordnung. Wir haben es überstanden." Liebevoll sah er mich an. Erneut traten Tränen in meine Augen. „Nicht weinen, Liebes. Es ist vorbei."

Ich schluchzte heftig auf. Es konnte nicht vorbei sein. Uns standen noch fast zwei Tage bevor. Noah küsste mich zärtlich auf meine Stirn. Sein Haar tropfte noch leicht. „Die Wächter rufen heute Abend alle zusammen. Sie bereiten dem ein Ende. Die Jäger haben die Regeln gebrochen, sie überschritten die Grenzen und damit haben sie verloren."

Fassungslos sah ich ihn an. „Wirklich?"

Er lächelte besorgt. „Ja, wirklich. Süße, wir haben es geschafft." Er wirkte überzeugt.

Ich atmete tief durch, musterte ihn prüfend. „Kann ich wieder nach Hause?"

„Wir sollen die beiden Tage noch zusammen verbringen. Immerhin gehört das dazu. Ist es denn so schrecklich?"

Ich schüttelte meinen Kopf. „Nein. Das nicht. Aber ich fühle mich in der Burg so viel sicherer."

„Verstehe." Noah strich mir sanft über meine Arme. „Du gehst jetzt duschen, dein Vater ist da und dann essen wir etwas." Zärtlich wischte er mir meine Tränen weg.

Ich machte mich auf und duschte ausgiebig. Das warme Wasser half, mich langsam wieder in den Griff zu bekommen. Wir hatten es wirklich geschafft. Schade war nur, dass Noah mir fehlen würde, denn in zwei Tagen trennten sich unsere Wege. Würde er sich trotzdem mit mir treffen wollen? Vielleicht mal mit mir ausgehen? Nein, diese Gedanken schlug ich mir lieber aus dem Kopf. Es handelte sich bei Noah um meinen bösen Cousin und nicht um einen liebevollen Sonnyboy.

Langsam hatte ich mich sogar an diese Klamottensache gewöhnt. Ich schmunzelte mein Bett an, da wieder frische Sachen bereitlagen, in welche ich schnell hineinschlüpfte.

Auch erhielt ich neue Schuhe. Die anderen hätte ich sicherlich noch einmal anziehen können, aber ich wollte mich nicht beschweren.

Vater saß wartend am Esstisch. „Papa!" Er sprang auf und ich rannte ihm in die Arme. Er hielt mich fest, drückte mich an sich. „Du hast mir eine Heidenangst eingejagt. Aber gut, dass du Lorenz alles erzählt hast. Denn sonst wären wir nicht gekommen." Prüfend musterte er meinen ganzen Körper.

„Hast du die Wunden weggezaubert?" Vater nickte. Ich drehte mich einmal im Kreis. „Alles weg. Ein bisschen seltsam ist es schon, da ich geglaubt habe, ich hätte einen Albtraum gehabt."

„Das kommt der Geschichte auch ganz nah." Herr Manteuffel setzte sich an den Tisch. Noah strahlte mich glücklich an. Vater an diesem Ort zu sehen, kam mir zwar befremdlich vor, aber dennoch fand ich es schön, dass er bei mir war. „Setz dich. Du hast bestimmt Hunger. Noah erzählte bereits alles. Du musst unglaublich stark gewesen sein."

„Nein …"

„Oh doch!", unterbrach mich Noah. Er sah mich vollkommen beeindruckt an. „Niemand legte bisher über hundert Jäger schlafen. Vor allem nicht in einer solch ausweglosen Situation."

„Du hast mich doch auf die Idee gebracht. DU sagtest Reime!"

„Ja, aber ich dachte eher an: reime und rette dich. Oder vielleicht noch: hol Hilfe."

„Pft! Ich lasse dich doch nicht alleine! Vergiss es!" Herr Manteuffel und Vater beobachteten uns. Sie sahen uns staunend an. „Hättest du mich zurückgelassen?", erkundigte ich mich bei Noah.

„Nein! Niemals! Ich habe es dir versprochen. Aber dass sie so weit gehen, hätte ich nicht für möglich gehalten. Zumindest nicht bei dir."

„Das verstehe ich auch nicht. Ich habe nie jemandem etwas getan", seufzte ich genervt. Auf dem Tisch tauchten nun viele leckere Sachen auf. Ich bemerkte die Bediensteten kaum. Gerade so konnte ich noch die Rückansicht einer Dame erhaschen. Duftende Kartoffeln, Gemüse, Salat und Fleisch lagen auf dem Tisch.

Herr Manteuffel schnaubte leise. „Wir haben letzte Nacht darüber gesprochen. Sie wollen euch töten, um sich endgültig von den Wächtern zu befreien."

Ich starrte ihn an. „Also jetzt mal im Ernst. Ihr wünscht die Weltherrschaft, die anderen den Untergang der Wächter. Meint ihr nicht, dass dies alles zu weit geht? Hallo? Ich will das nicht. Mein Wunsch war, dass ich ein Jahr mit Vater verbringen kann, um anschließend mein Leben führen zu können. Ein netter Freund, vielleicht irgendwelche Dummheiten. Aber doch keine Kriege, Schlachten, Geister oder sogar Feldzüge. Leute, ich ende nicht mit einem Gaul auf der Ahnenwand in Dresden. Außerdem ist da kein Platz mehr!" Vater prustete lachend los.

„Nadja, du kannst dir dein Erbe nicht aussuchen. Es ist nun mal, wie es ist", sprach Herr Manteuffel.

Ich nahm mir etwas von dem duftenden Mahl. Noah reichte mir sogar Kaffee, was ich ihm mit einem Lächeln dankte. „Herr Manteuffel, ich komme schon noch dahinter. Sie machen einen Fehler, davon bin ich überzeugt. Noah und Sie sind nicht so schrecklich, wie Sie alle glauben lassen. Auch Sie haben eine Seele, ein Herz." Noah verschluckte sich.

Herr Manteuffel runzelte seine Stirn. „Nadja, bei aller Liebe … Du irrst dich. Wir sind Monster."

Ich schüttelte meinen Kopf. „Nein, meine Tante liebte Sie von ganzem Herzen. Ich möchte mal wissen, wer diesen Quatsch mit der Vergewaltigung erzählt hat. Außerdem was ist mit meinen Großeltern?" Ich funkelte Vater finster an.

Dieser wurde blass. „Was war mit Viktoria und woher weißt du das? Denn ich habe nur ihren Abschiedsbrief gelesen, in dem das drinstand."

„Nein, ich las ihr Tagebuch. Es liegt in unserer Kammer. Da schrieb sie immer und immer wieder, dass sie ihn geliebt hatte, sich nur furchtbar vor ihrem Vater fürchtete. Herr Manteuffel hat sich nicht zu ihr bekannt. Sie liebte Noah, wollte eine bessere Zukunft für ihn und brachte sich deshalb um. Sie hätte niemals gewollt, dass er bei uns aufwächst!" Alle drei starrten mich schweigend an. Noah hatte ich es doch bereits gesagt. Wieso also verstanden sie es nicht?

Vater fand als Erster seine Sprache wieder. „Noah, du fährst mit Nadja zur Fahrschule. Ich rede mit deinem Vater und Adrian."

Verwirrt sah ich ihn an. „Nein! Ich will Antworten!" Gut, ich vergriff mich im Ton. Noah erschien neben mir, er zog mich am Arm. Ich funkelte ihn wütend an. Das war doch alles zum Verrückt werden. „Vater?!"

„Nadja, hör auf!"

„Nein! Wusstest du das?"

Vater stellte sich vor mich hin. „Nein, ich ahnte es vielleicht. Aber ich habe immer an das Gute geglaubt."

„Sag mir, wer das alles tut! Noah und sein Vater sind auch nur Marionetten!"

Vater schüttelte seinen Kopf. „Das sind sie nicht. Sie sind, was sie sind. Aber bitte, hör auf Fragen zu stellen!"

Ich schluckte. Das Gleiche sagte Noah auch schon. „Vergiss es! Dann finde ich es selbst heraus!"

„NEIN!" Vater und die anderen beiden schrien gleichzeitig.

„Was soll das?" Ich fühlte mich verzweifelt, im Stich gelassen.

Vater machte einen Schritt auf mich zu, doch ich wich ihm verletzt aus. „Nadja, glaube mir, das ist zu gefährlich."

„Ach so. Was war das gestern? Wieso dreht hier jeder durch, warum spielen einige Wächter mit Dämonen und nachdem ich bei Noah noch keinen schwarzen Rauch sah, wer war das an der Burg? Oder im Park bei Adrian? … Als Nächstes erzählt ihr mir von Aliens? Leckt mich!" Wütend stapfte ich in mein Zimmer, holte meine Tasche sowie meine Jacke.

Vater hielt mich an der Tür auf. „Liebling, bitte. Ich habe nur noch dich."

„Ach, hört doch auf. Sucht euch Frauen und macht neue Kinder! Problem gelöst! Vielleicht solltet ihr anfangen, euch nicht gegenseitig zu bekriegen! Dann hätten die auch eine Überlebenschance und wären nicht so verkorkst wie ich!" Ich schaute zu Herrn Manteuffel. „Oder sie könnten sich besser benehmen!", schnaubend ging ich hinaus. Hinter mir schlug ich die Tür zu. Draußen angekommen lief ich auf und ab. Irgendwie musste ich meine Wut loswerden. Ich kochte. Alles drehte sich in meinem Kopf. Wieso verdammt? Alles hatte doch einen Grund und warum musste ausgerechnet ich in diesen Mist hineingeraten?

Mir fehlte mein sinnloses Leben. Mir fehlte mein stumpfes, unnützes Dasein. Mir fehlten sogar die Akten von Mandanten. „Nadja, beruhige dich." Noah baute sich vor mir auf.

„Wie denn? Wie, wenn ich ständig in Lebensgefahr schwebe und nicht einmal weiß warum?"

Er kam auf mich zu. „Ich passe auf dich auf."

„Nein, das kannst du nicht! Das haben wir gesehen! Vor allem warum? Wieso geschieht mir ständig etwas?"

Noah sah mich verzweifelt an. Er holte tief Luft, schaute in den wolkenbedeckten Himmel. „Ich kann es dir nicht sagen. Aber ..."

„Nichts aber! Fährst du oder soll ich!"

Er deutete auf die Beifahrertür. Auch auf ihn war ich wütend. Ich mochte ihn mehr, als ich mir eingestehen wollte. Doch auch er sagte mir nicht die Wahrheit. Alle schwiegen, logen, quälten. Doch keiner sagte mir, worum es ging.

Zu meiner Erleichterung stand die Fahrschullehrerin bereits mit dem Helm vor der Tür. „Sollte es regnen, müssen Sie vorsichtig machen. Die Straßen werden rutschig." Ich ignorierte sie, zog mir den Helm auf und holte das Motorrad. Immerhin nervte mich keiner auf der Maschine. Dort umgab mich das stetige Rauschen des Windes und keiner konnte mich beim Grübeln stören.

„Nadja, warte! Bitte!" Noah stand bei der Lehrerin und sah mich flehend an.

„Lass mich!" Ich startete den Motor, wartete bis meine Fahrschullehrerin einsatzbereit war. Die Dame rief Noah etwas zu. Ich fuhr aus der Straße raus, folgte mechanisch den Anweisungen der Frau. Es ging auf die Landstraße Richtung Meißen. Ich erinnerte mich, wie ich mit David auf dem Dom war. Einer meiner ersten schönen Abende, aber das anschließende Verhalten der Zwillinge zerstörte diese schöne Erinnerung.

Doch nachdem ich Noah kennenlernen durfte, stellte dies alles in den Schatten. Mein Herz schlug aufgeregt, sobald ich an ihn dachte. Das konnte nicht sein. Das durfte nicht wahr sein. Ich verliebte mich doch tatsächlich in meinen furchtbar bösen Cousin. Ich drehte das Gas auf. Mit über hundert Sachen schoss ich die kurvige Landstraße entlang, überholte einen Traktor. Die Fahrlehrerin fluchte durch das Mikro. Doch ich versuchte meinen Gefühlen zu entkommen. Nein, Noah war ein Fehler! Zudem sagte er mich nicht die ganze Wahrheit. Ja verdammt, ich vertraute ihm! Aber ich konnte mir keine Existenz, kein Leben an seiner

Seite vorstellen. Nein, das ging nicht. Ich wollte nicht als böse Königin enden.

„HALTEN SIE AN!", kreischte die Dame durchs Mikro. Ich schüttelte meinen Kopf, beschleunigte die Maschine, schoss an einem Lastwagen vorbei. Auf einmal setzte Regen ein. Ich schlitterte ein wenig, drosselte das Tempo, fuhr langsamer. Immerhin wollte ich ja nicht sterben. Aber die Sache mit Noah raubte mir noch den Verstand.

„Halten Sie bitte an!", hörte ich die Dame kreischen. Sie klang verzweifelt. Ich entdeckte eine Fahrbucht und stoppte dort die Maschine.

„Bist du von allen guten Geistern verlassen!" Noah kam aus dem Wagen gestürzt. Ich zog den Helm ab. Er schaute mich voller Sorge an. „Wieso weinst du?" Sanft strich er über mein Gesicht. Seine Hände fühlten sich so warm an.

„Noah … ich …" Er hob mein Kinn an, sah mir in die Augen. Entdeckte ich da den gleichen Schmerz, den ich litt? Dieselben Qualen? Oder irrte ich mich?

„Sag mir, was los ist", hauchte er verzweifelt.

„Ich … ich … verliebe mich in dich und das geht doch ni…" Weiter kam ich nicht, denn er senkte seine Lippen auf die meinen. Sein Mund fühlte sich warm an. Samtweich liebkoste er mich. Eine unglaubliche Wärme durchströmte meinen Körper. Es fühlte sich fantastisch an, als würden wir miteinander verschmelzen. Zu schnell ließ er von mir ab. Noah legte seine Stirn an meine. Zögernd öffnete er seine Augen. „Scheiß drauf!" Noch einmal spürte ich seine Lippen. Dieses Mal drängender. Seine Zunge strich über meinen Mund. Ich ließ ihn ein, verschmolz mit ihm, spürte, wie er mich förmlich liebte. Mein Herz schlug heftig, mein Atem ging gepresst. Seine Hände umschlossen mein Gesicht. Er schloss seinen Mund, hauchte einen weiteren zärtlichen Kuss auf meine Lippen. „Warte! Bin gleich zurück", zitternd löste er sich von mir. Zitterte er wirklich? Mit einem weiteren Helm kam er zurück. „Rutsch nach hinten. Ich fahre zurück!"

Okay, ich musste mir eingestehen, dass ich in dem Zustand dann doch nicht mehr in der Lage war, ein Motorrad zu steuern. Noah lächelte mich an. „Das war der verdammt beste Kuss meines Lebens." Noch einmal hauchte er seine Lippen an meine. Zu schnell setzte er seinen Helm auf. Ich nahm hinter ihm auf der Maschine Platz, klammerte mich fest an Noah, genoss die Wärme seines Körpers. Während er losfuhr, elegant über die Straße glitt, legte ich meinen Kopf an seine Schulter.

Er fühlte sich richtig an. Verboten, sinnlich, unglaublich. Wieso musste er böse sein? Das zwischen uns würde bestimmt nicht gut enden. Aber er löste so viel aus.

Die Landschaft sauste an mir vorbei. „Da kommen Motorräder", informierte mich die Fahrschullehrerin durch die winzigen Lautsprecher. Noah schien sie bereits zu bemerken. Er fuhr etwas langsamer. Der Regen hörte wieder auf, dennoch fror es mich ein wenig.

Die ersten überholten uns. Ich spürte Noahs Hand auf meiner. Zärtlich strich er darüber. Obwohl ich Handschuhe trug, fühlte es sich so gut an. Hinter uns kam ein Wagen angeschossen. Noah fuhr auf den weißen Streifen. Er fluchte leise. Der Wagen machte einen Schlenker. Er drängte uns ab. Noah versuchte zu bremsen, aber das Motorrad geriet ins Schlittern. Wir verloren die Bodenhaftung, wir flogen. Ich spürte, wie wir durch die Luft gewirbelt wurden, den schmerzhaften Aufprall. Und dann wurde es dunkel.

„Nadja!" Ich blinzelte. Noah hing über mir. Tränen glitten aus seinen Augen. Er strich mein Haar weg. Seins tropfte noch von dem Regen. Ich lächelte ihn an. Meinen Körper spürte ich gerade nicht. Auch alles andere verschwand. „Ich heile dich jetzt." Seine fast schwarzen Augen wirkten so wunderschön. Ich entdeckte seinen schwarzen Füller mit den goldenen Verzierungen. Das leichte Kratzen auf meinem Arm folgte. Ich spürte das Licht seiner Magie. Es empfing mich mit einer heilenden Wärme. Mein ganzer Körper fühlte sich an, als würde er sich neu zusammensetzen. „Ich liebe dich." Plötzlich sackte er auf mir zusammen. Schwer lag er auf mir, ich konnte mich noch nicht bewegen. Daniel tauchte über mir auf. „Du schläfst jetzt ebenfalls. Dich nehmen wir mit und ihn werfen wir vor seine Haustür." Ich erkannte eine Spritze. Den Einstich spürte ich nicht. Dann wurde es erneut dunkel.

Träger des Kleeblattes

Ich musste nach Nadja sehen, meinem letzten Blutsver-
wandten. Erst seit ihrer Erweckung vor ein paar Wochen
konnte ich sie spüren. Ich suchte nach ihr und nun starrte
ich entsetzt auf den Unfall. Jäger beugten sich über sie, re-
gungslos lag sie im Gras. Sie befahlen ihrem Begleiter, sie
zu heilen, während einer dieser Frau im Fahrzeug das Ge-
dächtnis löschte.

Noah nannten sie den Jungen an ihrer Seite. Etwas störte
mich an ihm, sein Blick wirkte panisch und trotzdem
schaffte er es, ihr einen Spruch auf den Arm zu schreiben.
Es grenzte an ein Wunder, dass sie noch am Leben war.
Sein Spruch für die Heilung löste etwas in ihr aus. Ich sah
ihn noch aufleuchten, die Worte schimmerten deutlich auf
ihrem Arm.

Verheil' geschwind und werd gesund,
verlangt der Wächter dieser Stund'.
Erinn're dich vergang'ner Tage,
um voller Stolz dein Leid zu tragen.
Die Zeit wird deine Wunden heilen,
als Stärke in der Not verweilen.
Gemeinsam werden wir obsiegen,
die Finsternis zusamm' bekriegen.

Doch ich durfte mich nicht einmischen, ihr nicht zu nahe
kommen, denn sie musste mich finden. Während die Jäger
Noah in den Wagen dieser Fahrschule brachten, hoben sie

Nadja auf. Durch den Heilungsprozess schlief sie oder sie war ohnmächtig, genau konnte ich es nicht definieren.

Sie trugen sie zu einem ihrer Fahrzeuge, ein Mädchen mit blondem Haar schrie die anderen an. Dass es Wahnsinn sei, was sie täten, dass sie Nadja töten würden und das nur wegen ihrer dummen Ziele.

Ich mischte mich nicht ein, folgte diesen Jägern, welche meine kleine Nadja in ein Kellerloch brachten. Mitten in Dresden, einem Altbau, versteckten sie mein eigen Blut in einem Loch aus Beton.

Nachdem alle den Raum verlassen hatten, schlich ich mich in ihren Geist. Ich konnte nun sehen, was sie sieht, fühlen, was sie fühlt, ihre Träume beobachten. Von welcher Welt träumte meine Nadja da? Was hatte sie monatelang in Amerika gemacht? Wer ist dieser Aron, an den sie ihr Herz verlor? Konnte es sein, dass Noahs Zauberspruch Erinnerungen an eine andere Zeit in ihr auslöste?

Nadja durchlebte jetzt anscheinend eine Zukunft, die tatsächlich geschehen ist. Bilder von Galerien zogen an mir vorbei, Nadja im Kostüm, selbstbewusst neben einem anderen Wächter, ein wunderschönes Anwesen in Boston, eine FBI-Marke, Aron, der sie bittet, ihre Frau zu werden. Und dann, ein riesiges Loch im Boden, dunkle Kreaturen, die emporsteigen und die Menschen angreifen.

Ich löste mich aus ihrem Geist und begriff, dass Nadja eine Zeitreise vollzogen hatte. Ihre vergessenen Erinnerungen erlebte sie nun in diesem Traum, ausgelöst durch Noahs Zauberspruch.

Dringend musste ich mit meinen Brüdern darüber sprechen, herausfinden, worum es sich dabei handelte. Irgendetwas Grausames würde geschehen, von dem wir nichts wussten.

Ich erkannte, dass der alte Fluch sich bewahrheiten würde. Der Fluch, der die Pforten der Hölle öffnen, die Dämonen befreien und die Erde in eine ungeahnte Katastrophe schicken würde. Doch nicht einmal ich oder meine Brüder konnten sich an den genauen Fluch erinnern. Er lag so weit zurück, stammte aus den Kriegszeiten der Engel, dass keiner diesen aufhalten könnte. Oder könnte dieses kleine Mädchen, meine Nadja, einen Weg finden?

Ich drang wieder in ihren Geist ein. Die Pforten der Hölle öffneten sich, als ihr Liebster ihr einen Ring übergab. Sie liebten und vereinigten sich. Hubschrauber rissen sie aus dem Schlaf, brachten sie in eine Stadt, in der das Grauen sich ausbreitete. Sie kämpften, versuchten Menschen zu schützen. Nadja verletzte sich, ihr Bein brach. Aron trat plötzlich an den Abgrund und setzte seine gesamte Lebensenergie ein, damit sich das Höllenloch schloss.

Ich spürte ihre inneren Qualen, sah, wie Michael Aron rettete, indem er seinen Körper von einem der Dämonen befreite. Die Fürsten der Finsternis wollten sich erheben und eines wurde mir in diesem Augenblick bewusst: Nadja hatte keine andere Wahl gehabt, als in der Zeit zurückzureisen, um dieses Bemächtigungsritual zu beenden. Sie musste den Weg zurück finden, damit die Jäger ihr beistehen würden.

Für einen kleinen Moment regte sich Nadja, doch dann sank sie noch tiefer in ihre Erinnerungen. Sie erlebte nun das, was nach Arons Tod geschah, während sie gefangen und schlafend in diesem Kellerloch lag …

Die Ohnmacht

… Da fiel man in eine tiefe Finsternis, unmittelbar nachdem man zusah, wie der eigene Freund starb. Aron, die Bilder des Engels, wie er mit dem Schwert auf ihn einstach, verfolgten mich. Wie diese dunkle Kreatur Besitz von meinem Liebsten ergriffen, ihm seine Seele geraubt hatte. Mein Herz brannte, es schmerzte, das tiefe Leiden wütete in mir. Kaum ein Mensch könnte sich vorstellen, welch Grausamkeit ein solcher Verlust mit sich brachte. Niemand würde mich jemals verstehen. Mein Leben schien selbst einem Fluch zu unterliegen, einem unbarmherzigen Schicksal. Wie nur sollte ich all das jemals überwinden?

Das Gute an meinem derzeitigen Zustand war, dass mich wenigstens niemand störte. Diese Ohnmacht, diese Dunkelheit, passte zu meinem Leid. Ich wollte niemanden sehen, geschweige denn sprechen. Nein, am besten würde ich für immer in dieser Ebene dahinvegetieren, bis mein Körper seinen letzten Atemzug aushauchte.

„Nadja?"

Woher kam denn jetzt diese Stimme? Sehen tat ich nichts, nur absolute Schwärze erschien um mich herum. Nicht einmal meinen Körper spürte ich.

„Nadja!"

Die Stimme ging in einen gespenstischen Hall über. War ich tot? Befand ich mich womöglich im Zwielicht? Nein, irgendwie ahnte ich, dass mein Leben noch nicht am Ende war, obwohl ich diese Option, den Tod, durchaus begrüßen würde. Das Gefühl, dass sich etwas oder jemand bei mir befand, intensivierte sich.

„Nadja!"

„Ja, hier bin ich", schnaubte ich verwirrt in die Dunkelheit. Ein leises Raunen entstand. Ein bisschen merkwürdig fand ich es schon, wobei meine Trauer kaum klare Gedanken zuließ.

Die Stimme erhob sich sanft, angenehm, fast schon berauschend, sprach sie ihre Worte:

„Die dunklen Pforten sind geschlossen,
es wurde reichlich Blut vergossen,
doch wenn das schwarze Siegel bricht,
dann stürzt die Nacht zurück ins Licht.

Was kümmert mich dein Menschenleid,
wenn nichts als Dunkel übrig bleibt?
Sie bringt die Hölle an den Tag,
die viel zu lang in Ketten lag.

Die Fürsten werden sich erheben
und gieren brüsk nach neuem Leben,
die Menschen werden sich verbergen
gejagt von diesen schwarzen Schergen.

Was durch das Gotteskind gebrochen,
erwacht schon bald, in ein paar Wochen.
Du musst die Jägersleute rufen,

zu deinen Dienern sie berufen.

Zerbrich die schattenhaften Schemen,
die voller Angst dich quälend lähmen,
die Geister werden jetzt dir nützen,
in deinem Kampf dich unterstützen.

Verdräng die Furcht aus deinem Herz,
besieg' die Angst, vergiss den Schmerz
und kämpf' für uns're blaue Welt,
damit das Licht sie neu erhellt."

War es ein Fluch, ein Segen, ein Zauber? Ich verstand es nicht, aber die Präsenz, die ich zuvor spürte, war verschwunden. Seltsam, das Brennen in meinem Herzen klang ein wenig ab, dennoch spürte ich den Verlust meines Arons. Noch immer schmerzte es in meiner Brust, doch das würde so schnell nicht enden.

Während ich schlief oder was auch immer diese endlose Dunkelheit sein sollte, erinnerte ich mich an ihn. Wie ich bei unserer ersten Begegnung auf seinen Hintern blickte, wie ich ihn beim FBI traf, die Schießerei bei dem Mädchenentführer, unser erster Kuss, seine Erweckung und wie wir uns liebten. Zärtlich, geduldig blieb er an meiner Seite, als wir Dämonen austrieben. Ich erkannte, dass ich nie wieder jemanden in mein Herz lassen konnte. Er war mein Prinz gewesen, meine Liebe, mein Leben und nun existierte er nicht mehr auf dieser Welt.

Leider sog etwas an mir, meine Seele verband sich mit meinem Körper. Merkwürdig fühlte es sich an, die eigene Schwere des Leibes zu erfahren. Meine Seele sträubte sich, wollte nicht zurück zu den Lebenden. Nein, ich wünschte mir nichts sehnlicher, als meinem Aron zu folgen.

Ein kleiner Hoffnungsschimmer keimte auf. Wenn er mich wirklich liebte, dann würde er noch immer auf der Erde wandeln. Ich musste seinen Geist finden, obwohl ich mich erinnerte, wie seine Seele in den Himmel emporstieg. Dennoch gab es die Möglichkeit, dass er geblieben war. Der Sache musste ich auf den Grund gehen. Ich brauchte ihn! Würde ich ihn in eine Kirche bringen, in eine Kugel stopfen? Nein, das brächte ich nicht übers Herz.

Ich musste, würde ihn finden, mit ihm die Dämonen bekämpfen und ihm anschließend folgen. Entschlossen riss ich meine Augen auf, blinzelte gegen das Licht an. Woher mein Entschluss so plötzlich kam, konnte ich selbst nicht sagen.

Der Fluchtversuch

Da lag ich nun festgekettet auf einer Krankenstation. Jemand musste mich fixiert haben, weil ich mich nicht rühren konnte. Ich schaute aus dem großen Fenster hinaus. Gegenüber befand sich ein zerstörtes Hochhaus und immer wieder kreisten dunkle Schatten um das Gebäude, in welchem ich mich befand.

Mein Aron war tot. Der Schmerz in meiner Brust hörte einfach nicht auf. Der einzige Weg, den es für mich gab, war ihm zu folgen. Nur der winzige Funke Hoffnung, dass mein Vater noch lebte und dass mein Tod sein Ende bedeuten würde, ließ mich noch am Leben festhalten. Wobei ich mich in meiner augenblicklichen Situation wohl kaum selbst umbringen konnte.

Aron fehlte mir, er hinterließ eine klaffende Wunde im Inneren meines Herzens. Unsere Verlobung, unsere letzte gemeinsame Nacht, sein Tod. Die Bilder verfolgten mich, trieben mich an. Dringend brauchte ich Rache, blutige Rache.

Gott musste ein Idiot sein, wenn er mir meinen Liebsten nahm. Er hätte helfen können. Aber nein, Gott, der Allmächtige, schickte eines seiner Kinder und ließ meinen Geliebten töten. Wie grausam war er? Warum ließ er solch unglaublich schreckliche Dinge zu? Dieser Engel Michael. Ihn würde ich mir bis zum Schluss aufheben. Tief in mir loderte das Feuer der Wut, es brannte sich bis hinab in meine Eingeweide, schloss das Loch, welches Aron hinterlassen hatte. Scheiß drauf, dann würde ich eben zu einem rachsüchtigen Wächter werden. Wir waren eh am Arsch. Doch vorher musste ich irgendwie von den Ketten loskommen.

Ich sah mich um. Ein weißes Zimmer, ein paar Geräte, welche meinen Kreislauf und meine Atmung anzeigten. Nicht einmal ein Tisch stand in diesem kargen Raum. Außerdem wirkte es nicht groß, es glich eher einer Abstellkammer oder einem winziges Büro mit einem kleinen Fenster.

Draußen blitzte etwas auf. Es sah aus, wie das Blitzen in meinen Gedanken, wenn die Dämonen gegen die Kristallwände schlugen. Sie mussten meine Kristalle um das Gebäude verteilt haben oder hatten sie eigene? Wo war ich eigentlich? War ich eine Gefangene oder noch schlimmer, ein Experiment? Ich blickte zu der schlichten Holztür. Vermutlich befand ich mich nicht einmal in einem Krankenhaus. Irgendetwas in mir meinte, dass es sich um ein umgebautes Bürogebäude handelte.

Außerhalb des Zimmers erklangen Schreie, sie erinnerten mich an die der Besessenen. Diejenigen, die wir mühsam gerettet hatten. War das nun alles umsonst gewesen? Denn jetzt tobten da draußen die Bestien der Unterwelt und ich lag fixiert in einem Krankenbett. Vielleicht ließen sie mich verhungern? Dann wäre ich wenigstens in ein paar Tagen bei meinem geliebten Aron. Wir könnten im Himmel kuscheln. Konnte man da Geisterkinder bekommen? Nein, das ginge sicherlich nicht. Vielleicht könnte ich ja eine zweite Chance bei Gott aushandeln? Ich schüttelte meinen Kopf, dabei spürte ich, dass er leicht schmerzte. Ich hob mein Bein an. Der Bruch war bereits verheilt. Dieser bescheuerte Engel musste mich tatsächlich geheilt haben.

Ich kniff meine Augen zusammen, aber das half einfach nicht gegen meine aufkeimenden Erinnerungen. Diese grausame Nacht fraß sich durch meine Gedanken.

Erneut blickte ich hinaus. Erst würde ich jeden einzelnen Dämon zu Brei verarbeiten, anschließend meinen Vater suchen und Aron folgen. Immerhin hatte ich einen Plan. Das war gut, denn der Schmerz in meinem Herzen brachte mich schier um. Hätte Gott mir nicht wenigstens eine vernünftige Kindheit schenken können? Nein, vermutlich nicht. Eine muss ja durchs Leben geprügelt werden. Vor allem wäre ich dann vermutlich genauso verkorkst wie David, Daniel oder Noah. Ich seufzte angestrengt auf.

Vor der Tür erklangen Schritte. Ich hörte ein paar Leute davor, wie sie miteinander sprachen und wieder verschwanden. Hatten die mich hier vergessen? Ich versuchte mich aufzusetzen. Immerhin bekam ich das hin, doch jetzt piepten die Monitore los. Selbst ich erschrak mich dabei. Ich musste hier raus! Egal wie.

Die Tür öffnete sich. Ein kalter Schauer lief mir über den Rücken. Ich musterte die drei Gestalten, die soeben den Raum betraten. Eine Frau in einem weißen Kittel, gefolgt von … Luka? Dem Restaurantbesitzer? Den dritten Herrn kannte ich nicht. Er wirkte auf den ersten Blick wie ein dreißigjähriger sportlicher Typ, aber etwas sagte mir, dass er viel älter war. Er löste definitiv nicht diesen Schauer aus.

Neugierig betrachtete ich die Frau. Ihr Blick blieb gesenkt. Ihre Haut schimmerte fast weiß und ihre Lippen wirkten unnatürlich rot. Die blonde Version von Schneewittchen stand vor mir. Ich schüttelte meine Gedanken ab.

„Wie geht es dir?", sprach Luka vorsichtig. Ich zog an meinen Fesseln. „Du hast im Schlaf geschrien und versucht wegzukommen. Wir mussten dich fixieren", zögernd kam er auf mich zu. Er betrachtete mich prüfend. Eigentlich hatte ich Luka als netten, etwas merkwürdigen Typen in Erinnerung. Doch die Dame machte die Situation unheimlich. Ich ließ sie besser nicht mehr aus den Augen. Sie betrachtete die Monitore und schaltete sie nacheinander aus. „Du hast fünf Tage geschlafen. Wie durch ein Wunder sind deine Wunden verheilt. Du warst in einem schrecklichen Zustand", informierte mich Luka. Ich runzelte meine Stirn. Erst da fiel mir auf, dass ich schrecklichen Durst und Hunger hatte. Wie verdammt kam ich aus diesem Laden raus? Wo befand ich mich eigentlich?

„Bind sie los", murmelte der andere Typ. Luka sah fragend zu der Dame. Sie schaute auf und da entdeckte ich blaugraue, seelenlose Augen. Es gab sie also doch, Wiedergänger. Ich kniff meine Augen zusammen. Eine Erinnerung keimte auf, als Aron und ich die Geister auf dem Bostoner Friedhof gerettet hatten. Warum taten diese Erinnerungen so unglaublich weh? Tränen traten mir in die Augen. Am liebsten würde ich mich irgendwo verkriechen und weinen, aber dazu hatte ich keine Zeit. Ich musste mich rächen und Vater finden. Wenn ich ihn nicht fände, dann wäre mein Leben umgehend beendet. Die Menschen waren mir dabei vollkommen egal. Ich wollte nur meinen Aron und meinen Vater.

Luka löste meine Fesseln. Ich rieb mir über meine wunde Haut, rote Abdrücke leuchteten an meinen Gelenken. Ich bemerkte, dass ich nur ein weißes Nachthemd trug. Damit konnte ich wohl kaum flüchten. Ich sah mich um, wo lag meine Tasche? Ich rutschte aus dem Bett.

„Bleib da. Bitte … wir brauchen deine Hilfe." Luka sprach sanft auf mich ein. Ich schüttelte meinen Kopf.

„Dann geben wir ihr einfach ihre Sachen nicht zurück", kam gelassen von der seltsamen Untoten. Ich funkelte sie wütend an.

„Darf sie deine Geschichte sehen?", erkundigte sich Luka lieb. Ich schüttelte erneut meinen Kopf. Ich erinnerte mich, was der Priester in der Bostoner Kirche sagte. Dass meine Geschichte nicht mehr geheim bliebe, wenn ein Wiedergänger mein Blut tränke. Stimmte es auch, dass sie es nur mit meiner Einwilligung durften?

Der andere reichte mir ein Glas Wasser. Dieses nahm ich und trank es in einem Zug aus. Ich musste dringend aus dem Gebäude rauskommen. Irgendwie würde ich es auch ohne meine Sachen schaffen, die drei würde ich erledigen können. Ich spürte, dass ich noch immer meine vollen Kräfte besaß. Allerdings benötigte mein Magen unbedingt Nahrung. Und ich musste dringend auf Klo. „Klo?"

„Nur wenn du versprichst, keine Dummheiten zu machen."

Ich könnte auch auf den Boden machen, doch die Vorstellung war zu eklig. Luka atmete tief durch. Immerhin konnte er atmen, denn die Dame regte sich nicht, nahezu starr stand sie in dem Raum.

Luka stellte sich an die Tür. „Hier entlang." Ich folgte ihm schweigend. Wir gingen einen langen Gang entlang. Auch da erinnerte alles eher an einen Bürokomplex, welcher nur mit medizinischen Geräten vollgestopft war. Ich entdeckte andere technische Sachen, mit denen ich nichts anzufangen wusste. Er deutete mir eine Tür.

Ich schlüpfte hinein. Eine schlichte Dusche befand sich darin. Eilig erledigte ich mein Geschäft, anschließend nutzte ich die Dusche. Das Stechen des heißen Wassers schürte meine Wut weiter an und ich beschloss, die Flucht anzutreten. Die Tür ging einen Spalt weit auf, jemand schob mir Sachen auf einen kleinen Hocker. Erleichtert atmete ich durch. Noch besser, so müsste ich nicht als Nachtgespenst flüchten.

Ich trocknete mich ab. Selbst an eine Bürste hatten sie gedacht. Es dauerte einen Moment, bis ich mein Haar wieder unter Kontrolle hatte. Mist, mein Stift fehlte. Den brauchte ich wirklich, da er mich an Vater erinnerte. Zu meinem Erstaunen lag er unter den Sachen.

Ich drehte mein Haar hoch, steckte meinen Stift hinein und zog mich an. Aha, Schuhe gab es keine. Das war mir vollkommen gleichgültig, denn der Stift reichte mir aus.

Zögernd lauschte ich an der Tür, mindestens eine Person musste sich dort befinden. Ganz leise öffnete ich die Tür.

Ich spürte jemanden dahinter, nahm Schwung und trat sie kräftig auf. Die Person keilte ich zwischen Tür und Wand ein. Es musste sich um die untote Dame handeln, da Luka plötzlich vor mir auftauchte.

„Du willst das nicht!" Ich legte meinen Kopf schief, drückte noch einmal mit meinem Körper kraftvoll gegen die Tür, bis der Widerstand aufgab.

Luka baute sich vor mir auf. Ich sprang auf ihn zu, stieß ihn von mir weg, doch er hatte verdammt viel Kraft. Er versuchte nach mir zu greifen, ich wich aus, nutzte seinen Schwung und brachte ihn zu Fall. „ROB!", schrie Luka. Mit einem gezielten Schlag auf seine Schulter sackte er für einen winzigen Moment zusammen. Ich rannte den Gang entlang, eine Glasfront tauchte vor mir auf. Nur drei Stockwerke bis nach unten. Ich sah mich um, fand einen Stuhl und schmetterte diesen gegen die Glaswand. Klirrend zerbrach sie und die Scherben fielen hinab in die Lobby.

Ich entdeckte einen Pfeiler. Luka stand wieder auf, andere Männer erschienen. Ich nahm etwas Anlauf, sprang auf den Pfeiler zu, hielt mich fest und rutschte nach unten. Das tat zwar weh, aber den leichten Schmerz hieß ich willkommen, da er mir half, meine Konzentration beizubehalten.

Neben mir schlug etwas auf. Ein riesiger Typ stand plötzlich vor mir, er funkelte mich finster an. Eine lange Narbe durchzog sein Gesicht und sein linker Arm bestand nur aus Metall. Bei was für einer Freakshow war ich denn gelandet? „Du bleibst hier!", knurrte er mit einer rauchigen

Stimme. Ich hob meine Augenbrauen und schüttelte einmal mehr meinen Kopf.

Er versuchte mich zu fassen, doch ich wich ihm aus und konterte mit einem Schlag, der ihm absolut nichts ausmachte. Blitzschnell ergriff er mich. Ich wehrte mich und traf ihn an einer sehr empfindlichen Stelle. Er lockerte seinen Griff, ich entwich ihm und rannte zur Tür.

„Oh nein!" Dieser Typ war wirklich unglaublich schnell. Er baute sich zwischen der Tür und mir auf. Ich sah in seine hellblauen Augen. Sein Blick veränderte sich, er wurde rasend, als hätte er sich selbst nicht unter Kontrolle. Ich machte ein paar Schritte nach hinten. Er kam auf mich zu. Ich rannte zu ihm, nutzte seinen Zorn, sprang an ihm hinauf und quetschte seinen Hals zwischen meine Oberschenkel ein. Er keuchte laut, versuchte sich aus meinem Klammergriff zu befreien, kippte jedoch mit mir um. Der Schlag schmerzte, verlieh mir jedoch neue Kraft. Ich löste mich von ihm. Er griff erneut nach mir, aber nun war ich schneller. Er sprang auf, doch ich hielt bereits den Griff der Tür in der Hand.

Ein dumpfer Schuss erklang. Ich spürte ein Stechen an meiner Schulter, griff danach, zog eine Nadel aus meiner Haut und brach zusammen. Um mich herum wurde es dunkel. Das war nicht gut, gar nicht gut.

Mit leichten Kopfschmerzen wachte ich in einem abgedunkelten Raum auf. Eine winzige rote Lampe spendete schwaches Licht, Fenster gab es keine.

Super, was für eine Karriere. Vom Einbettzimmer einer Krankenstation zum Kellerloch. Eine Stahltür versperrte mir den Weg in die Freiheit. Dafür stand ein Tablett mit einem Becher Wasser sowie einer Plastikschüssel Suppe vor mir. Ich schnupperte an dieser. Vergiften könnten sie mich ruhig, gegen weiteren Schlaf hätte ich nichts einzuwenden. Also beschloss ich, die Suppe zu trinken, auch wenn mir durch die Narkose etwas mulmig zumute war. Ich kippte das spärliche Mahl hinunter. Immerhin half es gegen die Kopfschmerzen, mein Magen freute sich ebenfalls darüber. Ich tastete meine Haare ab, der Stift hing noch darin.

Ich startete einen weiteren Fluchtversuch. Ich rutschte zu der Stahltür und legte mein Ohr dagegen. Nichts … was aber auch an dem dicken Metall liegen konnte. Ich stand auf.

Lass mich hinaus,
damit ich kann verlassen das Haus.
An den Dämonen mich rächen,
wird werden mein schlimmstes Verbrechen.

Die Tür gab ein Klicken ab, quietschend öffnete sie sich. Der Gang dahinter war ebenfalls schwach beleuchtet, dieser führte mich zu einem Treppenhaus. Erleichtert atmete ich auf und stapfte nach oben. Mich wunderte, dass niemand vor meiner Zellentür lauerte und auch im Treppenhaus befand sich keiner.

Noch immer barfuß schlich ich nach oben. Ich hörte Geräusche, drückte mich in eine Ecke und wartete ab, bis diese wieder verklangen. Vorsichtig setzte ich meinen Weg fort. Die nächste Stahltür deutete mir, dass ich mich im zweiten Untergeschoss befand. Also musste ich weiter hinauf. Ich schaffte es ungesehen bis zum Erdgeschoss. Dort atmete ich noch einmal tief durch und schob die Tür auf. Immerhin war diese nicht abgeschlossen. Zögernd blickte ich hinaus.

Da in der Lobby nur ein schales Licht schimmerte, musste es Nacht sein. Ich schloss leise die Tür, versteckte mich hinter einem Pfeiler und lauschte. In der Ferne erklangen Rufe. Ein dämonisches Kreischen durchbrach das monotone Stimmengewirr. Schritte folgten, andere riefen sich etwas zu. Das Schlagen von Türen und dann wieder Ruhe.

Die Scherben hatten sie weggeräumt. Vermutlich war wegen der fehlenden Glaswand alles so hellhörig. Ich sah mich erneut um. Die Lobby wirkte sehr nobel, hohe Säulen ragten nach oben. Helle, freundliche Farben dominierten. Es blitzte. Ich blickte aus der hohen Glasfront hinaus, Dämonen drückten sich gegen die magische Wand.

„Mist." Da draußen befanden sich so viele Dämonen, dass ich nicht rauskommen würde. Ich rutschte an der Säule hinab und hockte mich auf den Boden. Verzweifelt grübelte ich über meine Alternativen nach. Ohne meine Tasche würde ich sicher nicht lange durchhalten können. Irgendwie musste ich an meine Sachen kommen.

„Und, einen neuen Weg gefunden?" Die rauchige Stimme von diesem Kerl mit dem vernarbten Gesicht und dem Arm aus Metall tauchte über mir auf. Erschrocken sah ich nach oben, doch er lehnte sich gelassen an die Wand und musterte mich. „Noch nie hatte ich einen Gegner wie dich." Ich beobachtete ihn. Auch wenn er ganz in Ordnung wirkte, würde ich bestimmt nicht mit ihm sprechen. Ich wollte nur raus, egal wie. „Mein Name lautet Jason oder Jace, wenn du magst. Andere nennen mich Rob, wegen meiner Metallteile." Jace passte zu ihm, wobei ich Rob grausam fand. Aber eigentlich interessierte mich seine Geschichte nicht. Noch immer überlegte ich, wie ich aus dem Gebäude kam. „Wie bist du aus der Tür da unten gekommen?" Ich schwieg, das ging ihn einfach nichts an.

Erneut durchbrach ein elendiger Schrei die Stille. Ich schaute nach oben. „Kannst du helfen? Sie sterben."

Verzweifelt sah ich Jace an und schaute auf meine Hände. Ja, ich konnte helfen, aber wozu?

Es brachte nichts. Wir waren eh alle zum Sterben verurteilt.

„Bitte, das haben sie nicht verdient."

Ich atmete tief durch. Im Augenblick kam ich nicht weg und diese Schreie hörten sich wirklich schrecklich an. Mit meinem Gewissen konnte ich das Leid der Menschen dann doch nicht vereinbaren.

Ich deutete ihm ein Nicken an und rappelte mich auf. Jace wollte mir seine Hand reichen, doch ich zuckte zurück. Aron hatte dies oft getan. Wenn ich verzweifelt oder traurig war, hielt er meine Hand, um mich zu schützen oder mir zu zeigen, dass ich nicht alleine war. „Ist schon gut. Komm." Dafür, dass Jace wie ein Krieger aussah, klang seine Stimme erstaunlich angenehm.

Ich folgte ihm schweigend nach oben. Wir gingen hinauf in die dritte Etage. Die Schreie wurden lauter. In einem medizinisch eingerichteten Raum wüteten zwei Dämonen in den Körpern von Menschen. Umgehend erkannte ich, wie sich ihre Körper aufblähten, sich ihre Adern schwarz färbten und der Schmerz ihnen ins Gesicht geschrieben stand. Zögernd betraten wir das Zimmer. Überall hingen Schläuche, Kabel, Bildschirme zeigten den Blutdruck. Dennoch glaubte ich, mich nicht in einem Krankenhaus zu befinden. Die Türen sowie die Farben erinnerten eher an ein Büro und nicht an ein Hospital.

„Ich brauche meine Tasche." Damit beendete ich mein eigenes Schweigen. Jace ging aus dem Raum und die anderen Helfer musterten mich einen Augenblick lang skeptisch, doch dann widmeten sie sich wieder ihren Patienten. Ich trat an sie heran. Im Endeffekt blieb es immer das Gleiche. Bei dem ersten entdeckte ich schwarze Adern. Das konnte nur ein flüssiger Dämon sein. Bei dem anderen wölbte sich die Bauchdecke unnatürlich. Die Helfer nahmen Proben von den Patienten, verbanden sie mit Schläuchen. Aber all das brachte überhaupt nichts.

Jace erschien wieder an meiner Seite. Er reichte mir meine Tasche. Ich zog meine lederne Mappe heraus, die man aufrollen konnte. „Kommst du irgendwie an Weihwasser?"

Jace runzelte seine Stirn und verschwand aus dem Raum. Mit einer kleinen Flasche Wasser kam er zurück. Ich bröselte etwas getrockneten Klee hinein. Er löste sich nicht auf. „Nein, das ist kein Weihwasser." Finster funkelte ich ihn an, denn verarschen konnte ich mich selbst.

Jace runzelte seine Stirn, betrachtete das Wasser und verschwand aus dem kargen Zimmer.

Als er erneut den Raum betrat, reichte er mir eine weitere Flasche. Mein Klee löste sich diesmal auf, ich nickte ihm dankbar zu. Mich wunderte, dass das erste Wasser nicht geweiht gewesen war. Ich vermutete einen Test dahinter und beschloss, wachsamer zu sein.

„Die anderen müssen gehen." Ich brauchte wirklich keine weiteren Zuschauer, ich wollte meine Ruhe haben. Jace musterte mich einen Moment lang. Anschließend erklärte er den anderen, dass sie den Raum verlassen sollten.

Ich suchte nach meinen Münzen und dem K.-o.-Zeugs. Den ersten Patienten rieb ich schweigend damit ein, dem anderen tropfte ich das Weihwasser auf den Bauch, ermittelte mithilfe meiner Ringe Stahl und suchte nach einem Skalpell. Ich fand eines auf einem Tablett. Erneut tropfte ich Weihwasser auf den Bauch des Patienten, die Bauchdecke wölbte sich nach oben, ich stach mit dem Stahlskalpell zu und schon erschlaffte der Dämon im Leib des Opfers.

Ich sah zu Jace. „Willst du mit?"

Er zuckte mit seinen Schultern. Ich zog die Betten aneinander, schnitt dem anderen in die Arme und sah, wie die schwarze Masse aus ihm herausglitt. „Okay", murmelte Jace.

Ich griff nach seiner Hand, drehte die erste Münze und die zweite gleich darauf. In tiefster Finsternis schnitt ich den Bauch des Opfers auf, tastete nach dem Dämon, zog ihn raus und warf ihn auf den Boden. Der andere Patient müsste nun ebenfalls befreit sein.

So langsam habe ich ein Gefühl dafür bekommen, wie lange ein flüssiger Dämon brauchte, um vollständig aus einem Menschen zu fließen. Jace starrte geschockt in die Finsternis, wenigstens sprach er nicht unnötig. Ich kippte die Münzen um und wir rauschten nach oben.

Noch immer hielt ich das Skalpell in der Hand. Ich rutschte an dem Bett hinunter, setzte mich auf den Boden und legte es an meinem Unterarm an. So einfach wäre es und dann würde der Schmerz in meiner Brust endlich aufhören.

Ich erinnerte mich daran, wie ich im Kinderheim an dem Fenster stand. Damals war der Schmerz nicht so groß, wie der, den ich im Augenblick spürte. Ich zitterte, drückte die scharfe, winzige Klinge an meine Haut.

„Lass das."

Ich sah zu Jace auf, welcher neben mir hockte. „Es tut so weh." Tränen stiegen mir in die Augen. Jace streckte mir seine geöffnete Hand entgegen. Ich wollte, dass es aufhörte. Aron war der Sinn meines Lebens gewesen und nun war er weg. Einst glaubte ich, dass man in die Hölle käme, wenn man sich umbrachte. Doch selbst dieser Gedanke half nicht mehr. Ich schluchzte laut auf.

„Gib es mir. Bitte." Ich schüttelte meinen Kopf. „Ich kann dir den Schmerz nicht nehmen. Aber wir brauchen dich. Keiner kann das, was du hier gemacht hast."

Ich beobachtete, wie mein eigenes Blut an meinem Arm langsam hinablief. Nur noch durchziehen, dann wäre es geschafft. Etwas in mir hinderte mich daran. Ich bildete mir ein, die Stimme meines Vaters zu hören, welche mich anflehte, es zu lassen. Es klang, als würde mein Unterbewusstsein zu mir sprechen. Ich lockerte meinen Griff. Klirrend fiel die funkelnde Klinge zu Boden. Jace zog meinen Arm an sich heran, tupfte etwas darauf und verband mir diesen.

Andere stürmten in den Raum, sie mussten sich um die Patienten kümmern. Luka hockte sich zu uns. „War sie das selbst?"

Jace musterte mich. „Nein, ein kleiner Unfall. Da unten ist es verdammt dunkel." Dankbar blickte ich zu ihm.

„Schaffst du noch drei?", erkundigte sich Luka.

„Lass sie sich ausruhen, es ist zu viel."

Ich aber rappelte mich auf, griff nach meinen Sachen. „Okay."

Luka musterte mich fragend. Er löste sich und machte sich auf den Weg. Ich folgte ihm und fand mich in einem ähnlichen Raum wieder, nur mit drei Betten darin.

Auch diese Patienten wurden zu keiner großen Herausforderung. Eine Dame hatte einen Klumpen am Arm, zwei

Kinder hatten welche an den Füßen. Sie keuchten kraftlos. Bei den Kindern sah ich, dass es ein Ferrum war und suchte eine Eisenspitze. Bei dem anderen Dämon reichte mein Stab aus. Ich verschwand alleine mit ihnen in der Hölle. Nachdem ich die Haut an den befallenen Stellen aufschnitt, flossen die Dämonen raus und ich sauste wieder nach oben. Es kostete mich mehr Kraft als angenommen.

Fünf Tage ohne Essen verlangten ihren Tribut. Vielleicht waren es auch wegen der Narkose sechs Tage. Doch Zeit spielte keine Rolle mehr.

Ich kroch zu der Wand, als die Mediziner den Raum betraten. Mein Magen verknotete sich einmal mehr und ich sackte erschöpft zusammen. „Wo ist sie?" Jace suchte nach mir. Alle sahen sich verwirrt um. Ich umklammerte mich selbst, da mein Magen schmerzte und ich gegen die Krämpfe ankämpfte. Zumindest schien sich mein Körper zu wehren. Gegen die menschliche Natur konnte selbst ich nichts ausrichten.

Jace hockte sich zu mir. „Darf ich dich tragen?"

Weglaufen konnte ich gerade bestimmt nicht. Ich entschied, dass Jace in Ordnung war und ließ mich von ihm hochheben. Er trug mich zu dem Badezimmer. Selbst frische Kleidung bekam ich, doch den Gestank der Hölle roch ich kaum noch. Ich schälte mich umständlich aus meinen Sachen und ließ das heiße Wasser auf mich niederrieseln.

Als ich fertig war, nahm ich meine Sachen und schlüpfte hinein. Selbst das kostete mich unglaublich viel Kraft. Nicht einmal mehr auf meinen eigenen Füßen konnte ich mich halten. Ich verlor das Gleichgewicht und ging zu Boden.

Jace tauchte erneut auf. „Na wenigstens die Hölle schafft dich." Er musste ebenfalls geduscht haben, da er nicht stank. Er hob mich hoch und trug mich zu dem Bett. Ich deutete auf eine Ecke in dem Raum. Er runzelte zwar seine Stirn, aber er legte die Matratze in das Eck. Ich rollte mich darauf zusammen und schlief ein.

Jace hockte im Zimmer, als ich aufwachte. Ein Tablett mit Toast und Tee stand vor mir. Ich schaute hinaus und bemerkte, dass die Sonne bereits hoch stand. Wieder flogen ein paar der Schatten herum, aber bei Nacht waren es so viel mehr. Trotzdem musste ich einen Weg finden, nach Hause zu gelangen. Sehnsüchtig schaute ich in den Himmel.

„Iss das auf, dann zeige ich dir etwas." Jace rutschte an mich heran. Ich reichte ihm etwas von meinem Toast, er aber schüttelte seinen Kopf. „Du brauchst es dringender."

Ich zuckte mit meinen Schultern und verputzte das Toast. Durch ein wenig Butter war es genießbar. Ich trank den Tee und schob mich hinaus zu der Toilette, Zahnputzsachen standen für mich bereit. Jace folgte mir. Vermutlich war er damit beauftragt, auf mich aufzupassen. Ich würde ihn schon irgendwie loswerden.

Er wartete vor der Tür auf mich. „Komm mit." Er deutete mir den Weg. Zusammen stiegen wir in einen Lift und fuhren nach oben. Das Gebäude besaß über fünfzig Etagen.

Selbst eine Penthouse-Wohnung befand sich darin. Wer da wohl lebte?

Der Aufzug hielt. Jace lief ein paar Stufen nach oben und öffnete eine Stahltür. Ich spürte den Wind in meinem Gesicht und folgte ihm. Wir landeten auf dem Dach des Wolkenkratzers. Ein starker Wind blies, die Sonne schien, nur vereinzelte Wolken waren zu sehen. Sie wirkten zum Greifen nahe. Ich schloss meine Augen, genoss die warmen Strahlen auf meiner Haut. Jace setzte sich auf den erhobenen Rand des Hauses. Ich ging ihm nach und sah hinunter in die endlose Tiefe. Einfach nur springen. Doch nicht einmal dazu schien ich in der Lage zu sein. Ich musste erst herausfinden, ob Vater noch lebte. Nachdenklich setzte ich mich zu Jace.

Vater brachte mir so viele Rituale bei. Grübelnd blickte ich in die Ferne. Mir fiel ein sehr altes ein, das ermöglichte, untereinander zu kommunizieren. Aber das war angeblich sehr schmerzhaft. Trotzdem wollte ich es wagen.

Jace musterte mich besorgt. Ich aber beobachtete, wie die Dämonen gegen die unsichtbare Wand schlugen. Sobald sie auftrafen, blitzte es.

„Deine Steine. Wir haben sie schnell hierher gebracht." Das hatte ich mir schon selbst gedacht. „Wir müssen raus. Wir brauchen dringend Lebensmittel."

Ich sah in seine hellblauen Augen. „Okay."

„Nein, du läufst uns weg."

„Bin ich eine Gefangene?"

Jace atmete schwer. „Eigentlich nicht. Aber wir brauchen dich wirklich."

Damit erübrigte sich die Frage, ob ich gehen konnte. Denn sie würden mich nicht lassen. Ich schnaubte und trat den Rückweg an. Jace folgte mir umgehend. In dem Augenblick störte es mich. „Kann ich nicht einmal fünf Minuten lang meine Ruhe haben?"

„Du wolltest dich umbringen."

„Und? Ich habe Aron verloren!" Ich trommelte auf den Knopf des Aufzugs. Jace schob mich zur Seite und steckte einen Schlüssel in das winzige Schloss. Schon öffnete sich dieser. Ich funkelte ihn wütend an. „Sag doch ehrlich, dass ich eine Gefangene bin!"

„Nadja, bitte …" Er sprach nicht weiter. Wir landeten wieder im dritten Stockwerk.

„Bekomme ich meine Tasche?" Jace nickte. Ich stapfte wütend zurück in mein Zimmer und knallte wie ein bockiges Kind die Tür zu. Ich hockte mich wieder in meine Ecke. Irgendwie würde ich es aus diesem Haus schaffen. Egal wie. Dieser Gedanke hielt mich noch am Leben.

Jace schob mir meine Tasche hin. Ich suchte die Ampulle, in der sich etwas Blut von meinem Vater befand. Anschließend folgte ein Fläschchen aus reinem Alkohol. Ich zog meinen Stift, schob meinen Ärmel hoch und rieb mir den Unterarm mit dem Alkohol ab. Mit der Feder des Stiftes ritzte ich eine Botschaft ein.

Bin am Leben. Aron ist tot. Gib mir ein Zeichen!

Ich strich erneut den Alkohol über die leicht blutenden Buchstaben. Anschließend träufelte ich das Blut meines

Vaters darüber. Die Schrift leuchtete auf, brannte und verschwand.

Jace keuchte staunend auf, als er sah, wie sie sich auflöste. Es tat richtig weh, aber der Schmerz lenkte mich einen Augenblick von meinem Leiden ab.

Es dauerte eine Weile, doch plötzlich brannte mein Oberschenkel höllisch auf. Ich zog meine Hose nach unten und sah, wie eine Nachricht erschien. Gott, mein Vater war noch am Leben! Ich stöhnte, da es wirklich wehtat. Mir half der Gedanke, dass er noch lebte.

In Rom. Liebe dich! Wir finden einen Weg!

Tränen bahnten sich ihren Weg. Ich wischte mit dem Alkohol über die Nachricht, rollte mich zusammen und weinte heftig los. Wenigstens gab es noch meinen Vater. Wenigstens gab es einen Menschen auf dieser Welt, der mich liebte. Das war mehr, als ich den Großteil meines Lebens zu hoffen gewagt hätte. Vater fehlte mir und Aron würde nie wieder zurückkehren.

Jace ließ mich alleine. Ich weinte bis in die Nacht hinein und ignorierte die Schreie der Opfer. Ich weinte um meinen Aron. Meine Liebe. Aber so lange es einen einzigen Menschen gab, der mich liebte, musste ich weiterkämpfen.

Lichtblick

In den frühen Morgenstunden erhob ich mich. Ich schlich zu dem Badezimmer, trocknete meine Tränen, wusch mich sauber, putzte meine Zähne, schnallte mir meine Tasche um und legte meinen Mantel an, welcher mich unsichtbar machte. Ich stahl mich leise davon. Nicht einmal die Tür in der Lobby war verschlossen. Jace entdeckte ich nirgendwo und damit hinderte mich niemand am Gehen.

Plötzlich schien die Flucht erstaunlich einfach zu sein. Ein paar Dämonen drängten sich gegen die Wand, aber ich schlüpfte heimlich an ihnen vorbei. Ich lief die Straße hinab und entdeckte ein Café.

„Ach verdammt", fluchte ich vor mir her. Sollte ich die anderen einfach ihrem Schicksal überlassen? Oder ihnen helfen? Genervt beschloss ich, Nahrungsmittel für sie zu besorgen und bereute die Entscheidung sofort. Die Türen des Cafés waren verschlossen. Ich tropfte etwas von dem Schlössermittel darauf, da ich Tinte sparen musste.

Das Geschäft wirkte gespenstisch leer. Überall standen Stühle an kleinen Tischen. Ein langer Tresen offenbarte sich. Ich schaute in die Auslage, leider waren die Kuchen bereits schlecht. Schimmel und Fliegen tummelten sich glücklich darauf. Ein paar Ratten huschten umher, welche sich an den Krümeln labten. Ich schüttelte mich. Diese Tiere fand ich eklig. Ich entdeckte über dem Tresen eine Speisekarte für das Mittagessen. Folglich mussten sie einen Kühlraum oder Kühlschränke besitzen. Erstaunlicherweise lief der Strom noch, ich könnte Glück haben.

Hinter der Theke öffnete ich eine halbhohe Tür und betrachtete die trockenen Brote. Zur Not könnte man damit noch etwas anfangen. Ich ging in den hinteren Bereich, dort fand ich einiges. Mehl, Tee und Kaffeepulver in riesigen Mengen. Milchstiegen, Eier, Zucker. Ich sah eine dicke Tür und öffnete diese. Es war ein großer Kühlraum, in dem Schinken, Würste, Fleisch, Bacon und vieles mehr lagerte. Ich suchte nach ein paar Tüten, stopfte sie voll und trat den Rückweg an.

Langsam schlich ich an den Dämonen vorbei und huschte durch den unsichtbaren Wall. Ich stieß die Tür auf und legte alles auf den Boden. Ein paar liefen herum. „Sie ist weg!", hörte ich oben jemanden diskutieren.

„Nein, das geht nicht!" Jace schien außer sich zu sein.

Ich zog meinen Mantel ab. „Huhu!"

Ein paar zuckten zusammen. „Sie ist hier!", schrie ein Herr laut nach oben. Das hätte ich auch gekonnt.

Jemand sprang von oben herab und landete ein paar Meter vor mir. Jace kam wütend auf mich zu. „Wo warst du?"

„Einkaufen?" Ich deutete auf die Tüten voller Lebensmittel.

Ein anderer entdeckte diese. „Dich schickt der Himmel!"

Ich schüttelte genervt meinen Kopf. Jace musterte mich mit zusammengekniffenen Augen. Ich zog meinen Mantel über und verschwand erneut. Hinter mir hörte ich ihn schreien, aber da musste er durch.

Kaum kam ich wieder vor dem Laden an, versammelte sich eine Handvoll Geister bei mir. „Wo ist sie?", hörte ich.

Ich schlüpfte in den Laden und zog meine Kapuze ab. „Wie kann ich helfen?"

Nun starrten mich auch noch die Geister entsetzt an. Das nervte gewaltig. „Wir brauchen deine Hilfe!"

Ich verdrehte meine Augen. „Wieso?"

„Wir kommen weder nach oben noch nach unten."

Ich musterte die Geister. „Könntet ihr mir helfen? Die Menschen brauchen Lebensmittel und alleine wird das zu schwer." Vier konnten sich bereits verfestigen. Ich staunte, da sie mir wirklich halfen. Mit einem Zauberspruch versiegelte ich das Café vor den Dämonen, damit wir die Tür offen stehen lassen konnten.

Schon sausten sie mit den vielen Lebensmitteln los, beeindruckt beobachtete ich ihr geschäftiges Treiben. Ich schnappte mir den Rest, zog meinen Umhang an und schlich zurück zu der Firma. Sie hatten die gesamten Lebensmittel vor der Energiewand gestapelt, da sie dort ebenfalls nicht hindurchkamen. „Was jetzt?"

Ich positionierte mich auf der sicheren Seite. „Weiß nicht. Ich kann euch in Kugeln sperren oder ihr helft den Menschen. Vielleicht ist es euer Schicksal."

Sie musterten mich nachdenklich und diskutierten miteinander. Sie alle wollten die Erde noch nicht verlassen und entschieden sich, den Menschen lieber zu helfen als umherzuirren. „Aber wie?" Sie alle sprachen durcheinander.

„Die Kirchen. Schaut nach ein paar Gebäuden, in welche die Dämonen nicht hineinkommen. Auch gibt es eine Diskothek am Stadtrand, die Hilfe gebrauchen kann." Ich faltete meinen Umhang und stopfte diesen in meine Tasche.

Dabei dachte ich an den Zauber, welchen ich an Ians Haus anbrachte. Die kurze Zeit mit meinen Freunden war wirklich schön gewesen. Doch das war nun vorbei.

„Wir waren keine schlechten Menschen", unterbrach eine Geisterfrau meine Gedanken.

„Wart ihr denn gute Menschen?"

Sie zuckten mit ihren Schultern. „Ich bin mit der Masse mitgeschwommen, bis diese Kreaturen kamen", erklärte ein verzweifelter Geistermann.

„Dann solltet ihr etwas Gutes tun." Ich wollte sie nicht über die Hölle wegschicken, dazu fand ich sie eigentlich zu nett. Ich dachte an Ians Schwester Hope, hoffentlich hatte ich bei ihr keinen Fehler gemacht.

Die Geister beschlossen, sich umgehend auf den Weg zu machen und verabschiedeten sich freundlich von mir. Ich zog die vielen Lebensmittel durch die Wand. Dabei rief ich die anderen zu Hilfe, da es einfach zu viel und zu unhandlich war.

Jace schien immer noch sauer auf mich zu sein, da er den anderen nicht folgte. Die vielen Herren stürzten sich glücklich auf die Nahrungsmittel. Das Café wurde für die anderen zum Glückstreffer. Nur ich sah die Straße hinab. Noch immer wollte ich weg, doch den Entschluss vertagte ich vorerst.

„Wie hast du das in so kurzer Zeit hinbekommen?" Luka lächelte mich nett an.

„Ein paar freundliche Gespenster halfen mir." Eingehend betrachtete ich den modernen Glaskomplex. Ich überlegte, ob ein Schutzzauber helfen würde, doch wegen der besessenen Patienten war ich mir nicht sicher. Nicht, dass es diesen Schaden könnte. Ich ließ den Gedanken wieder fallen. Luka schien mich zu beobachten, allerdings ignorierte ich den gekonnt.

In der Lobby liefen viele Herren herum. Nur wenige Damen befanden sich unter ihnen. Es mussten sich über hundert Personen in diesem Haus aufhalten. Viele wirkten anders als normale Menschen. Zwar sahen sie normal aus, aber irgendetwas sagte mir, dass sie anders waren. Das fand ich etwas merkwürdig. Prüfend beobachtete ich Luka. „Was bist du eigentlich?"

„Ich kann meine Seele von meinem Körper trennen. Perfekt für Spionage."

„Klingt ja nett. Aber bringen tut es rein gar nichts." Luka schnaubte ein wenig entsetzt.

Die Wiedergänger-Lady tauchte vor mir auf. „Danke. Es wurde wirklich knapp." Gelassen zuckte ich mit meinen Schultern. Ich wollte ihr gegenüber vorsichtig bleiben. „Wir haben ein paar andere, die ähnlich wie du sind. Sie sehen Geister", versuchte sie freundlich.

Ich dachte über ihre Worte nach. Wenn es unwissende Wächter in den Staaten gab, so könnte es auch Jäger geben. Vor allem gab es von denen sowieso schon immer mehr. Mein Bauchgefühl sagte mir, dass es keinen Wächter unter ihnen gab, und auf mein Bauchgefühl konnte ich mich verlassen. Mir fiel wieder die Sache mit den Kugeln ein. Wenn man es schaffte, Geister in die Kugeln zu sperren, könnte ich womöglich auch Dämonen in diese stopfen. Aber wie?

Ich löste mich schweigend von den anderen und schlich nach oben. Grübelnd verkroch ich mich in meinem Zimmer. Immerhin half mir das Nachdenken dabei, dass Aron nicht durch meinen Kopf schwirrte. Denn das tat unglaublich weh. Um mich abzulenken, schrieb ich meinem Vater, dass uns nun die Geister halfen. Leider befand sich nicht mehr viel Blut von ihm in dem kleinen Reagenzglas. Für zwei bis drei Nachrichten würde es noch reichen, doch dann musste ich wirklich zurück in mein Haus.

Irgendwann klopfte jemand an die Tür. Luka betrat zögernd den Raum. „Kommst du zum Abendessen?"

Weil ich wirklich Hunger verspürte, folgte ich ihm. Wir fuhren in die erste Etage. Erstaunt stellte ich fest, dass dieses Gebäude sogar eine eigene Kantine besaß. Sie hatten das Brot aufgeschnitten, leichte Suppen zubereitet und von dem Schinken gab es auch etwas. Alle freuten sich riesig darüber und aßen sich ordentlich satt.

„Wo steckt Rob?" Die Wiedergänger-Dame schlürfte etwas aus einem Thermobecher. Anhand ihrer roten Zähne erkannte ich, dass es Blut war.

„Kate, lass ihn in Ruhe. Er dachte heute, dass Nadja weg wäre."

Ich stocherte in meinem Essen herum. Neugierig musterte ich Luka. „Wo steckt er?"

„Im Fitnessbereich. Fünfzehnte Etage."

Ich nahm mein Tablett, holte eine weitere Portion und machte mich auf den Weg nach oben. Allein weil Kate ihr Blut schlürfte, konnte ich nicht dort bleiben.

Kaum öffnete ich die Tür, hörte ich dumpfe, schnell aufeinanderfolgende Schläge. Ich ging in einen weitläufigen Trainingsraum. Jace bearbeitete gerade einen Sandsack. Ich setzte mich auf eine der Turnmatten und probierte die Suppe. Sie schmeckte wirklich gut.

„Was willst du?" Seine Stimme glich einem tiefen Knurren. Er bremste den Sack und funkelte mich an.

„Kate trinkt Blut. Das ist eklig und ich dachte, du könntest auch etwas gebrauchen."

Jace stand vollkommen durchgeschwitzt im Raum. Zögernd löste er sich und kam auf mich zu. Zum ersten Mal erkannte ich, dass seine gesamte linke Körperhälfte aus Metall bestand. „Ekelst du dich vor mir auch?"

Ich schüttelte meinen Kopf. „Nein, ich finde es beeindruckend." Gerne würde ich das geistige Vermögen besitzen, diese Technologie zu erfassen. Leider war ich weder Mechaniker noch irgendwie anderweitig technisch begabt.

Jace setzte sich zu mir. „Ich bin eine wandelnde Waffe."

„Uhhh, jetzt hab ich Angst." Ich schob ihm das Tablett hin. Er runzelte seine Stirn. „Hab dir was mitgebracht."

„Warum?"

Ich verdrehte genervt meine Augen. „Reine Höflichkeit. Los! Iss!"

Zögernd griff Jace zu. Langsam fragte ich mich, was sein eigentliches Problem war. Doch irgendwie traute ich mich nicht zu fragen, da ich nicht zu viel von dieser Gruppierung wissen wollte. Sie würden mich sonst nie gehen lassen. Außerdem trug ich mein Herz sowieso nicht auf meiner Zunge.

Ich rollte den feinen Schinken auf und aß diesen. Seltsam, er schmeckte mir. Obwohl ich die ganze Zeit meine Gedanken an Aron verdrängte, schmeckte mir etwas. Eigentlich müssten meine ganzen Empfindungen auf Eis liegen und dazu gehörten auch meine Geschmacksnerven. Zudem hatte ich immer Probleme damit, etwas genießen zu können. Aber dieser Schinken schmeichelte förmlich meinem Gaumen. Hatte etwa dieser verdammte Engel das gemacht? Wie Vater, der mir meine Berührungsängste nahm? Ich schnaubte. Das wurde ja immer besser. Irgendwann war ich gar nicht mehr Herr meiner selbst.

„Was geht in deinem Kopf vor?"

Ich schaute zu Jace. „Ich ärgere mich gerade darüber, dass der Schinken schmeckt."

Jace lachte laut auf. Sein Lachen klang schön, fand ich. „Aha und warum ärgert dich das?" Nein, darüber wollte ich nicht sprechen. Er bekam nur ein betretenes Kopfschütteln. „Mmhh, verstehe." Auch er aß sein Essen und brachte das Tablett weg.

Ich entdeckte in dem hinteren Bereich eine hohe Kletterwand. Ich lief darauf zu, verzichtete auf die Utensilien und hangelte mich daran hoch. Sie musste genauso hoch sein, wie der Turm in der Dresdner Burg.

„Warum nimmst du keine Sicherungsseile!", schimpfte Jace auf einmal.

Ich erschrak und rutschte ab. Ich fing mich wieder und zog mich hoch. „Brauche ich nicht." Langsam machte ich mich auf den Rückweg. Plötzlich brannte mein Oberschenkel höllisch. Ich verlor meinen Halt und flog nach unten.

Ich schrie auf, doch Jace fing mich. Verwirrt sah ich mich um.

„Siehst du!", fluchte er erneut.

Ich zog schnell meine Hose runter. „Autsch … Autsch … Autsch …!" Schickte Vater mir gerade seine Memoiren? Gott, tat das weh. Ich betrachtete meinen Oberschenkel.

Jace murmelte eine leise Entschuldigung neben mir. Nachdenklich runzelte ich meine Stirn. „Was ist das?"

„Ein Pentagramm mit Insignien … Ich hab es!" Ich rannte aus dem Bereich hinaus. Meine Tasche trug ich ständig bei mir. Leider brach gerade die Nacht an. „Verdammt." Schmollend setzte ich mich an die Glasfront.

„Was ist?"

„Ich kann Geister herbeirufen. Mit diesem Siegel. Die könnten uns helfen, zumindest können sie noch mehr Essen liefern."

Jace musterte mich verwirrt. „Wozu?"

„In den Kirchen stecken Menschen fest. Sie hungern."

„Woher willst du das wissen?"

Ich verdrehte meine Augen. „Darf ich dir nicht sagen. Aber es ist so." Ich stand auf und ging nach oben.

Luka empfing mich auf dem Flur. „Könntest du noch ein paar austreiben?"

„Wie viele sind denn hier?"

„Noch acht." Ich zuckte mit meinen Schultern. Vorher tupfte ich meinen Oberschenkel ab. Ich brauchte keine

Narben, die Geister herbeirufen konnten. Lieber würde ich es mir im Bedarfsfall auf ein Stück Papier malen.

Jace folgte mir unauffällig. Ich hätte ihn zur Sicherheit wirklich gern dabei, denn in irgendeinem Höllengang wollte ich nun wirklich nicht sterben. Wer wusste schon, was dann mit einem geschehen würde. Auf ewig ein Gespenst in der Hölle? Nein, so wollte ich nicht enden. „Hast du schon einmal gegen einen Dämon gekämpft?"

„Ja, als die Pforten aufbrachen." Sein Metallarm gab ein Klicken ab. Ein dickes Rohr erschien.

„Ein Messer oder ein Schwert wären da echt besser." Nicht, dass er in der Dunkelheit herumballerte, wenn er die Nerven verlor. Erneut klickte es und eine spitze Klinge tauchte auf. „Besser."

Luka schüttelte über meine Kommentare seinen Kopf. „Andere Frauen würden schreiend davonlaufen."

„Vor Jace? Nein, bestimmt nicht." Ich untersuchte die ersten beiden Patienten. „Schiebt mir noch einen rein!" Sie besaßen nur offensichtliche Wunden. Platin, Zirkonium und Chrom fand ich heraus. Ich suchte die passenden Nadeln zusammen, stach die Haut der Besessenen an und deutete Jace, dass ich bereit war. Auf den mittleren Patienten setzte ich mich drauf. Dieses Mal nahmen wir eine Taschenlampe mit. So ganz im Dunkeln war es mir dann doch nicht geheuer. Ich drehte die erste Münze. Jace folgte mir, ohne meine Hand zu halten, ins Zwielicht. Das fand ich seltsam. Ich griff nach ihm und schon sausten wir in die Hölle.

Der erste Durchlauf klappte gut. Mein Magen verknotete sich, aber mein Essen blieb drin. Die Aktion verlief schnell, es gab keinerlei Überraschungen.

Luka rümpfte seine Nase, als wir aus dem Raum kamen. „Du bist so ein Mädchen", schimpfte ich ihn und stapfte in das nächste Zimmer. Einen Patienten musste ich einreiben, eine Dame hatte ein dickes schwarzes Geschwür am Hals und bei Nummer drei suchte ich noch. Ich runzelte meine Stirn. „LUKA!"

Dieser kam sofort angerannt. „Was ist?"

Ich versuchte den Puls zu fühlen, fand ihn jedoch nicht. „Der ist tot!" Luka sah ihn sich ebenfalls an, doch auf einmal öffnete der Patient seine Augen. Sie funkelten vollkommen schwarz. Langsam öffnete er seinen Mund. Ein lautes, unheimliches Kreischen entrann seiner Kehle. Entsetzt starrten wir diesen an.

„Was jetzt?" Jace schien die Ruhe zu bewahren.

„Keine Ahnung … hatte ich noch nicht." Der Typ schlang seine Arme um mich herum. Ich keuchte entsetzt auf, da er mich zu fest drückte. Ich bekam keine Luft mehr.

Jace lief um mich herum, sprühte den Typen an und schon sackte dieser zurück. Er reichte mir das Fläschchen. „Vielleicht sollten wir den Patienten unten lassen", schlug er vor.

„Das ist grausam."

„Aber das geringste Übel." Mir gefiel der Gedanke nicht, doch leider gab es keine andere Option. Selbst mir fiel keine andere Lösung ein.

Nacheinander drehte ich meine Münzen. Unten angekommen, rollte Jace den Verstorbenen auf den Boden. Ich leuchtete ihm, als sich dieser gerade aufrappelte. Sein Körper teilte sich und aus ihm stieg ein riesiger Dämon auf. Mein Atem stockte. Ich tastete nach meinem Stab. Jace versuchte diesen mit seiner Klinge zu treffen, doch der Dämon schlug aus und Jace knallte gegen die Betten. Ein lautes Scheppern durchbrach die Stille der Dunkelheit.

Ich sprang auf. „Erwache!" Der Dämon warf sich auf Jace. Ich ging dazwischen, spießte ihn auf und drückte ihn weg.

Im letzten Moment zog ich den Stab hinaus, und die Münzen kippten um.

Jace' Schulter triefte voller dunkler Masse. Ich warf meinen Stab weg, riss sein Shirt auf und betrachtete die Sauerei. Die dunkle Masse fraß sich tief in sein Fleisch. Ausgerechnet seine rechte Seite war betroffen.

Ich rannte aus dem Zimmer und schrie um Hilfe. Schnell suchte ich das Weihwasser, spülte mit diesem und dem Alkohol die klaffende Wunde aus. Jace bäumte sich vor Schmerzen auf.

„Ganz ruhig. Gleich weg." Ich löste den Stift aus meinem Haar.

Jace griff nach meinem Handgelenk. „Nicht."

„Was?"

„Nicht anfassen."

„Sei ruhig, ich schlag dich sonst k.o." Jace gab ein Glucksen ab und ließ mich wieder los. Ich schrieb einen einfachen Heilspruch auf seinen Oberarm. Im nächsten Moment konnte man sehen, wie sich die Wunden langsam verschlossen. Ich wickelte mein Haar wieder auf und schob den Stift hinein.

Erschöpft rollte ich mich von Jace hinunter. „Die anderen machen wir morgen." Ich war einfach fertig und einen weiteren Ausflug in die Hölle würde ich nicht schaffen. Torkelnd ging ich in das Bad, duschte mich und wickelte mir anschließend wegen der fehlenden Kleidung ein Handtuch um. In meinem Zimmer rollte mich erneut in der Ecke zusammen. Ich wurde eher ohnmächtig, als dass ich schlief. Es half gegen die innere Kälte, welche ich permanent verspürte. Durch die Erschöpfung träumte ich nicht von Aron, und doch fehlte er mir und es fühlte sich an, als hätte er mein Herz mit sich genommen.

Mit den ersten Sonnenstrahlen stand ich auf. Bevor ich jedoch duschte und damit Wasser verschwenden würde, wollte ich noch die beiden anderen von ihren Dämonen befreien. Noch immer mit einem Handtuch um meinen Körper, huschte ich hinaus. Kate lief mir über den Weg. „Wie siehst du denn aus?"

„Ich habe nichts anzuziehen. Wo wir gerade dabei sind … anschließend bräuchte ich wieder was Neues."

Kate grinste mich an und holte mir einen weißen Kittel. „Ich lege dir etwas Vernünftiges in das kleine Bad. Kann ich dir helfen?"

„Willst du mit in die Hölle?"

Sie lachte laut auf. „Da bin ich schon lange." Sie schüttelte ihren Kopf, zeigte mir das Zimmer mit den beiden Patienten und verschwand.

Ich zog mir den weißen Kittel an, das Handtuch legte ich auf einen Stuhl. Die beiden Patienten wurden zu keiner Herausforderung. Allmählich fühlten sich die Austreibungen wie Routine an.

Angestrengt dachte ich über eine Methode nach, die die Dämonen fesseln könnte. Welche chemischen Stoffe gab es bei den Dämonen nicht? Kupfer fiel mir ein. Die flüssigen und gasförmigen konnte ich allerdings nicht komplett ausschließen, da ich bei denen immer nur das K.-o.-Zeugs nahm.

Ich piekte einen Patienten mit einer silbernen Spitze an. Schon brodelte es am Arm des jungen Mädchens. Ich zog eines meiner Reagenzgläser, ließ etwas schwarze Masse hineinlaufen und verschloss es. Ich musste wirklich dringend in mein Haus zurück.

Einmal mehr fuhr ich in die Hölle und landete wieder unbeschadet in meiner grausamen Realität. Mein Magen verknotete sich noch immer. Gut, dass ich noch nichts gegessen hatte. Ich rief um Hilfe, damit sich ein paar Leute um die beiden Patienten kümmern konnten.

Diese kamen an, musterten mich verwirrt, doch ich schlüpfte in das Bad. Kate hatte ihr Wort gehalten, denn da warteten bereits frische Sachen auf mich. Unter der Dusche grübelte ich weiter. In mir keimte die Idee, ein Gefäß zu erschaffen, welches die Dämonen aufsog … wie bei den Geisterkugeln. Kupfer und Weihwasser, aber worin konnte man sie festhalten? Ich kam nicht drauf, denn aus nahezu jedem Metall würden sie herauskommen können.

Nachdenklich schlich ich nach unten. Ich wollte mit dem Siegel von Vater die Geister heraufbeschwören, um sie um Hilfe zu bitten. Kaum kam ich in der Lobby an, liefen schon wieder viele Leute herum. Sie trugen Massen an Lebensmitteln. „Wo kommen die her?"

„Schau selbst!", rief mir einer zu. Neugierig trat ich aus der Tür. Die Geister standen in Scharen vor der Wand und legten Lebensmittel ab.

Ich sah nach oben. Vielleicht konnte der Himmel sich wegen der vielen Dämonen nicht öffnen?

Ein Dämon tauchte auf. Er griff die Geister an und absorbierte sein Opfer. Ich spürte die Angst der anwesenden Seelen. Schnell lief ich an den Rand der Wand, sprühte den Dämon mit dem K.-o.-Zeug an und legte diesen schlafen. Entsetzt betrachtete ich das Röhrchen. Mist! Nur noch ein winziger Tropfen befand sich darin.

Im Schutz der magischen Wand setzte ich mich auf den Boden. Die Geister musterten mich traurig. „Wir wollen hier weg. Sie fressen uns."

Ich atmete tief durch. „Ich kann euch in eine Kirche bringen. Von da gibt es einen Weg. Aber ich kann nicht garantieren, ob dieser in den Himmel oder die Hölle führt."

„Egal. Hauptsache weg."

Ich nickte ihnen verstehend zu. „Weiß jemand, wo die nächste Kirche ist?"

„Ja, fünfhundert Meter." Ein Geisterjunge zeigte mir die Richtung.

„Versteckt euch. Ich brauche eine Stunde." Damit stand ich auf und ging zurück ins Haus.

Die anderen liefen noch immer herum. „Du kannst mit ihnen sprechen?"

Da fiel mir ein, dass Jäger dies nicht konnten. Sie sahen sie nur. „Sieht so aus." Ich suchte nach Luka oder Jace. Die beiden fand ich frühstückend in der Mensa vor.

Tief sog ich den Duft von Kaffee auf. Gelassen holte ich mir einen Becher sowie ein Croissant. Mit meinem Tablett begab ich mich zu den anderen. Kate schlürfte schon wieder an einem Thermobecher. Ich schüttelte mich. Es war einfach eklig.

„Sagt mal, wie viele Leute haben hier Platz?" Die anderen sahen mich fragend an. „Es gibt eine Kirche in der Nähe. Ich würde die Leute gern herbringen. Hier ist es besser."

„Wir bekommen fünfhundert unter."

Luka schaute finster zu Jace. „Da gehen mehr."

Ich zuckte mit meinen Schultern. „Was ist mit den benachbarten Gebäuden?", erkundigte sich Kate schlürfend. Sie machte das bestimmt mit Absicht.

„Man kann die Steine verschieben, damit könnte man den Radius vergrößern."

Erneut schauten mich die drei an. „Wie weit?"

„Versuchen wir es mit drei Gebäuden. Dann sehen wir weiter."

Jace funkelte mich finster an. „Willst du da wieder raus?"

Ich nickte entschlossen. „Ein paar Freiwillige wären hilfreich." Andere Anwesende belauschten uns. Alle starrten mich neugierig an. Jace gab ein besorgtes Knurren ab, manchmal wurde ich aus ihm einfach nicht schlau.

Ein paar Menschen versammelten sich um uns herum. Sie boten mir ihre Hilfe an. Ihnen war wohl langweilig und so freuten sie sich über jede Aufgabe. Ich zog meinen Füller. Eine kleine Notration zum Auffüllen lag noch in meiner Tasche. Aber lange würden meine Sachen wirklich nicht mehr reichen. „Passt auf. Ich gehe alleine raus und sichere die drei umliegenden Gebäude. Solltet ihr angegriffen werden, findet ihr darin Schutz … Wenn ihr die Steine langsam weiter auseinanderschiebt, dürfte die Wand halten."

Alle musterten mich prüfend. Nur Jace wirkte genervt. „Ich bleibe an deiner Seite."

„Nein Jace, ich bin alleine schneller." Ich trank meinen Kaffee aus, stopfte mir mein Frühstück in den Mund und lief zurück zur Lobby.

Die Befreiung

Ich blickte auf das gegenüberliegende Gebäude. Zwar fehlten ein paar Fenster, aber es musste reichen. Das daneben sah besser aus, es handelte sich um einen Bürokomplex. Das Gebäude neben unserem war eine riesige Bank.

Die Geister brachten schon wieder Lebensmittel, als hätten sie nichts Besseres zu tun. Vor allem wurden es immer mehr ruhelose Seelen. Sie brachten Gaben, damit ich sie rettete. Irgendwie fand ich das schön, aber nun musste ich mich um die Gebäude kümmern. Ich erklärte den anderen, welche Häuser ich nehmen würde, damit sie wussten, wohin die Steine kommen sollten. Der Schutz der Gebäude endete am Fußweg.

Immer noch drückten sich Dämonen gegen die Wand. Ich legte meinen Umhang um und verschwand vor deren Augen. Jace fluchte, aber da musste er jetzt durch. Ich lief auf das gegenüberliegende Gebäude zu, roch den Gestank der Unterwelt, der leicht durch die Straßen wehte. Ich blendete ihn aus. An der Hauswand zog ich meinen Stift.

Das Haus muss die Menschen schützen,
damit sie der Allgemeinheit nützen.
Vor Dämonen entkommen,
die ihnen ihre Zukunft genommen.
In Ruhe zu verweilen,
dass ihre Wunden können heilen.
Erst wenn der letzte Dämon verschwindet,
dieser Zauber erblindet.

Ich besiegelte den Spruch mit getrocknetem Klee sowie einem Tropfen meines Blutes. Die anderen riefen mir etwas zu. Ich schaute auf, das Haus leuchtete hell und presste die Dämonen aus dem Mauerwerk. Es wirkte, als würde sich das Gebäude von ihnen befreien. Ich rannte zurück in den Schutz der magischen Wand. „Geht doch." Die anderen sahen sich verwirrt um.

Ich zog meine Kapuze ab. „Das ist Wahnsinn!", freuten sich ein paar. Ich zuckte mit meinen Schultern, zog meine Kapuze wieder über und rannte zum nächsten Haus. Auch da schrieb ich den Spruch, wartete kurz das Leuchten ab und widmete mich dem letzten Gebäude.

Ich musste ein paar Dämonen ausweichen, schaffte es jedoch unverletzt zurück zu den anderen.

„Geschafft." Die Leute jubelten mir zu. Das ignorierte ich lieber, da ich bereits überlegte, wie ich zur Kirche kam. „Habt ihr ein funktionierendes Telefon?"

„Nein, aber Funkgeräte. Warte." Einer löste sich. Neugierig sah ich ihm nach.

„Willst du dich umbringen?" Jace funkelte mich noch immer an.

„Das ist meine Aufgabe. Dazu wurde ich geboren. Tut mir leid, dass ich kein süßes Mädchen bin!" Ich wunderte mich, dass ich ihn anzickte. Für gewöhnlich tat ich sowas nicht.

Jace schnaubte genervt. „Ich verstehe dich nicht!" Ich drehte mich weg. „Lass mich mit."

Erneut sah ich zu ihm. „Ich gehe unsichtbar zur Kirche. Dort erkläre ich den Leuten, dass sie mir folgen sollen. Ihr müsst uns entgegenkommen und die Dämonen abhalten. Damit der Fluchtweg kürzer wird."

Jace sah mich verstehend an. „Geht in Ordnung."

Ich rief nach den Geistern und erklärte ihnen meinen Plan. Damit löste ich zwei Probleme in einem Zug. Man reichte mir ein Funkgerät und erklärte, wie es funktionierte.

Ich zog meine Kapuze über. Die anderen fingen an, den Radius der Steine zu vergrößern. Ich deutete den Geistern, dass es losging. Schon rannte ich die leere Straße entlang. Die vielen Seelen zeigten mir den Weg. Die Stadt so leer zu erleben, wirkte selbst auf mich beängstigend. Es war, als hätten die Dämonen der Welt jegliches Leben ausgesaugt.

Ich bog nach links ab und blickte direkt auf die Kirche. Die Seelen versammelten sich zahlreich darum. In einem nahegelegenen Gebäude krachte es, ich zuckte zusammen und setzte zum Sprint an. Keuchend erreichte ich das dicke Holztor der Kirche. Schwarzer Schleim klebte daran. Wie konnte er daran kleben? War etwa Holz die Lösung meines Problems? Doch dafür hatte ich gerade keine Zeit. Ich trat gegen die dicke Pforte und wartete.

„Wer ist da?"

„Jemand, der rein will!" Zögernd wurde die Tür geöffnet. Ich betrachtete diese neugierig von der Innenseite. Der Dämonenschlamm sickerte also nicht hindurch. Wobei es auch an dem Gotteshaus liegen konnte, aber darum müsste ich mich in meinem Haus kümmern. Hinter mir wollten die Menschen die Tür schließen. „Wartet! Jetzt kommt schnell!", rief ich den Geistern zu. In Massen drängten sie sich in das Gebäude. Verwirrt betrachteten mich die Lebenden. Ich wartete einen Augenblick, bis ich das Tor selbst schloss. Zufrieden klopfte ich meine Hände ab.

Massen an Leuten fanden Zuflucht in diesem Gebäude. Die Luft roch abgestanden, aber die Menschen sahen weder verdurstet noch verhungert aus. „Wo ist der Priester?" Man deutete mir einen Nebenraum. Unter den Blicken der anderen lief ich den langen Gang entlang. Kaum erreichte ich den Altar, kam der Priester aus dem Raum. Er musterte mich. „Sie leben!" Er fiel auf seine Knie.

Ich sah mich um. Die Geister drängten sich an den Wänden entlang, sahen sich hilfesuchend um. Die Verstorbenen wollten nicht länger auf der Erde verweilen, denn auch sie mussten erleben, wie sich die Dämonen an ihrer Energie labten.

Demütig verneigte ich mich vor dem Altar, blickte flehend hinauf. Licht schimmerte durch das bunte Kirchturmfenster. Leise sprach ich zu unserem Schöpfer: „Gott, ich bitte dich, nimm sie auf!" Fragend sah ich zu den Geistern, sie versammelten sich an meiner Seite. Kurz dachte ich noch darüber nach, sie über den Altar in die Hölle zu führen, aber das brachte ich nicht fertig. Sie hatten den Menschen geholfen, ihnen Essen gebracht, folgten mir, ohne Fragen zu stellen.

Genau in diesem Augenblick geschah ein kleines Wunder. Das Licht des Turmfensters veränderte sich, bündelte sich, fiel in einem weißen Strahl direkt auf den Altar. Eine geheimnisvolle Stille breitete sich aus, eine tiefe Wärme durchzog meinen Körper. Ich spürte einen unermesslichen inneren Frieden. Die Seelen umringten den Altar, lächelten mich dankbar an. „Danke", hauchten sie im Chor. Es hallte engelsgleich durch die Kirche.

Nur der Priester sah, was da gerade geschah. Die Menschen bekamen es nicht mit. Nacheinander stiegen die Seelen in das Licht, ein paar weinten vor Freude, andere fürchteten sich ein wenig. Doch sie alle glitten innerhalb des hellen Scheins hinauf. Traurig beobachtete ich die erlösten Gesichter der Geister. Würde ich auch irgendwann diese Erlösung finden? Ging es meinem Aron gut da oben? Dachte er noch an mich oder hatte er mich längst vergessen? Ich spürte die Hand des Priesters auf meiner Schulter. Nachdem das Licht verschwand, fühlte ich die schwere Last meines eigenen Daseins. Es war so erdrückend.

Traurig betrachtete ich den alten Mann, der sein Leben für den Glauben opferte. Selbst seine Opfer wurden nicht gesehen. Die Menschen hatten längst ihren Glauben verloren. Es ging nicht darum, wie jemand glaubt, sondern nur, dass er es tut. „Alles wird gut", versuchte der Herr.

„Die Menschen sind, wie sie sind."

Der Priester zuckte mit seinen Schultern. „Sie sind gut. Sie haben das Potential, die Welt besser zu machen."

„Dann sollten sie es tun", gab ich ein wenig zu streng ab.

„Du bist so jung. Im Alter sieht man die Dinge anders."

Er lächelte mich großväterlich an. „Bevor ich hier alt werden muss, wollte ich vorschlagen, dass wir den Ort verlassen."

Die Leute betrachteten uns neugierig. Ich hatte nicht bemerkt, dass ich mit dem Herrn auf Italienisch sprach. Auch eins der Dinge, die mir mein Vater beibrachte. Wir lebten in unserem gemeinsamen Jahr ein paar Monate lang in Italien. Würde ich die Finca meines Vaters je wiedersehen? Dieses eine Jahr mit Vater sowie die wenigen Monate mit Aron waren die schönste Zeit meines Lebens gewesen. Sie fehlten mir so sehr. Doch nun musste ich mich konzentrieren und für die anderen da sein. Eigentlich hatte ich es nicht so mit den Menschen, aber irgendetwas trieb mich dazu an, ihnen zu helfen.

Gemeinsam erläuterten wir den Anwesenden meinen Plan. Untereinander diskutierten sie diesen aus. Einige fürchteten sich wegen des Weges, andere freuten sich, dass sie rauskämen. Ich wollte ihnen die Entscheidung nicht abnehmen. Während sie diskutierten, informierte ich die anderen über das Funkgerät. Diese warteten bereits auf etwas Abwechslung.

Der Priester wich nicht mehr von meiner Seite. Er berichtete mir, dass er selbst ein paar Dämonen austreiben musste und ein Patient dabei umkam. Er litt sehr darunter.

Dafür erzählte ich ihm von dem Toten, welcher mitsamt Dämon im Leib wiederauferstanden war. Er fand, dass wir so etwas nicht zulassen konnten, denn dann würden sie ungehindert unter den Menschen wüten.

Wir fanden keine Lösung für das Problem. Nur die Erkenntnis, dass es besetzte und übernommene Menschen gab. Dabei erinnerte ich mich an Noah. Wurde dieser bereits übernommen? Warum tat Luzifer all das? Wir verstanden es nicht. Ich erkannte, dass Noah und der Tote unterschiedlich auf mich wirkten. Der Priester vermutete, dass Noah sich ihrer Fähigkeiten bemächtigte. Der andere wurde eben nur besetzt und von innen heraus aufgefressen. Doch sicher konnten wir keine Erkenntnis daraus gewinnen, nur weitere Fragen offenbarten sich mir. Dringend brauchte ich meine Bücher. Langsam konnte ich mein Bleiben wirklich nicht mehr aufschieben.

Während die anderen weiterhin diskutierten, erzählte ich dem Priester von den merkwürdigen Leuten, welche mir halfen. Er kannte eine solche Gruppierung auch nicht, jedoch versprach er mir, sich der unwissenden Jäger sowie der anderen anzunehmen. Leise flüsterte ich ihm zu, dass eine Wiedergängerin unter ihnen war.

Der alte Mann sah mich entsetzt an. „Wenn diese Kreaturen den richtigen Moment abwarten, dann könnten sie die Menschheit unterjochen. Haben Sie ihr Blut gegeben?"

Ich schüttelte besorgt meinen Kopf. „Nein, aber sie ist unglaublich nett."

„Genau das ist ja das Problem."

Ich nickte ihm verstehend zu. Irgendwie konnte ich niemandem mehr vertrauen. Nur meiner Intuition, da die mich ständig vor Kate warnte. Selbst mit Jace schien etwas nicht in Ordnung zu sein und irgendwie passte da etwas nicht zusammen. Leider bestand auch der alte Mann darauf, dass ich so wenig wie möglich Fragen stellte, damit ich nicht in noch seltsamere Dinge hineingezogen wurde. Nicht, dass sie mich am Ende behalten wollten oder womöglich irgendwelche Experimente mit mir anstellten.

Nach zwei Stunden gewann die Demokratie. Sie entschieden per Handzeichen, dass sie mir folgen würden. Ein paar wenige schimpften zwar, aber das war mir vollkommen egal. Der Priester nahm sich alte Bücher mit. Die anderen banden Tücher zusammen und legten die Lebensmittel hinein. Wir ließen ein paar Rationen da, damit Flüchtige etwas zu essen hatten. Insofern andere diesen Ort noch finden würden. Mit Kreide schrieb ich an die Tür, dass dieser Ort sicher wäre und darunter die Adresse, wo sich die restlichen Menschen befanden.

Außerdem lernte ich etwas Neues dazu. Weihrauch erzeugte nicht nur Kopfschmerzen, sondern half auch noch gegen Dämonen. Sie mochten ihn nicht, da er ihren Verstand vernebelte. Wobei ich mich fragte, wo Dämonen so etwas wie Verstand hätten. Immerhin konnte man mit ihnen nicht diskutieren.

Der Priester füllte einen goldenen Behälter mit Weihrauch. Ich rümpfte meine Nase, als er ihn anzündete. Danach wären bestimmt alle auf Drogen. Aber er lief entschlossen vor den anderen her. Nacheinander verließen alle die Kirche. Ich entdeckte Kinder unter ihnen, welche sich freuten, nach draußen zu dürfen. Ich hätte es nie für möglich gehalten, dass so viele Menschen in einer Kirche Obdach finden konnten.

Nachdem alle draußen waren, schloss ich das schwere Holztor. Andere Geister warteten vor der Pforte. „Warum seid ihr noch hier?"

Sie zuckten mit ihren durchsichtigen Schultern. „Wir wollten noch helfen."

„Danke." Ich rief meinen Stab und folgte der Prozession. Der Weihrauch half wirklich, weil die Dämonen knurrend am Rand blieben. Sie schienen auf der Lauer zu liegen, trauten sich nicht näher an die Gruppe heran. Der Nebel des Rauchs hüllte selbst diese große Gruppe ein. Seltsam, vielleicht hatte Gott wirklich seine Hand im Spiel und schützte uns vor den Monstern.

„Was können wir tun?"

Ich musterte nachdenklich den Geist. Ich musste wachsam bleiben. „Decken, Nahrung, Kissen, Kleidung. Wir brauchen einfach alles." Zwischen den Menschen weinte ein Baby. „Windeln", fügte ich leise hinzu.

Die Geister lösten sich vor meinen Augen auf. Niemals hätte ich mit deren Hilfe gerechnet. Wehmütig dachte ich an Aron. Er hatte Fälle beim FBI gelöst, indem er die ruhelosen Seelen befragte und damit den Lebenden half. Aron hatte mich zu einem besseren Menschen gemacht.

Bevor ich ihn traf, hätte ich nie so geholfen. Zumindest glaubte ich das.

Nachdem wir abgebogen waren, entdeckte ich, wie die anderen uns den Weg freikämpften. Ich sah, dass sie die magische Wand verschoben hatten, sie befand sich nun näher bei uns. Trotzdem versperrten uns die Dämonen den Weg. Die Herren schlugen sich gut, doch leider konnten sie kaum etwas gegen diese Kreaturen ausrichten. Ich musste dringend etwas unternehmen, denn sonst kämen nie alle heil an.

Ich rannte nach vorn zu dem Priester. Dabei beobachtete ich besorgt, wie die Männer gegen die Dämonen kämpften. „Wartet!" Die Leute aus der Kirche blieben im Schutz des Weihrauchs stehen. Ich lief ein paar Meter vor und versicherte mich, dass ich genug Abstand zu der Gruppe hatte. Ich hob meinen Stab in die Luft. „Hey! Ihr wollt mich!"

Soweit dazu, dass Dämonen einen Willen hatten. Knurrend, fauchend, krächzend drehten sie sich zu mir um. Sie alle kamen auf mich zu. Ich rammte den Stab in den Boden, zog meine Münzen, lockte sie in das Zwielicht und dann direkt in die Hölle. Einer stürzte sich auf mich. Ich drückte meinen Stab gegen ihn, kämpfte und stieß ihn weg. Eilig tastete ich nach der Münze, spürte, wie ein weiterer sich auf mich stürzte. Aber in letzter Sekunde schaffte ich es nach oben. Auf dem Boden liegend erreichte ich das Licht des Tages.

„Nadja!", schrie jemand. Doch bevor ich aufstehen konnte, riss mich etwas weg. Ich kreischte panisch auf und bemerkte dann, dass Jace mich in seinen Armen hielt. Wie war der denn so schnell gekommen? Behutsam setzte er mich im Schutze der Wand ab. Betreten musterte ich ihn und sah zu den anderen. Hatte ich es wirklich hinbekommen, dass alle wohlbehalten angekommen waren?

„Du hast es geschafft!", erklang Jace rauchige Stimme über mir.

Erstaunt hob ich meine Augenbrauen. „Gut." Mir wurde etwas schwindelig. Erst jetzt bemerkte ich, dass ich unter einer unglaublichen Anspannung gestanden hatte. Ich setzte mich innerhalb des sicheren Bereichs auf die Kante des Bürgersteigs. Immerhin konnte man jetzt ein paar Meter gehen, ohne gleich gefressen zu werden.

Die anderen realisierten ebenfalls, dass sie in Sicherheit waren und jubelten laut los. Sie alle umarmten sich, freuten sich ihres Lebens. Ich schaute nach oben. Na Aron? Bist du jetzt zufrieden?

Traurig krabbelte ich in die Lobby. Kate und ein Mann im Rollstuhl empfingen mich. „Können wir reden?", fing sie an.

Ich schüttelte meinen Kopf. „Lasst mir etwas Zeit."

Der Mann im Rollstuhl musterte mich. Ich erinnerte mich, dass ich ihn an dem Bostoner Friedhof gesehen hatte. „Ich bin Arthur. Wenn du etwas brauchst, dann sag es."

Ich warf ihm einen traurigen Blick zu. „Meinen Aron." Damit machte ich mich auf den Weg nach oben. Dort rollte ich mich weinend auf meiner Matratze zusammen. Ich vermisste ihn. Er fehlte mir und ich hatte Angst, dass er mich vergessen würde.

Aber für ihn tat ich all das. Wegen ihm hielt ich durch und ich beschloss, dass ich am nächsten Tag meine Heimreise antreten würde. Ich musste einen Weg finden, diese Dämonen einzufangen und wenn es Jahre dauerte. Denn irgendwann starb auch ich und könnte zu ihm zurück.

Jemand klopfte an. Die Sonne ging bereits wieder unter. „Herein!" Ich setzte mich auf, wischte mir meine Tränen weg und erkannte, dass Jace gefolgt von Arthur das Zimmer betraten.

„Wir wollen dir etwas zeigen." Arthur musterte mich prüfend.

Jace hockte sich zu mir. „Ich weiß, dass dir gerade alles schwerfällt. Wir haben etwas für dich."

Wankend stand ich auf. „Okay." Ich folgte den beiden in das Erdgeschoss. Jace öffnete eine Tür. Dahinter befanden sich ein paar Tische, Mikroskope und allerhand Proben. „Wir dachten, dass wir dir ein eigenes Labor errichten." Arthurs Stimme klang wie die eines sehr alten Mannes.

Ich schmunzelte. An der Decke blinkte eine winzige Kamera. „Danke", spielte ich mit, aber mein Entschluss stand fest. Ich würde am nächsten Tag verschwinden. Trotzdem nahm ich die Sachen unter die Lupe. Selbst Dämonenblut hatten sie aufgehoben. Ich fand einen Bunsenbrenner und musste dabei an Vater denken. Zögernd strich ich über das kühle Metall.

„Wer brachte dir das alles bei?"

Ich schaute zu Arthur. „Mein Vater."

„Wir haben Nachforschungen angestellt. Deine Eltern starben vor über siebzehn Jahren."

„Stimmt. Aber ich kann mit Geistern reden."

„Sie schreibt mit ihrem Vater. Er muss am Leben sein."

Ich zuckte zusammen. Irgendwie hatte ich gehofft, dass ich wenigstens Jace vertrauen könnte. Doch er verriet mich gerade, auch wenn er es selbst nicht wusste.

„Wie ist das möglich?"

Ich setzte mich auf einen Stuhl und musterte die beiden. „Ich erfuhr vor über einem Jahr von meiner Herkunft, meinem Erbe und was ich bin. Ich trage ganz altes Blut in mir und sehr viele alte Geheimnisse. Diese werde ich nicht preisgeben."

„Dein Freund Aron wusste davon." Arthur wirkte höchst seltsam.

„Er war ja auch wie ich."

„Aber wie hast du davon erfahren?"

Ich kam mir schon vor wie bei einem Verhör. Meine inneren Alarmglocken meldeten sich. „Auch das ist ein Geheimnis. Ich frage sie doch auch nicht nach den vielen merkwürdigen Personen hier."

Jace setzte sich ebenfalls hin. Arthur schloss die Tür und rollte an mich heran. „Wir möchten dir nur helfen. Du wirkst sehr einsam und lässt niemanden an dich heran. Selbst mit Kate hast du ein Problem." Arthur sprach fast hypnotisch auf mich ein. Vielleicht war ja das seine Superheldenfähigkeit. Irgendwie fand ich es witzig und anstrengend zugleich.

„Ihr braucht mir nicht helfen. Bisher habe ich nur eure Drecksarbeit erledigt. Das werde ich weiterhin. Jedoch werde ich mich weder anschließen noch instrumentalisieren lassen. Ich habe meine Aufgabe und werde diese erfüllen."

„Wir können dir helfen." Wieder folgte dieser hypnotische Klang.

Ich runzelte meine Stirn. „Ich brauche keine Hilfe."

Jace sah mich besorgt an. „Nadja, bleib einfach und das Labor ist dein Reich."

„Welches ihr mit einer Kamera ausgestattet habt." Langsam wurde ich wirklich sauer. Ich zeigte auf den roten Punkt.

„Das ist nur zu deiner Sicherheit. Warum nimmst du eigentlich nicht die Sachen von deinem Freund?"

Ich schluckte wegen Jace' Frage. Jede Antwort wäre im Augenblick falsch. Ich konnte sie nicht nutzen, da seine Sachen Bestandteile seiner Pflanze sowie seines Blutes beinhalteten und bei mir würde nicht einmal sein Stift funktionieren. „Kann ich die Sachen haben?" Der Stift war immerhin ein Familienerbstück, den wollte ich nicht einfach aufgeben.

Arthur rollte zu einem Schrank und öffnete diesen. Ich entdeckte Arons Tasche. Der Stift lag oben drauf, Tränen traten mir in die Augen. Wir hatten alles gemeinsam zusammengestellt. Er stellte viele Fragen und alle beantwortete ich ihm damals. Bei ihm konnte selbst ich geduldig sein. In seiner Nähe ging mir alles leichter von der Hand.

„Ist schon in Ordnung. Ich verstehe, dass es dir schwerfällt." Jace legte mir seine Hand auf meine Schulter. Womöglich wollte er mir wirklich Trost spenden. Doch ich verlor gerade jegliches Vertrauen in ihn.

„Wie war das mit den Dämonen und dem Periodensystem?" Arthur wollte wohl noch nicht aufgeben.

„Wenn ihr mir hier ein Labor errichten könnt, dann müsstet ihr selbst darauf gekommen sein, denn so schwer ist das nicht." Jetzt klang ich wieder genervt. Verstohlen wischte ich meine Tränen weg.

Arthurs Kiefer mahlte. Er wirkte vollkommen angestrengt. „Was war mit deinem Freund vor Aron?"

„David? Er war nicht der Richtige." Ich stand auf und ging zur Tür. Sie mussten sehr ausführliche Recherchen über mich angestellt haben, wenn sie das mit David wussten. Denn da gab es gerade einmal zwei Fotos in der Presse, wobei ich wusste, dass diese absolut nichts darüber aussagten, ob wir je ein Paar gewesen waren.

„Wer brachte dir das Kämpfen bei?" Noch immer klang Arthurs Stimme durchdringend.

Vermutlich war ich einfach immun dagegen. Trotzdem strengte es an, genau überlegen zu müssen, was man sagte. „Jemand verdammt Gutes … Wenn ich selbst Jace schaffe." Ich beobachtete, wie Jace zusammenzuckte.

„Noch nie wurde Jace besiegt. Er ließ es zu." Jace sah mich an. Er zuckte mit seinen Schultern.

„Er wird durch Wut getrieben. Das macht ihn besiegbar." Ich zog die Tür auf. Noch einmal ging ich zurück, schnappte mir Arons Tasche und ging hinauf zu der Mensa.

Verwirrt sah ich in den leeren Essensbereich. Ich schaute aus dem Fenster. Draußen versammelten sich alle und feierten gelassen den ersten kleinen Sieg gegen die Dämonen.

Nachdem ich mir etwas Essen organisiert hatte, schlich ich zurück in mein Zimmer. Erneut rollte ich mich zusammen. Ich schnupperte an Arons Tasche. Wie sehr ich ihn vermisste. Er fehlte mir unglaublich und wieder spürte ich diese riesige Leere in meinem Herzen. Einmal mehr weinte ich mich in den Schlaf.

Am Morgen sammelte ich entschlossen alles zusammen. Ich spürte, dass sich jemand hinter der Tür befand. Vorsichtig schaute ich hinaus. Zwei Typen sollten wohl auf mich achten, damit ich nicht noch einmal weglief. Ich stopfte Arons Tasche in meine. Nur knapp passte diese hinein. Gespielt gelassen schritt ich aus meinem Gefängnis.

„Wo willst du hin?"

„Auf Klo!" Ich trat den Weg zur Toilette an. Dort absolvierte ich mein morgendliches Ritual. Allerdings verzichtete ich auf die Dusche, da ich zu Hause ein Bad nehmen würde.

Ich zog meinen unsichtbaren Mantel aus meiner Tasche, legte ihn mir sorgfältig hin und putzte meine Zähne. Währenddessen legte ich mir meinen Fluchtplan zurecht. Ursprünglich wollte ich für Jace eine Nachricht hinterlassen. Aber nach unserem letzten Gespräch ließ ich dies bleiben. Was ich eigentlich schade fand, irgendwie mochte ich ihn. Mir kam der Gedanke, dass meine Sympathie ihm gegenüber daran liegen könnte, dass er genauso verloren wirkte, wie ich mich fühlte. Ich schrieb aber eine Nachricht an den Priester. Vielleicht schaffte ich es irgendwie, dass er diese bekam. In der Nachricht erklärte ich ihm meine Flucht und warnte ihn vor den seltsamen Leuten. Außerdem wollte ich, dass er erfuhr, dass ich nach Lösungen suchte und an diesem Ort keine finden würde.

Kaum trat ich aus dem Bad, standen die beiden Aufpasser vor mir. Ich schüttelte genervt meinen Kopf. „Darf ich noch frühstücken?" Die beiden gingen zum Lift und öffneten diesen. Selbst dahin verfolgten sie mich. Bis zur Mensa blieben sie an meiner Seite. Das könnte wirklich schwierig werden.

Ich holte mir meinen Kaffee und ein Toast, welches ich nachdenklich zu mir nahm. Konnte Arthur vielleicht meine Gedanken lesen? Oder Kate? Warum sonst ließen sie mich überwachen? Nein, das schloss ich irgendwie aus. Vermutlich folgerten sie nur richtig. Ich habe die Kranken gerettet, versorgte die Leute mit Essen und holte neue dazu. Ich verschaffte ihnen Hoffnung. Mich störte nur, dass sie es mir nicht dankten. Somit hatte ich wieder einen neuen Grund, die Menschen zu verfluchen. Ein bisschen wurde ich auch auf Aron sauer, da er stets an das Gute in ihnen glaubte, obwohl ich längst den Glauben an sie verloren hatte.

Jace und Kate betraten die Mensa. Meine beiden Aufpasser unterhielten sich angeregt. Kate hielt wieder einen Becher in der Hand. Jace kam angespannt auf mich zu. „Arthur lässt dich nicht mehr aus den Augen."

„Merke ich."

„Wir alle wollen, dass du bleibst."

„So bestimmt nicht."

Jace musterte mich betreten. „Nadja, ich mag dich wirklich."

Ich spürte, dass er in dem Moment die Wahrheit sprach. Aber seine Welt gefiel mir nicht. David und ich trennten uns, weil wir uns entscheiden mussten. Aron folgte mir in meine Welt. Aber bei Jace, mal abgesehen davon, dass der Gedanke alleine unmöglich schien … würde ich mich gegen ihn entscheiden. „Würdest du noch einmal gegen mich kämpfen?"

Jace schüttelte seinen Kopf. „Ich kann dir nicht wehtun."

Ich stand auf, griff nach meinem Tablett. „Gut." Ich brachte dieses weg und begab mich in die Lobby. Wieder folgten mir die beiden Herren. Langsam zog ich meinen Stab. „Lasst ihr mich gehen oder soll ich euch verhauen?"

„Damit?" Sie lachten wegen meines kleinen Stiftes los.

„Erwache!" Sie zuckten zusammen, als der Stab aufblitzte. Blitzschnell griff ich nach meinem Umhang, nutzte den Moment, warf mir diesen um und rannte an ihnen vorbei. Ich wartete ab, denn wenn ich direkt zur Tür rausgehen würde, hätten sie mich sofort. Die beiden sahen sich verwirrt um, riefen nach mir. Sie schrien panisch meinen Namen und nach Hilfe.

Ich nutzte meine Unsichtbarkeit und schlich auf Zehenspitzen durch das Erdgeschoss. Immer mehr versammelten sich in der Lobby, aber ich entdeckte den Notausgang. Dieser wurde wegen einer Metalltür sowie einem Sicherheitsschloss nicht einfach zu überwinden sein. Mir fiel dieses säureartige Gebräu ein, welches jedes Schloss zum Schmelzen brachte. Dieses zog ich aus meiner Tasche, träufelte es auf das Schloss, wartete, bis es mir den Weg freigab, und ging hinaus.

Eine laute Sirene erklang mitten im Gebäude, während ich mich hinausdrängte. Hinter mir hörte ich die fielen Rufe. Verzweifelt suchten sie nach mir. In einem der oberen Fenster erkannte ich, wie Jace traurig aus der Mensa blickte. Doch auch er würde mich nicht aufhalten können. Ich schritt durch die Schutzwand, an den Dämonen vorbei und sog tief die frische Luft auf. Die Sonne schien warm auf mich herab. Nur hinter mir erklangen noch immer die Rufe der anderen.

Ach, der Brief! Ich ging um das Gebäude herum. Immer mehr versammelten sich dort, auch der Priester befand sich unter ihnen. Ich schlich mich an ihn heran. „Ich gehe. In Ihrer Hosentasche ist ein Brief." Damit verabschiedete ich mich und machte mich auf den Weg in die Freiheit. Gut, nach Hause traf es eher. Denn noch immer fühlte ich eine tiefe Verbundenheit zu dem Bostoner Haus.

Wächterexperimente

Die leeren Straßen konnten einem wirklich Angst einflö-
ßen. Ich kam mich vor wie nach einem Weltuntergang. Dabei war doch nur die Hölle für ein paar Minuten offen gewesen. Anhand der Beschilderung fand ich mich zurecht.
Zu Fuß würde ich Tage brauchen, denn immerhin lagen
über vierhundert Kilometer vor mir. Immer wieder kam ich
an verlassenen Autos vorbei. Ein Motorrad wäre mir jedoch lieber.

Irgendwann entdeckte ich eine kleinere Werkstatt. Die
Tore standen weit offen und ich fand eine BMW. Keine
Ahnung, um welches Modell es sich handelte, aber der
Helm hing daran. Außerdem hatte sie ein Navi. Ich hinterließ einen kleinen Zettel mit meiner Adresse und einem
Dankesgruß. Zu meiner Zufriedenheit war der Tank voll
und schon schoss ich über die Straßen hinweg. Ich nutzte
die Landstraßen, da mir die Schatten der Bäume einen na-
türlichen Schutz vor den fliegenden Dämonen boten. Wenigstens half mir die Sonne, denn das Tageslicht machte
sie langsamer. Einigen wich ich aus und schon sauste ich
innerhalb der nächsten drei Stunden zu meinem Haus.

Ein innerer Frieden breitete sich in mir aus. Die hohen
Laubbäume am Grundstücksrand wogen sich leicht im
Wind. Die Sonne wärmte mein Gesicht und das Meer
schlug leichte, besänftigende Wellen. Ich hing den Helm
an das Lenkrad, betrachtete meinen Lieblingsort und sah,

dass die Dämonen auch durch diesen Schutzwall nicht kamen. Aron und ich hatten weitläufig Steine um das Grundstück vergraben. Ein drachenähnlicher Dämon stieß gegen die Wand. Ich bemerkte, dass außerhalb von New York nur wenige ihr Unwesen trieben. Bis auf ein paar einzelne Dämonen schien die Welt hier draußen noch in Ordnung zu sein.

Wehmütig erinnerte ich mich an die Zeit mit Aron zurück. Es tat weh und vermutlich würde ich nie wieder jemanden wie ihn finden. Es gab keinen zweiten Aron, keinen perfekten Mann, so wie er es für mich war. Aron war einfach zu gut gewesen.

Ich legte meine Sachen ab, stöberte durch das Haus, betrachtete die Landschaftsbilder der einstigen Besitzer. Die hellen freundlichen Farben trösteten mich. Ich holte mir aus meiner Speisekammer eine Flasche Wein und setzte mich auf die Terrasse. Ich ertrank meine Trauer mit einem köstlichen italienischen Wein. Bereits nach einem Glas flossen meine Tränen, nach dem zweiten begab ich mich in unser Schlafzimmer und kuschelte mich an sein Kopfkissen. Lange weinte ich um Aron, ließ meiner Trauer erneut freien Lauf. Es interessierte mich nicht, ob die Leute da draußen starben. Ich litt und ich brauchte diese Zeit für mich.

Nach über einer Woche zwang ich mich aufzustehen. Erst nahm ich ein langes Bad und wollte mich danach wieder meiner Aufgabe zu widmen. Irgendwer musste den Dreck beseitigen, und da blieb eben nur ich übrig. Vater spürte meine tiefe Trauer. Er schrieb mir eine dieser brennenden Nachrichten, dass er in Gedanken bei mir sei und mich lieben würde. Das half ein wenig über die schlimme Zeit hinweg. Deshalb entschied ich, alles daranzusetzen, meinen Vater wiederzusehen.

Ich betrachtete das Bett. Leider habe ich es noch nicht geschafft, die Bettwäsche zu wechseln, da ich noch immer seinen langsam nachlassenden Duft darin erahnte. Ich suchte mir frische Kleidung, stopfte meine Schmutzwäsche in die Waschmaschine und begab mich in meine Wächterkammer, welche im Dachstuhl auf mich wartete.

Ich füllte erst einmal alles auf. Anschließend sammelte ich Klee, da bald der Herbst und der Winter anstanden. Am Abend kochte ich mir eine Suppe. Vater brachte mir bei, die alten Vorratskammern reichlich zu füllen und diese ausgiebig zu nutzen. Mit meiner Suppe ging ich erneut nach oben.

Was hatte ich mir überlegt? Ich zog das Periodensystem heraus und betrachtete dieses. Kupfer, Holz, Weihwasser. Nachdenklich ließ ich meinen Blick schweifen. Ich nahm eine der alten Holztruhen. Aber woher bekam ich das Kupfer? Ach ja … ich lief hinab in den Keller. Durch die Umbauarbeiten, welche Simone veranlasst hatte, wusste ich, dass es noch Kupferplatten gab. Die Handwerker mussten unter anderem Rohre in den Bädern erneuern, daher waren die noch übrig geblieben. Angestrengt zerrte ich eine Platte hinter mir her. Diese Platten waren verdammt unhandlich.

Zu allem Übel schnitt ich mich auch noch daran. Ich beschloss kurzerhand, diese im Flur stehen zu lassen. Die Kiste schupste ich hinunter. Das laute Poltern durchbrach die Stille des Hauses. Na so bekam wenigstens das Haus auch etwas vom Leben mit.

Bis in die tiefe Nacht hinein bog ich dieses verdammte Blech hin, machte Löcher hinein und legte den Boden mit Tüchern aus, welche das Weihwasser aufsaugen sollten. Irgendwann schlief ich mitten auf dem Flur ein.

Mit einem Kaffee an meiner Seite schraubte ich am nächsten Morgen das Blech fest. „Dann versuchen wir es mal." Ich zog die schwere Kiste raus und zerrte diese umständlich an den Grundstücksrand. Damit sparte ich mir mein Fitnessprogramm.

Ich schob die Kiste aus der Schutzwand. Ich sah mich um und schrie laut nach den Dämonen. Wenn man sie brauchte, waren sie nicht da. Doch dann raschelte etwas. Ich sprang zurück und wartete ab. Eine schlangenförmige Masse wand sich in meine Richtung. Sie mied die Kiste und kam auf mich zu. Mist, da fehlte etwas.

Ich griff schnell nach der Kiste und zerrte sie zurück. Genervt stapfte ich zum Haus. Ich suchte nach einer Schubkarre oder … Ah, ein kleiner Handwagen stand in der Kammer für Gartenwerkzeuge. Ich zog diesen hinter mir her und holte die Kiste. Verzweifelt starrte ich sie an.

Nachdenklich kaute ich auf meiner Unterlippe herum. Dämonen gingen in keine Kirchen. Weihrauch stieß sie ab. Holztore, Holzböden, Holzbänke … Weihwasser und

GOLD! Ich lief nach oben, holte eine Tüte voller Krimskrams und fand einige verbogene Schmuckstücke sowie verknotete Goldketten. Ich löste die Platte, stopfte alles zwischen die Tücher, welche mit Weihwasser getränkt waren, schraubte die Platte wieder fest und versuchte es erneut.

Die Schlange rührte sich noch nicht. Schlief die etwa? Seelenruhig versteckte sie sich zwischen den Büschen. Ich nahm meinen Stab, warf diesen auf die Schlange. Sie regte sich, fauchte mich an und schon wurde sie in die Kiste gesogen. Erst wartete ich ab, bis dieses monströse Ungetüm vollständig in der Kiste verschwand, anschließend drehte ich meine Münzen und entließ sie in die Hölle.

Am Abend kochte ich mir etwas und grübelte weiter. Das konnte doch nicht alles sein? Mit einem Glas Wein setzte ich mich auf meine Terrasse und beobachtete, wie sich der Tag dem Ende neigte.

Die blutrote Sonne versank tief im Meer. Natürlich! Blut fehlte. Ich wollte es am nächsten Morgen damit zu versuchen.

Leicht beschwipst und weinend ging ich zu Bett. Selbst diese Aufgabe und die kleinen Erfolge halfen über meine Trauer nicht hinweg. Erst gegen Mittag schaffte ich es aus dem Bett.

Ich träufelte etwas Blut in meine Kiste, verteilte frisches Weihwasser und schob sie aus der Schutzwand heraus. Ich holte meinen Kaffee und setzte mich wartend hin. Nichts geschah. Also schrie ich laut nach den Dämonen. Erneut wartete ich ab. Sie kamen und selbst ein fliegender wurde angesogen. Beeindruckt starrte ich in die Kiste. Darin befanden sich fünf Dämonen. Eigentlich konnte man nur schwarzen Schleim sehen, aber ich zählte zuvor fünf. Ich schloss die Kiste, wartete ab, aber da kamen sie nicht raus.

Ich drehte meine Münze und leerte diese in der Hölle. Ich wunderte mich darüber, dass selbst da unten Ruhe eingekehrt war. Irgendetwas stimmte nicht, denn die Hölle kam mir zu still vor.

Ich rauschte wieder nach oben und wollte am nächsten Tag eine Runde durch Boston fahren. Natürlich mit der Kiste.

Bis in die Nachtstunden bastelte ich an einer zweiten und schlief erneut auf dem Flur ein.

Ich füllte meinen Kaffee in einen Thermobecher, musterte diesen, dachte an Kate und schüttete ihn wieder weg. Armer Kaffee. War das eklig. Selbst diesen Genuss nahm man mir.

Ich schob die erste Kiste auf den Hänger von Arons Wagen. Verdammt war die schwer. Ich strich traurig über das Auto und machte mich an, die zweite Kiste zu holen. Der erste Stopp galt einer alten Kirche, damit ich frisches Weihwasser bekam. Denn selbst Weihwasser roch merkwürdig, wenn es zu lange stand. Nachdem ich noch meine Tasche holen musste, machte ich mich auf den Weg.

Laut drehte ich die Musik in meinem Wagen auf. Laute Bässe mit seichten Melodien erklangen. Ich stellte den Rückspiegel so, dass ich die Kisten im Auge behalten konnte. Denn immerhin gab es weder Verkehr noch Stau. Kaum erreichte ich das Randgebiet von Boston, flutschten drei Dämonen in meine Kiste. Zufrieden behielt ich mein Werk im Auge.

Die Stadt wirkte nicht so leblos wie New York. Vereinzelt huschten Menschen an mir vorbei. Ein paar sahen verwirrt oder wütend aus den Fenstern, da die Musik wirklich sehr laut aus dem Wagen schallte. Gemütlich zuckelte ich zur St. Stephans Kirche und sammelte dabei immer mehr Dämonen ein. Nachdem ich über zwanzig in meinen Kisten vermutete, schaltete ich die Musik leiser, hielt an und beförderte die Dämonen umständlich in die Hölle. Vor allem musste ich sie vorher vom Wagen zerren.

Nachdem ich mich vergewissert hatte, dass sich kein Friedhof in der Nähe befand, umschloss mich eine undurchdringliche Finsternis. So musste ich mich ausschließlich auf mein Gehör konzentrieren, doch nirgendwo erklangen Geräusche. Das Kreischen, Raunen und Surren der Dämonen fehlte, was mir seltsam vorkam. Es verunsicherte mich. Wo waren die Kreaturen plötzlich hin? Schnell entlud ich die schweren Kisten. Durch die Dämonen erhöhte sich das Gewicht der Kisten enorm, dennoch erfüllten sie ihren Zweck, auch wenn ich ziemlich zu kämpfen hatte.

Keuchend schob ich diese wieder auf die Rampe des Fahrzeugs und hielt meinen Wagen vor der Kirche. Die Musik drehte ich lauter auf, damit noch mehr Dämonen angelockt wurden. Selbst der Pfarrer schaute angespannt aus der Pforte heraus. Ich lief gelassen auf diesen zu. „Brauche ganz viel Weihwasser."

„Oh, natürlich." Ich blieb auf den Stufen der Kirche sitzen und beobachtete, wie immer mehr Dämonen aufgesogen wurden.

Der Pastor nahm schließlich neben mir Platz. Er reichte mir eine große Flasche mit Wasser. Ich bröselte etwas getrockneten Klee hinein und stellte fest, dass es geweiht worden war.

„Das letzte Mal sah ich dich, als man uns in der Kirche versammelte. Euer Vorschlag Lebensmittel in Kirchen anzuhäufen, rettete vielen das Leben … Was ist dir in dieser Zeit passiert?", erkundigte er sich freundlich.

„Die Hölle brach in New York und in Europa auf. Die Dämonen entkamen … Aron, mein Freund, hat sie wieder geschlossen. Dabei gab er sein Leben." Die letzten Worte auszusprechen, fiel mir unglaublich schwer.

„Nenn mich Jakob. Wenn du jemanden zum Reden brauchst, kannst du gerne vorbeikommen."

Ich sah ihn dankbar an. „Ist schon in Ordnung. Ich funktioniere doch."

„Eben, auf deinen Schultern lastet ein schweres Schicksal. Wer rettet dich? Wer kümmert sich um dich?" Bei seinen Worten überkam mich eine tiefe Trauer. Sanft legte er seine Hand auf meine Schulter.

„Keiner. Der Engel erschlug ihn, weil etwas von ihm Besitz ergreifen wollte." Meine Worte gingen in heftigen Schluchzern unter.

Jakob musterte mich besorgt. „Der Engel nahm dir damit eine große Last. Sonst hättest du entscheiden müssen. Hättest ihn erledigen müssen … Er half dir. Verliere nicht den Glauben."

„Ich weiß und trotzdem bin ich so wütend. Auf Gott, auf Aron, auf alles!"

Er legte seinen Arm um mich herum. „Im Augenblick bist du unser Engel. Schau, du bringst Hoffnung. Du rettest alle. Irgendwann wird auch für dich das Licht wieder heller scheinen. Du musst es nur erlauben." Ich sah ihn an, wischte meine Tränen weg. Er deutete auf den Platz. Noch immer wurden Dämonen angesogen, aber auch Menschen kamen, um zu sehen, was da geschah. Andere Geistliche folgten und sahen mich dankbar an. „Siehst du? Du tust etwas Wundervolles."

„Aron wollte die Menschen retten. Ich eigentlich nie." Wieder tauchten neue Tränen auf.

„Du tust es trotzdem. Komm mit rein und erzähle mir, wie das funktioniert." Gemeinsam betraten wir die große Kirche. Die anderen Geistlichen gingen uns nach. Ich brauchte ein wenig Zeit, bis ich mich sammeln konnte.

Anschließend erklärte ich ihnen, wie die Kisten funktionierten. Sie ließen einen Arzt kommen, welcher mir Blut abnahm und sie versprachen, die Konstruktion selbst nachzubauen.

Wir nutzten die Wartezeit, zogen eine der Kisten vom Auto hinunter, trugen sie in die Kirche, öffneten den Altar … Siehe da, auch von dort aus konnte man die Dämonen hinab in die Hölle befördern. Endlich bekam ich die Unterstützung, die ich dringend brauchte. Denn alleine würde es Monate dauern, bis ich alle Kreaturen beseitigt hätte.

Den ganzen Tag über blieb ich in der Stadt. Irgendwann kamen nur noch Menschen und keine Dämonen mehr. Jakob sprach lange mit mir, während die anderen an mehreren Kisten bastelten. Weihwasser und Blut flossen hinein. Ich bekam ein reichhaltiges Mahl serviert und auch die anderen versuchten tröstende Worte zu sprechen. Immer wieder sagten sie mir, wie besonders Aron gewesen wäre. Dass er sich für seinen Weg entschieden hätte. Und wie sehr sie mir für alles dankten.

Erst nach Anbruch der Dunkelheit machte ich mich auf den Rückweg. Jakob wollte mich begleiten, doch ich blieb lieber alleine, auch wenn ich sein Angebot gerne angenommen hätte. Denn meine Einsamkeit schien mich zu erdrücken, obwohl ich sie im Augenblick brauchte.

Bevor ich schlafen ging, schrieb ich meinem Vater die Lösung für das Problem. Ein *Danke* bekam ich zurück. Ich war froh, dass sich diese kleinen Wunden abwaschen ließen, denn sie taten wirklich weh.

Am nächsten Morgen frühstückte ich ausgiebig und trank in Ruhe meinen Kaffee auf meiner Terrasse. Dabei genoss ich den Anblick der Blätter, welche sich im Wandel der Jahreszeiten langsam verfärbten. Ich beschloss, zurück nach New York zu reisen. Vorher suchte ich mir eine Karte heraus. Während ich diese betrachtete, entschied ich, in

Providence und Hartford einen Stopp einzulegen. Damit könnte ich bereits eine größere Fläche von diesen Kreaturen befreien.

Dieses Mal schloss ich die Haustür ab. Meine Tasche hatte ich bereits aufgefüllt. Selbst an ein paar Reservefläschchen und eine ordentliche Menge Klee dachte ich.

Gemütlich fuhr ich nach Providence. Bereits am Stadtrand musste ich halten, um die Kisten zu leeren. Anschließend fuhr ich ins Zentrum der Stadt. Es war wirklich hübsch hier. Nicht ganz so dicht besiedelt wie New York. Vor allem gab es nicht so viele von diesen Wolkenkratzern. So beeindruckend sie auch waren, so erdrückend wirkten sie manchmal auf mich. Ein Leben in New York konnte ich mir einfach nicht vorstellen. Zu Ausflügen oder wegen meiner Arbeit … Okay. Aber dort eine Zukunft aufbauen … Nein, da würde ich eingehen. Wie eine Pflanze, welche man nicht goss.

Auch in Providence wunderten sich die Menschen, bis sie bemerkten, was ich da tat. Innerhalb der Stadt wartete ich geduldig auf einer Brücke, bis sich die Kisten randvoll füllten. Natürlich hatte ich meinen Wagen mit einem Schutzzauber versehen, damit mich kein Dämon unerwartet angreifen konnte. Ich schaltete die Musik aus, rollte ein paar hundert Meter nach vorn, zog die Kisten runter und machte mich auf den Weg nach unten. Mein Magen mochte die Reise noch immer nicht. Aber auch der gewöhnte sich allmählich daran. Nur mehr als dreimal am Tag schaffte ich nicht.

Im Stadtzentrum ließ der Zufluss an Dämonen bereits nach. Erneut hielt ich und wieder kam ein Geistlicher auf mich zu, der mich ebenfalls erkannte. Gemeinsam gingen wir in sein Gotteshaus. Wieder erschienen weitere und auch sie unterrichtete ich, wie man diese Kisten baute. Nur dieses Mal gab ich ihnen eine Blutkonserve von Aron, damit ich mein eigenes zurückhalten konnte. Seines wirkte genauso effektiv wie meines, ich konnte schließlich nicht zu oft Blutspenden.

Man lud mich in ein Hotel ein, wo man mich mit einem guten Essen verwöhnte und am nächsten Morgen machte ich mich auf den Weg nach Hartford. Dort wurden es wesentlich mehr Dämonen. Bereits auf dem Weg musste ich anhalten, um die Kisten zu leeren. Am Stadtrand wurde ich sogar angegriffen, was ich jedoch bewältigen konnte. Im Stadtzentrum brauchte ich mein K.-o.-Zeugs. Es kamen so viele aus den Gemäuern, den Gassen, den Straßen und den Häusern geschlüpft, dass ich sie betäuben musste, da ich sie nicht alle bekämpfen konnte. Wieder entlud ich sie in der Hölle. Langsam machte mir die Ruhe da unten mehr Sorgen als die Dämonen auf der Erde.

In Hartford gab es wohl keine neugierigen Menschen. Nach meinem dritten Höllengang suchte ich die nächste Kirche. Zwar befanden sich ein paar hungrige Menschen drin, aber kein Priester schien vor Ort zu sein. Ich wunderte mich darüber ein wenig. Vermutlich fehlte es den Herren an Glauben oder sie hatten die große Sitzung verschlafen. Denn bevor das große Chaos begann, hatten sich viele der

Priester in Boston versammelt. Damals berieten wir, was wir für genau diesen Fall tun könnten. Deshalb gab es in den Kirchen ausreichend Lebensmittel, damit die Menschen dort ein paar Wochen aushalten könnten. Die Kirchen standen immerhin für Schutz sowie Zuflucht.

Ich stapfte in das Gotteshaus und zündete den Weihrauch an. Noch immer bekam ich Kopfschmerzen davon. „Wer geht Essen holen?" Keiner antwortete. Na gut. Alleine suchte ich einen Supermarkt. Besorgte Konservendosen, Wasser und ich nahm mir ein paar Schokoriegel mit. Wenn sie einem schon nicht halfen, würde ich sie sicherlich nicht teilen. Ich musterte meine Kisten. Langsam nahm die Flut an Dämonen ab. Voll bepackt und erschöpft schlich ich zu der Kirche zurück.

Die Leute sahen mich verstört an. Ich legte am Eingang meine Sachen ab, griff nach einer kleinen Wasserflasche und setzte mich an den Altar. Ich beobachtete, wie sie das Essen musterten. Sie sahen mich fragend an, ich nickte und schon stürzten sie sich darauf.

Ich nutzte meine Tasche als Kopfkissen. Leise murmelten die Leute, jedoch traute sich keiner mich anzusprechen, was mich aber auch nicht störte. Kaum schlief ich ein, schrie ein Mädchen los. „Können Sie helfen?"

Ich blinzelte. „Womit?" Sie trugen das Mädchen zum Altar. Ich betrachtete es eingehend. Noch einmal könnte ich nicht nach unten, da ich mich selbst kaum noch auf den Beinen halten konnte. Sie zitterte am ganzen Körper. Ihre

Adern schimmerten schwarz, ihr Haar ging ihr aus. Ich erinnerte mich an das Mädchen in Prag. Die erste Austreibung mit Aron. Ich griff nach meiner Tasche, rieb sie mit dem Zeug ein, tropfte Blut an den Altarstein, welcher sich verschob. „Vertrauen Sie mir?" Die Mutter des Kindes nickte mir zu. Ich hob das Mädchen in meine Arme und brachte sie nach unten. Vorsichtig schnitt ich sie, löste den Stein. Es funktionierte wirklich. Der Dämon wurde von der Unterwelt aufgesogen.

Ich schritt langsam mit ihrem schlaffen Körper nach oben. Der Altar rutschte zurück und ich übergab der Mutter das Kind. „Sie sollten sie versuchen zu wecken. Sie muss trinken und essen." Dabei reichte ich ihr den Rest meines Wassers.

„Sie brauchen es selbst."

„Ich hole morgen neues." Restlos erschöpft legte ich mich schlafen. Das leise Murmeln der Anwesenden wog mich ins Land der Träume.

Am Morgen fehlte mir mein Kaffee, doch das konnte ich vorerst auch nicht ändern. Ich schlich aus der Kirche. Meine Truhen standen, umgeben von schwarzem Schleim, auf dem Platz. Ich drehte meine Münze und kippte sie aus. Bald würde ich Oberarme wie Jace bekommen. Oben angekommen, sah ich eine Menge neugieriger Gesichter, welche mich aus der Kirche heraus beobachteten. Ich schritt an eine Häuserwand, darauf schrieb ich meinen Spruch. Schon leuchtete die ganze Reihe an einfachen

Wohnhäusern auf. „Sicher! Ihr könnt umziehen!" Nur zögernd kamen sie aus der Kirche. Ich begab mich zum Supermarkt, dort holte ich mir etwas zu essen. Eigentlich fand ich diese permanente Möglichkeit der Selbstbedienung nicht übel.

Nachdem ich mich mit Müsliriegeln vollgestopft hatte, musterte ich zufrieden meine Kisten. „Bringst du uns nichts?", rief jemand aus der Kirche.

„Die Luft ist rein." Genervt schüttelte ich meinen Kopf, zog die Kisten auf meinen Wagen und drehte eine Runde durch die Stadt. Ein paar Dämonen fing ich noch ein, diese brachte ich ebenfalls in die Hölle. An der nächsten Kirche klopfte ich. Irgendwann sollte ich mal einen Kirchenratgeber über die Vereinigten Staaten schreiben. Ich landete in einem schlichten Gotteshaus. Jesus hing schweigend an seinem Kreuz. Hoffentlich endete ich nicht so.

„Was kann ich für dich tun, mein Kind?" Ein Pastor kam auf mich zu.

„Nichts. Wollte nur mitteilen, dass die Stadt dämonenfrei ist."

„Wie das?"

Ich deutete ihm, mir zu folgen. Auf meinem Wagen zeigte ich ihm die Kisten. Beeindruckt sah er mich an. Ich erklärte ihm, wie es funktionierte. Der Mann lief in die Kirche und läutete die Glocken. Ah, Dämonen gab es doch noch. Sie stürzten sich von oben herab auf mich. Ich verfluchte den Kerl und sprang in meinen Wagen.

Meine Kisten hielten und sogen sie auf. Trotzdem war es knapp geworden. Das Läuten hörte endlich auf. „Sie sind

so ein Idiot!" Der Pfarrer sah verstört auf die reinprasseln-
den Dämonen. Ich wartete ab, bis die Flut nachließ. Anschließend nutzte ich den Altar, um mir einen Weg nach
unten zu sparen. Wenigstens half er mir mit den Kisten.
Erschrocken sah er auf, als sich der Altar bewegte.

„Na mit Ihrem Glauben ist es auch nicht weit." Ich zerrte
die erste Kiste durch den Gang, löste den Stein und wiederholte das Ganze mit der zweiten. Schnaufend kam ich
wieder nach oben.

„Was ist das?" Der Altar schob sich zurück.

„Auf welcher theologischen Schule waren Sie?"

„Keiner, man kann das im Internet ausdrucken."

Jetzt war ich diejenige, die ihn entsetzt anstarrte. Ich
klopfte ihm auf die Schulter. „Gehen Sie da mal hin. Das
hilft. Weihrauch mögen sie nicht." Damit stapfte ich hinaus. Ich fuhr weiter an den Stadtrand. Da sich die Dämonen
in Grenzen hielten, fuhr ich in Richtung New Haven.

Ich fand die Stadt richtig nett. Die Yale Universität war
dort, doch ich suchte nach der Kirche. Ich fand die Center
Church, welche vor einem weitläufigen Park lag. Auch da
klopfte ich an und freute mich darüber, dass der Priester
wusste, was oder wer ich war. „Sollten Sie Kollegen haben,
schicken Sie die nach Hartford." Dabei zog ich meine Kisten hinein. Er und ein paar Freiwillige halfen mir.

„Sie riechen, als würden Sie aus der Hölle kommen."

„Tue ich auch."

Der Priester öffnete mir den Altar. Sie besaßen einen ge-
heimen Schlüssel dafür. Er half mir, sie sogar nach unten

zu bringen. Wir warteten, bis die Dämonen verschwunden waren. Oben angekommen betrachtete er meine Kiste. Ich erklärte ihm, woraus sie bestand. Er rief zwei junge Männer zu sich. Sie selbst trugen schlichte Gewänder, schienen etwas wie Anwärter zu sein. Sie notierten sich alles, während ich um frisches Weihwasser bat, welches man mir umgehend brachte. Wie immer prüfte ich dieses mit meinem Klee. Wobei es bisher nur einmal keines war und das war bei Jace gewesen. Ich vermutete noch immer einen ihrer Tests dahinter.

Wir trugen die Kisten raus. Ich schaltete die Musik meines Wagens an. Zufrieden bemerkte ich, dass ich zuvor einige Kreaturen gesammelt haben musste, da sich die ankommenden in Grenzen hielten. Angestrengt überlegte ich, ob ich vielleicht auch Kugeln basteln könnte, denn die großen Kisten wurden auf Dauer eher unpraktisch. Die jungen Männer sammelten währenddessen alles zusammen, was sie brauchten. Ich stellte fest, dass selbst mein eingetrocknetes Blut ausreichte. Ich beträufelte das Laken mit meinem Blut, sie nahmen feine Goldblättchen, die man eigentlich zum Restaurieren nutzte, und darauf verschraubten sie ein Gitter aus Kupfer. Sollte auch gehen.

Auch diese Kiste trugen wir nach draußen. Noch immer erreichten Dämonen den Platz vor der Kirche. Ich nutzte meine freie Zeit und schaute in den Himmel. So ohne dunkle Schatten wirkte er richtig schön.

„Ich rufe im Vatikan an und teile ihnen mit, dass wir Fortschritte machen", sprach der Priester sanft.

Ich schreckte auf. „Wie, können Sie telefonieren?"
Schnell rannte ich ihm nach.

„Alte Telefonleitungen. So lange der Notstrom läuft, gehen auch die." Er ging in einen Raum, welcher an ein rustikales Büro erinnerte. Viele alte Bücher lagen herum. Er zog ein altes Telefon mit einer Wählscheibe aus einem Schrank.

„Bitte, wenn Christian von Hoym da ist … ich würde so gerne mit ihm sprechen." Ich rutschte sogar auf Knien vor ihm hin. Mein Herz schlug aufgeregt. Es dauerte lange, bis er eine Verbindung bekam. Dann erklärte er jemandem auf Latein, was geschehen ist. Latein war wirklich nicht meine Stärke, ich verstand nur Bruchstücke. Doch am Ende nannte er den Namen meines Vaters. Er legte auf. Traurig sah ich ihn an.

„Keine Sorge. Er ist unterwegs und ruft zurück." Er deutete auf einen ausgefransten Sessel. Dort setzte ich mich hin und wartete. Die Minuten zogen sich endlos dahin. Die Anspannung war kaum auszuhalten, bis endlich das Telefon klingelte. Der Priester ging ran. Zitternd wartete ich.

Dann geschah mein kleines persönliches Wunder. Er reichte mir den Hörer. Fast schüchtern griff ich danach. „Papa?"

„Oh mein Gott. Nadja … ich sterbe vor Sorgen." Ich schluchzte laut los, sackte weinend auf meine Knie. Eine riesige Last fiel von mir ab. „Ach meine Kleine. Ich vermisse dich so sehr. Ich würde so gerne für dich da sein."

Ich brauchte einen Augenblick. „Ich brauche dich. Ich kann nicht mehr."

„Ich weiß, Liebling. Wir haben viele Helfer. So wie es aussieht, kann ich in drei Tagen fliegen." Erneut schluchzte ich laut. „Oh meine Kleine. Es tut mir leid."

„Papa?"

„Ja?"

„Warst du in der Hölle? Da stimmt was nicht."

„Wie meinst du das?"

„Es ist zu ruhig."

Ich hörte meinen Vater am anderen Ende diskutieren. Auch er sprach auf Latein, doch das Rauschen der Verbindung ließ mich nichts verstehen. „Hier meinen sie, dass es nur ein Vorbote war."

Ich schluckte meine Tränen hinunter, wischte sie mir aus meinem Gesicht. „Weißt du, was ich glaube?" Wobei es sich nur um ein Gefühl handelte.

„Sag schon."

„Ich glaube nicht, dass Luzifer dahintersteckt. Ich denke, da sind andere am Werk. Ich habe den ersten Wiedergänger getroffen." Vater keuchte laut, aber ich unterbrach ihn. „Papa, erinnerst du dich an die dunkle Gestalt am Schloss?"

„Ja, warum?"

„Wiedergänger lösen exakt das gleiche Gefühl in mir aus."

Vater sprach erneut mit jemandem. Ich wartete einen Augenblick lang ab. „Gib ihnen nicht dein Blut."

„Weiß ich doch. Ich vermisse dich so sehr. Ich muss dir so viel erzählen. Ein Engel hat Aron getötet."

„Nein!"

„Nicht direkt. Aron gab sein Leben, um die Pforten zu schließen. Dann kam etwas aus der Hölle, wollte nach ihm greifen. Doch der Engel durchstieß ihn mit seinem Schwert. Jakob sagt, er hätte mir geholfen."

Vater zog scharf Luft ein. „Süße, ich komme so schnell wie möglich. Ich weiß, wer das Kleeblatt trägt. Du bist stark."

„Nein Vater. Ich kann nicht mehr."

„Halte durch. Ich bin bald bei dir und wenn jemand diesen Ozean für uns teilen muss." Ich gab ein ersticktes Lachen ab. Das konnte nur Vater. Mich in den furchtbarsten Situationen zum Lachen bringen. „Ich liebe dich. Aber wir müssen weitermachen."

„Ich liebe dich auch, Papa." Damit gab die Leitung knackend auf.

Der Priester half mir. Er zeigte mir seine Räumlichkeiten, in welchen ich duschen durfte. Selbst frische Kleidung bekam ich, obwohl sich Sachen von mir im Wagen befanden. Ich ließ das heiße Wasser über meinen Körper laufen und weinte einsam unter der Dusche. Trotzdem war ich dankbar, dass mein Vater mich liebte und noch am Leben war. Denn seinen Tod würde ich gewiss nicht verkraften. Ich rappelte mich wieder auf. Drei oder vier Tage musste ich irgendwie durchstehen. Am Abend trank ich ein Glas Wein und bekam eine köstliche Suppe.

Am nächsten Morgen freute ich mich über einen Kaffee und machte mich wieder auf den Weg. Vorher leerten sie für mich die Truhen, ihre hatten sie fertiggestellt. Sie beschlossen, diese vor Kapellen aufzustellen, damit sie die Dämonen schneller beseitigen konnten. Der Himmel schien es mal nicht so gut mit mir zu meinen. Dunkle Wolken zogen auf. Aber die Erde brauchte auch ihren Regen.

Im Rückspiegel sah ich die Dämonen hineinflutschen. Ich fand am Stadtrand eine leere Kapelle, in der ich die Kisten leerte. Ich fluchte über meine eigene Blödheit. Ich hätte einfach kleine Räder an den schweren Truhen anbringen sollen, aber im Augenblick konnte ich daran nichts ändern. Genervt über mich selbst, setzte ich meine Reise fort, bis ich vor einer weiteren, eindrucksvollen Kirche landete. Ich hupte ein paarmal und wartete auf die Dämonen. Es dauerte ein wenig, bis sich die Kisten füllten. Ich stieg aus, lief zur Kirche, klopfte freundlich an und staunte, als ich Jakob entdeckte. „Was machst du hier?"

„Ich wollte dir doch nachreisen." Er deutete verwirrt auf meinen Wagen voller Dämonen. „Wie hast du es geschafft?"

„Genau wie in Boston."

Er lächelte mich zufrieden an. „Du wirst gleich staunen, da ich ebenfalls einige einfangen konnte!", freute sich Jakob. Wir trugen meine Kisten hinein. Seine standen vor dem Altar. Beeindruckt schaute ich seine an, an diesen war eine Zugvorrichtung befestigt. „Du hast an einen Wagenunterbau gedacht."

Jakob lachte auf. „Natürlich, nachdem du dich so abgeplagt hast." Das war wirklich fies. Ich ärgerte mich wieder über meine eigene Blödheit. Gemeinsam leerten wir meine

Kisten. Ich erzählte ihm, dass ich mit Vater sprechen durfte und dass ich in Hartford nur unfähige Leute vorfand. Wir bekamen sogar einen Kaffee von dem ortsansässigen Priester.

„Wie geht es jetzt weiter?", erkundigte ich mich bei Jakob.

„Ganz einfach. Ich informiere alle. Nacheinander räumen wir auf. Das klappt!"

„Das ist gut. Ich dachte schon, dass ich alles alleine machen muss."

Jakob schüttelte seinen Kopf. „Auf dich müssen wir gut aufpassen."

Ein anderer Geistlicher setzte sich zu uns. Ich spürte, dass ich zum ersten Mal seit langem wieder ein bisschen lächeln konnte. „Das ist also unsere Heldin."

Jakob strahlte mich an. „Das ist Nadja. Die Wächterin. Sie kam auf die Idee mit den Kisten."

„Aber woher hast du noch Blut?"

„Wir brauchten ganz wenig. Ich hab noch eine Menge." Jakob hielt mir den Beutel mit meinem Blut vor die Nase. „Aber keinem Wiedergänger geben."

„Niemals."

Wir drückten uns zum Abschied. Jakob versprach mir, nach der Disko von Ian zu sehen, da er eh in diese Richtung wollte. Ich machte mich auf den Weg zu Jace. Er und seine merkwürdigen Freunde könnten immerhin helfen, die Dämonen in Kisten zu sperren. Insgeheim hoffte ich, dass ich Arthur damit ein wenig zum Schweigen bringen konnte, wobei mir seine Fähigkeiten Sorgen bereiteten.

Aufatmen

Nach einer knappen Stunde Fahrt bog ich ab und fuhr geradewegs auf eine Wand voller Dämonen zu. Ich stoppte den Wagen, legte den Rückwärtsgang ein und drehte das Fahrzeug, damit ich mit der Rückseite zu den Dämonen stand, und hupte laut. Gelassen wartete ich ab. Sie drängten sich weiter ungehindert an die magische Schutzwand. Ich wunderte mich, da sie auf mein Hupen kaum reagierten. Ich fuhr direkt an sie heran und wartete, dass sie aufgesogen wurden. Innerhalb kürzester Zeit füllten sich meine Kisten, doch die magische Wand klebte noch immer voller Dämonen. Ich griff nach meinem Mantel und warf ihn mir über. Ungesehen zog ich die Kisten runter und näher an die Dämonen heran, die noch an der Wand hingen, damit ich sie gleich mit in die Hölle nehmen konnte. Anschließend drehte ich meine Münze.

Es hatte geklappt, die Dämonen klatschten im Zwielicht zusammen, da dort die Wände nicht mehr existierten. Eilig drehte ich die zweite Münze und schüttete die Truhen aus. Sie knurrten, zischten, spien schreckliche Laute aus, aber sehen konnten sie mich nicht. Ich griff nach den Truhen und sauste wieder nach oben. Zufrieden und mit klopfendem Herzen stellte ich fest, alle mitgenommen zu haben. Erleichtert atmete ich durch, löste meinen Umhang und ging durch die Schutzwand hindurch. Die Kisten konnte ich davor stehen lassen. Ich lief allerdings noch einmal zu-

rück, um meine Tasche zu holen wie auch den Wagen-
schlüssel. Immerhin lernte ich dazu, denn vorher vergaß
ich immer abzuschließen.

Verwirrt sah ich mich um. Wo waren denn alle hin? Ich
lief in das Firmengebäude hinein. Von oben erklangen
laute Stimmen. Ich lief hinauf, dort war das reinste Chaos
ausgebrochen. „Was ist hier los?"

„Ein paar Infizierte sind zu uns geflüchtet!"

Ich verdrehte meine Augen. Zwei Räume weiter hörte ich
Jace schreien. Ich folgte seiner Stimme. Vorsichtig klopfte
ich an die Tür. „Jetzt nicht!"

Ich musterte die junge Frau, die auf einem Tisch lag.
Eine offene Wunde am Bauch klaffte weit auseinander.
Schwarze Masse quoll aus ihren Eingeweiden heraus. Da
hatte sich etwas anderes festgesetzt. Ich schritt neugierig
auf sie zu, zog meine Ringe und prüfte die Stoffe durch.
„Nadja?" Jace klang auf einmal wesentlich sanfter.

„Ja. Warte."

„Sie stirbt."

„Das können wir nicht mehr verhindern." Ich zog mir
medizinische Handschuhe an. Anschließend besprühte ich
das Wesen im Bauch der Dame. Sofort erschlaffte es. Die
Dame röchelte leise. Ich zog die Kreatur raus. Es sah aus
wie ein Kind, mit nur einem halben Kopf. Vollkommen mit
schwarzem Schleim bedeckt. Am Hintern befand sich ein
kleiner Schwanz. Ich legte es auf einem Tablett ab. „Schau,
ob sie noch lebt."

Jace prüfte ihre Werte. „Nein, das war zu spät."

„Bin gleich wieder da." Schnell drehte ich meine Münzen und ließ dieses Wesen in der Hölle zurück. Was verdammt kam da noch auf uns zu?

Kaum landete ich wieder oben, stellte sich Jace vor mir auf. „Wo warst du?"

„Ich habe einen Weg gefunden, der sie alle zurückbringt."

„Zeig es mir."

Ich zog die Handschuhe aus und gemeinsam gingen wir nach draußen zu der Wand. Die Szene, die ich vorhin bei meiner Anreise sah, wie die Dämonen an der Wand klebten, erinnerte mich an eine alte Geburtsszene: Alle warteten auf das Neugeborene.

Nervös schloss ich meine Augen. Dieses Bild sah ich einst. Aber wo? Es musste sich um ein dämonisches Bildnis handeln, das unglaublich alt war. Die Gemäldegalerie schloss ich aus, da mir selbst die Erinnerung an das Bild Furcht einflößte.

„Nadja?"

Ich drehte mich zu Jace. „Warte!" Es handelte sich um ein Bildnis … Es stand in St. Petersburg. Ein Erbe? Ich schüttelte meine Gedanken ab. Nur Vater konnte mir dabei helfen. Mir schoss die Auferstehung der fünf dunkelsten Dämonen durch den Kopf.

Ich konnte mich jetzt nicht damit befassen, ich musste den anderen von den Kisten erzählen und sie unterrichten. Meine schrecklichen Gedanken behielt ich für mich. Jace

betrachtete die Kisten, beobachtete, wie Dämonen angesogen wurden und in diesen verschwanden. Er sah zu mir.
„Wirst du es uns zeigen?"

Ich nickte ihm zu. Seine Augen funkelten mich an, ehe
ich mich versah, hob er mich in seine Arme und drückte
mich fest an sich und wirbelte mich herum. Was war das
denn jetzt? Vollkommen verwirrt blinzelte ich ihn an. „Ich
habe jeden Tag gehofft, dass du zurückkommst."

„Eigentlich wollte ich nicht."

„Das glaube ich dir."

Er setzte mich ab, nahm mein Gesicht zwischen seine
Hände. „Entschuldige, bitte verzeih uns, wie wir mit dir
umgesprungen sind."

Ach herrje, war ihm etwas auf den Kopf gefallen? „Ist
schon okay … A…" Erneut drückte er mich.

„Lass sie doch mal los!" Luka tauchte hinter uns auf.
Verzweifelt musterte ich die beiden.

Luka und Jace führten mich in die Mensa. Dort erzählten
sie mir, dass vor zwei Tagen eine Gruppe ankam, von denen einige Besessen waren. Zwei Priester halfen bei den
meisten. Einer der Besessenen verstarb bereits sowie eine
Dame. Ein junger Mann befand sich noch oben, aber auch
um diesen stand es nicht gut. Dafür erzählte ich ihnen, dass
ich die Sache mit den Kisten herausgefunden hatte. Vor allem auch, wie man sie bestückte. Sie wollten unbedingt sofort die anderen beauftragen, das Bauen weiterer Kisten zu
übernehmen.

Nach einem weiteren Kaffee sah ich nach dem Patienten. Jace blieb an meiner Seite. Diesmal störte es mich nicht.

Der Patient sah sehr blass aus, Schweißperlen klebten an seiner Haut. Ich entdeckte die seltsame Form seiner Mundpartie. „Wo sind diese medizinischen Handschuhe?" Jace reichte sie mir. „Wiedergänger!" Jace blickte ebenfalls entsetzt zu dem Patienten. Dessen Bauchdecke erhob sich gerade. „Das ist kein klassischer Dämon. Sie brauchen die Energie der Seelen."

„Dann bringen wir ihn in die Hölle." Ich nickte Jace zu und drehte erneut meine Münzen. Wir warfen den Körper von der Liege und machten uns umgehend auf den Weg nach oben. „Was ist das gewesen?", keuchte Jace angestrengt.

„Ich weiß es nicht." Müde rieb ich mir über die Augen.

Kate kam in den Raum gestürzt. „Wo ist er?" Ihre Stimme überschlug sich vor Aufregung.

„Wir mussten ihn unten lassen. Er war bereits tot!" Jace stellte sich schützend vor mir auf.

„Nur weil du in sie verliebt bist und sie etwas gegen meine Art hat, rechtfertigt es nicht, ihn unten zu lassen!" Schreiend stürmte sie aus dem Raum. Ich zog meine Handschuhe aus und warf diese erschöpft in den Müll.

„Warum magst du keine Wiedergänger?"

Ich sah verwirrt zu Jace auf. Dabei setzte ich mich auf das Bett. „Wächter sorgen für das Gleichgewicht zwischen den Lebenden und den Toten. Wiedergänger sind bereits tot. Außerdem machen sie mir Angst."

Jace lehnte sich an die Wand. „Was denkst du über diese Sache?"

Ich überlegte. „Etwas passt nicht. Der Vatikan meint, es handele sich nur um einen Vorboten. Das, was wir gerade gesehen haben, bestätigt es."

„Das meinte ich nicht. Ich meine über diese Organisation."

Ich runzelte meine Stirn. „Was macht denn deine Organisation?"

„Wir retten die ganz miesen Situationen. Befreiungen aus Kriegsgebieten oder Wirtschaftsspionage, solche Dinge eben."

Ich musterte ihn streng. „Also helft ihr am Ende nur Reichen?"

„Nein, wir lösen schwere Entführungen, Terroranschläge, Amokläufe."

Ich strich mir erschöpft über mein Gesicht. „Das ist nicht meine Welt. Ich kaufe alte Immobilien, suche Schätze. Ich rette Seelen, befreie Menschen von ihnen. Das ist meine Welt."

Jace sah mich verstehend an. „Würdest du mal mit mir essen gehen?"

Ich lachte leise auf. „Klar, wenn mal wieder ein Restaurant offen ist."

„Ich höre dich zum ersten Mal lachen. Das ist schön."

Ich lächelte ihn an. „Komm, hast du Lust auf Wächtergeheimnisse? Gibt es das Labor noch?"

„Bin dabei."

„Ich brauche Kupfer, Gold, Weihwasser und Holz."

Jace runzelte seine Stirn. „Geh schon mal vor. Ich hole alles." Damit verschwand er. Gemütlich lief ich nach unten. Den Gedanken, dass Jace in mich verliebt sein könnte, verdrängte ich lieber. Schon wieder fühlte ich, dass Arthur mich beobachtete, selbst die Kameras folgten mir bei jedem Schritt.

In dem Labor sah es noch genauso aus wie vor ein paar Tagen. Zwei Wochen war ich gerade einmal weggewesen. Neugierig öffnete ich nacheinander die vielen Schubladen. Ich stellte die Flasche Weihwasser auf den Tisch, zog zwei halbrunde Gussformen heraus. Die hatte ich mir extra eingepackt, in der Hoffnung, dass ich Zeit dafür fand. Jace kam zu mir. Er legte mir aufgerolltes Kupferkabel hin sowie ein paar kleinere Platten. Auch einen alten Goldkelch stellte er auf den Tisch. „Das ist doch irgendeine Auszeichnung?"

„Ist doch egal." Ich schaute darauf. Es handelte sich um einen Preis für ein IT-Projekt, wobei die Plakette bereits sehr abgenutzt aussah. „Das liegt schon lange zurück. Was machen wir damit?"

Ich suchte eine feuerfeste Schale. „Wir schmelzen das Gold und das Kupfer. Die Mischung gießen wir in diese Formen. Hast du einen Lötkolben und kleine Scharniere?"

Jace hob seine Augenbrauen. „Ein hübsches Mädchen und ein Lötkolben?" Lachend ging er nach draußen. Verwirrt sah ich ihm nach und machte schon einmal den Brenner an. Das Kupfer hatte einen höheren Siedepunkt, also fing ich damit an. Ich schmolz es ein, ließ es auf die Schale tropfen.

„Verbrenn dich nicht!" Jace kam schon wieder zurück.

Gemeinsam bastelten wir an den Kugeln. Auch ein altes Stück Holz fand er irgendwo. „Deko-Materialien meiner Sekretärin." Dabei erfuhr ich, dass es seine Firma war. Allerdings erklärte er mir nicht genau, was er eigentlich tat.

Während das Metall abkühlte, holten wir uns Kaffee. Die Geister brachten noch immer Lebensmittel.

Irgendwie mochte ich Jace. Zwischendurch brachte ich noch einmal die vollen Kisten in die Hölle. Er half mir, was es wirklich einfacher machte. Vor allem kippte er diese aus, als würden sie nichts wiegen. Zwar fühlte ich mich nach den vielen Höllenreisen schrecklich ausgelaugt, doch irgendwie gewöhnte ich mich langsam daran.

Beim Abendessen beobachteten uns alle. Wir ignorierten sie. Jace hatte mir ein paar nette Sachen mit dem Lötkolben beigebracht. Er erklärte, wie es einfacher und effizienter ging. Ich fühlte mich wohl in seiner Gegenwart. Ihm schien es ebenfalls so zu gehen.

Am nächsten Morgen betrachteten wir unser kleines Werk. „Testen?" Er strahlte mich glücklich an. Ich nickte ihm zu und zusammen gingen wir hinaus. „Danach Frühstück."

„Schau, ich verzichte aus Neugierde auf Kaffee." Vorher tunkte ich das Holzstück in das Weihwasser und tropfte etwas Blut von mir darauf. Jace meinte, dass ich von den Engeln abstammen müsse, da nur mein Blut so etwas vermochte. Ich dachte darüber nach. Vielleicht war es nicht einmal unmöglich. Doch nun wollte ich herausfinden, ob es funktionierte.

Der Regen vom Vortag war einem hellblauen Himmel gewichen. Jace sah in die Kisten. „Noch nicht ganz voll."

„Haben wir etwas, womit wir die Kisten ziehen können?"

Jace verschwand noch einmal und kam mit zwei Untersetzern für Pflanzen zurück. Diese besaßen immerhin Rollen. Er hob die Kisten darauf. „Jetzt zeig ich dir ein Geheimnis."

Jace sah mich streng an. „Vertraust du mir denn?"

Ich zuckte mit meinen Schultern. „Du bräuchtest einen Priester oder mich, um dranzukommen."

„Jetzt bin ich neugierig!" Langsam rollten wir die schweren Kisten zu der Kirche, in der ich zwei Wochen zuvor die Menschen rausholte. Wir ließen die fertiggestellten Kugeln über den Boden kullern. Immer wieder kickten wir diese vor uns her.

„Muss ich dieses Mal wieder weglaufen oder lasst ihr mich gehen?" Wir bogen nach links ab, am Ende der Straße sahen wir auf die hübsche Kirche.

„Nadja, ich wollte das nicht. Aber sie haben auch Angst vor dir."

„Toll, da sperrt man mich ein … Schau, was ich ohne euch geschafft habe!"

„Stimmt. Sollten sie es noch einmal versuchen, dann helfe ich dir."

„Sie spionieren. Die Kameras. Ich habe das Gefühl, dass sie mich verfolgen." Jace sah mich betreten an. Ich deutete auf die Kugeln. Ein Dämon wurde soeben angesogen. Das Wesen verschwand und die Kugel schnappte zu. „Ha!"

Jace wollte sie holen, verbrannte sich jedoch fast seine Hand. „Okay, wir sollten eine Schnur befestigen." Er hob sie mit seiner Metallhand auf.

Wir musterten die Kugel. „Wird sie nicht zu heiß?" Ich hielt meine Hand darüber. Wenigstens lief sie nicht aus. Jace legte sie auf die Kiste. Ich wartete, da ein weiterer Dämon angesogen wurde und in meiner Kugel verschwand. „So macht Dämonenjagd Spaß."

„Eigentlich schon fast langweilig."

Ich sah Jace finster an. „Ich brauche keine Kämpfe oder Waffen. Dafür bin ich nicht gemacht." Ich schob die Kiste weiter vor mir her.

„Waffen können auch schützen", fing Jace an.

„Nein, da können sie sich auch einen Boxkampf liefern oder Computerspiele gegeneinander spielen. Da sterben nicht so viele."

„Wenn aber die Bösen Waffen haben und die Guten nicht?"

„Wer hat denn die Waffen gebaut?"

Jace schnaubte neben mir. „Ich gebe auf."

„Besser so. Klar sind Waffen auch Fortschritt und Technik. Aber sie töten. Ich wurde schon einmal angeschossen, von einem Irren."

Jace riss staunend seine Augen auf. „Wie das denn?"

„Geheime FBI-Sache." Ich öffnete die Tür der Kirche.

Jace half mir mit den Kisten, er trug sie zum Altar. „Was jetzt?"

Ich stellte mich hinter den Altar. „Das ist ein uraltes Geheimnis. Pass auf." Ich tropfte etwas Blut auf den Sockel des Altars. Mit einem langen Kratzen öffnete sich dieser.

„Da glaubt man alles gesehen zu haben und dann das." Jace staunte darüber. Ich deutete nach unten. Er hob die erste Kiste hoch, ich schlich ihm nach. Der Gang war verdammt eng, so mussten wir zweimal gehen. Ich löste den Stein in der Mauer, öffnete die große Kiste und schon verschwanden die Dämonen.

Auch die Kugeln öffneten wir. Wir freuten uns, dass es funktionierte. Wir wiederholten es mit der anderen Kiste. Jace schien sich kaum noch bremsen zu können.

„Jetzt gibt es einen Kaffee."

„Du und deine Sucht." Wir schoben die Kisten zurück. Ich schmunzelte verlegen vor mich her. „Stört dich denn mein Aussehen nicht?" Diese Frage stellte er mir schon einmal.

„Nein warum?"

„Viele halten mich für ein Monster."

„So etwas verstehe ich nicht. Selbst die schönsten Menschen können Monster sein. Die, die man für unschuldig hält." Ich erinnerte mich an das Mädchen, welches mich einst angezündet hatte. Sie wirkte so lieb und dann tat sie etwas so Grausames.

„Was ist dir geschehen?" Jace musterte mich traurig.

„Zu viel. Ich mag die Menschen nicht."

„Warum?"

Doch gerade in dem Moment bogen wir ab und wunderten uns, dass neben meinem Wagen andere standen. Drei große, dunkle Jeeps befanden sich auf einmal dort.

„Scheiße!"

Ich sah besorgt zu Jace. „Was ist das?"

„Sie wollen meine Firma. Die sind wirklich gefährlich." Langsam schoben wir die Kisten zurück und ließen sie erneut offen auf der Straße stehen. „Warte! Ich habe eine Idee." Plötzlich knallten Schüsse in dem Gebäude. Ich zuckte zusammen. Das war wirklich nicht meine Welt.

Jace' Arm klickte. Ich entdeckte ein Rohr, welches an eine kleine Bazooka erinnerte. „Ich muss an die Rechner."

Fragend sah ich Jace an. „Pass auf. Ich kann dir meinen Mantel geben. Ich muss mit rein, da du kaum durch die Tür gehen kannst." Ich fürchtete mich schrecklich vor dem, was sich in dem Gebäude befand.

Jace musterte mich. „Ich will nicht, dass dir etwas passiert."

„Wir müssen deinen Freunden helfen." Er schnaubte, aber er willigte ein. Ich zog meinen Mantel aus meiner Tasche und hüllte ihn ein. Er verschwand komplett darunter. „Ich bekomme ihn aber wieder. Sonst werde ich ziemlich böse."

„Natürlich."

Ich atmete tief durch. Erneut hallten Schüsse und verstummtem wieder. Mir gefiel diese Situation überhaupt nicht, doch in dem Haus befanden sich Unschuldige und die wollte ich nicht sterben lassen. Vor dem Gebäude straffte ich meine Schultern. Ich betrachtete die vielen neuen Gaben der Geister. Es war erstaunlich, wie sie uns unterstützten und uns hilfreich unter die Arme griffen. Traurig sah ich zu dem gegenüberliegenden Gebäude. Ängstlich sahen die anderen hinaus. Ich konnte ihre Sorgen fast fühlen.

„Du musst das nicht tun", raunte Jace an meiner Seite.

„Wir machen das jetzt." Entschlossen schritt ich auf die Glastür zu. Ich entdeckte einen bewaffneten Mann dahinter und klopfte an. Ein breites Lächeln setzte ich auf. Das lernte ich immerhin durch die vielen Journalisten. Denn wenn man nicht glücklich wirkte, sorgte man für reichlich Gesprächsstoff.

Vorsichtig klopfte ich wieder an die Tür. Ein Mann mit einer Waffe öffnete diese. „Hi! Ich wohne da drin!"

„Glaube nicht, dass Sie da wohnen wollen." Er sprach mit einem schweren osteuropäischen Akzent.

„Werden Sie mich töten?" Ich spürte, wie sich Jace an mir vorbeidrängte.

„Nicht, wenn Sie sich benehmen." Der Herr ließ mich hinein.

„Natürlich. Darf ich in mein Zimmer?"

„Nein!" Er deutete auf einen hinteren Bereich der Lobby. Jemand hustete laut. Oben hörte ich das Schlagen von Türen. Der Mann baute sich vor mir auf. „Du bist hübsch!"

Angespannt schluckte ich. Der Typ musterte mich neugierig und wurde von einem Herrn gerufen. Unsanft schob er mich zu den anderen. Die meisten saßen auf dem Boden. Einige hatten schwere Verletzungen. Luka sah wirklich übel aus.

Der Mann stieß mich unsanft zu Boden. Ich zischte wegen meiner Knie und rutschte zu Luka. Seine Augen waren stark angeschwollen, tiefe Schnitte zierten sein Gesicht. Das Hemd hing nur noch in Fetzen an ihm herab. Ich beobachtete, wie drei dunkle Herren sich miteinander unterhielten. Weil ich Russisch nicht verstand, konnte ich nicht lauschen. Vorsichtig löste ich meinen Stift. Während ich Luka heimlich einen Heilspruch verpasste, erinnerte ich mich an eine Situation mit Aron. Selbst wenn es schmerzte, fand ich die Idee, das Zwielicht zu nutzen, nicht schlecht. Lukas Wunden schlossen sich langsam.

Schüsse hallten in den oberen Bereichen. Erschrocken zuckte ich zusammen. Mein Atem stockte und ich hoffte, dass Jace heil aus der Situation herauskam. Luka warf mir einen dankbaren Blick zu. Er wollte aufstehen, doch ich deutete ihm zu warten. Die Herren schauten nervös nach oben. Ich nutzte den Moment und drehte meine Zwielicht-Münze.

Ich stellte fest, dass ein paar folgen konnten. Nur die Angreifer tauchten als graue Schatten auf. Luka sah mich staunend an, den anderen nickte ich zu. Sie verstanden meinen Plan. Wir standen auf. Ich rief nach meinem Stab und stellte mich hinter einem auf.

„Kann ich den Stab haben?" Ich warf ihn Luka zu. Da musste eben reine Kraft reichen. Vorsichtig legte ich einem meinen Arm um den Hals. Erst als die Münze kippte, zog ich fest zu. Der Typ brauchte einen Augenblick und bäumte sich unter mir auf. Er lief rückwärts und stieß mich gegen die Wand, doch ich hielt ihn fest. Er bekam keine

Luft mehr. Torkelnd bewegte er sich ein paar Schritte nach vorn. Er nahm etwas Schwung und kippte nach hinten, sodass ich unter ihm lag. Aber ich hielt ihn. Noch wehrte er sich mit seinen Armen. Luka tauchte über uns auf. Sein Blick funkelte den Angreifer finster an. „Nicht!"

Doch Luka hob den Stab und drückte ihn fest in die Brust des Mannes. Ich schrie entsetzt auf.

„Das musste sein." Luka ließ meinen Stab fallen. Mein Bauch schmerzte. Ich rollte den Toten von mir herab. Luka verschwand mit den anderen. Ich blickte weinend auf den Toten, das fand ich vollkommen unnötig.

Oben hallten erneut Schüsse. Ich hielt mir meine Ohren zu. Langsam rutschte ich zurück an die Wand und weinte vor mich hin. Der Schmerz in meinem Bauch nahm zu, ich schaute hinab. Blut. Überall verteilte sich Blut. Vorsichtig hob ich mein Shirt. Luka musste so fest zugestoßen haben, dass er mich auch erwischt hatte. Die Verletzung war tief. Viel zu schnell floss mein eigenes Blut heraus. Ich zog meine Jacke aus und drückte sie auf meine Wunde. „Jace!"

Leider übertönte der Lärm meine Rufe. Glas splitterte. Dumpf schlug einer der Angreifer in der Lobby auf. So einfach wollte ich dann doch nicht abdanken. Ich rutschte langsam zum Lift. Es dauerte, bis er unten ankam. Umständlich drückte ich auf die Schalttafel, langsam wurde mir schwindlig. Hinter mir zog sich eine lange Blutspur. Gerade als die Türen sich schlossen, schlug ein weiterer in der Lobby auf.

Im dritten Stock rannten viele herum. Sie bemerkten mich nicht einmal. „Hilfe!" Ich kroch aus dem Fahrstuhl, blieb auf dem Boden liegen.

Einer stolperte über mich. „Scheiße! Hey Leute!" Endlich kamen welche.

„NADJA! … Oh mein Gott!" Luka erschien über mir.

„Jace?"

„War ich das?"

„Mmhh."

Luka schrie schuldbewusst nach Jace.

„Was ist? … Nein, nicht sie!" Jace hob mich in seine Arme. Immer mehr tauchten bei mir auf. Jemand deutete auf meinen Bauch.

„Darf Kate dich retten?" Keine Ahnung, wer diese Frage stellte, doch ich wollte das nicht.

Ängstlich sah ich Jace an. „Nein." Ich streckte meinen Arm aus. Nur einmal wollte ich sein strenges Gesicht berühren. Ihm standen Tränen in den Augen. „Du stirbst nicht." Er legte mich auf einer Liege ab. Ich hustete los. Der Schmerz in meinem Bauch wurde schlimmer. Mir wurde richtig schummerig. „Bleib bei uns." Jace hielt meine Hand. Andere rannten um mich herum.

„Nicht meine Welt", murmelte ich. Es nervte, ständig bekam ich alles ab.

Jace strich mir über mein Gesicht. „Ich weiß, Nadja. Ich verstehe es. Aber bitte versuche nicht zu sterben."

Langsam dämmerte ich weg. Die Schmerzen verschwanden. Vermutlich mussten sie mir eine Betäubung verpasst haben. Jace wich nicht von meiner Seite. „Das ist echt übel", hörte ich als Letztes. Dann wurde es dunkel um mich herum.

Die Rückkehr

„Nadja, bitte wach auf!“, flehte eine liebevolle, bekannte Stimme über mir. Nur zögernd öffnete ich meine Augen. Vater stand an meinem Bett, lächelte mich sanft an. „Diese Metzger hier hätten dich fast umgebracht“, zischte er aufgebracht.

„Wo ist Jace?“, presste ich hervor.

„Wer?“

Die Tür ging auf. „Christian, eine Wiedergängerin schleicht hier herum und wir sollten uns wirklich beeilen.“

Ich traute meinen Augen kaum. Lorenz Manteuffel stand in dem Krankenzimmer. Kalt, erbarmungslos und entschlossen, genauso wie ich ihn in Erinnerung hatte. Entsetzt starrte ich meinen Vater an. „Was macht der hier?“ Ich richtete mich auf, alles drehte sich.

„Noah ist verschwunden, wir vermuten, dass er es nicht geschafft hat. Europa gleicht einem Schlachtfeld, deine Kisten helfen zwar, aber zu viele Menschen sterben. Wir müssen zurück und alle retten“, sprach Vater sanft auf mich ein.

Fragend sah ich die beiden an. Ich verstand gar nichts mehr. „Warum seid ihr nicht auf die Idee mit den Kisten gekommen und wo waren die Jäger, um zu helfen?“

Herr Manteuffel räusperte sich. „Nadja, es war unser Fehler. Wir haben etwas übersehen und wir müssen all das rückgängig machen. Bitte folge uns, es gibt nur einen Weg, wie wir all das verhindern können.“

„Wie?“

„Das erklären wir dir später, lass uns hier verschwinden."
Vater blickte streng zur Tür, Manteuffel zog seinen Stab.

„Wollt ihr nicht wissen, was hier los ist?", erkundigte ich
mich aufgebracht.

„Es interessiert uns nicht. Diese Organisation ist so unwichtig. Außerdem arbeiten sie mit Wiedergängern zusammen und das ist gefährlich, dumm und absolut hirnrissig",
schnaubte Manteuffel.

Vater warf mir frische Kleidung zu. Ich stand wankend
auf, spürte ein leichtes Schwindelgefühl, was vermutlich
an dem Blutverlust lag. Kaum glaubte ich zu sterben, befand ich mich erneut in einem Kampf. Gerade nachdem ich
ein Problem löste, tauchten weitere Fragen auf. So durfte
es nicht mehr weitergehen. Was planten die beiden, warum
arbeitete Vater plötzlich mit unserem Erzfeind zusammen
und wieso brauchten sie mich so dringend?

Aber ich hatte meinen Vater wieder und diesen liebte ich
über alles. Nur wegen ihm überlebte ich die letzten Wochen. Wenn sie all das verhindern wollten, gab es vielleicht
auch einen Weg meinen geliebten Aron zurückzubekom-
men?

In dem kleinen Badezimmer spritzte ich mir Wasser ins
Gesicht, spürte aufkeimenden Hunger, doch daran hatte ich
mich in den letzten Wochen gewöhnt. Ich blickte an mir
herab, löste den Verband und erkannte, dass die Wunde
verschwunden war. Schnell zog ich mich an.

„Deine Tasche!", raunte Vater angespannt hinter der Tür.

„Nadja!" Jace rief nach mir.

„Bin im Bad!" Schnell knöpfte ich meine Hose zu, hielt mich fest, da mir wirklich noch schummerig war.

„Wer sind diese beiden Kerle?"

„Das sind Vater und Herr Manteuffel. Lasst sie in Ruhe!"

„Sie wollen dich mitnehmen?" Jace klang wirklich verzweifelt.

„Ja und ich werde mit ihnen gehen. Sie sind stärker als ich", warnte ich ihn vor. Nicht, dass wir uns den Weg noch freikämpfen mussten. Zudem fühlte ich mich noch nicht wirklich einsatzbereit.

„Nadja, ich … ich habe mich in dich verliebt."

Oh, einen verliebten Jace konnte ich gerade nicht gebrauchen, auch wenn ich ihn sehr mochte und er in den letzten Tagen für mich da war. Aber das passte gerade wirklich nicht in meine Lebensplanung. „Jace, wir sind Freunde. Ich bin nicht bereit für die Liebe", versuchte ich diplomatisch.

„Junge, du solltest besser verschwinden. Wir haben zu tun und müssen die Menschheit aus der Scheiße retten", knurrte Manteuffel tief.

„Das werden Sie wohl kaum hinbekommen!", schnaubte Jace verletzt.

Ich begab mich aus dem Badezimmer, Vater reichte mir meine Tasche. Jace stand enttäuscht an der Tür. Luka baute sich hinter ihm auf. Vater drängte sich an mir vorbei, stellte sich vor die beiden. „Wir gehen jetzt oder ihr lernt uns richtig kennen! Wir sind Wächter und werden euren Arsch retten. Aber ihr werdet uns nie wiedersehen!"

Jace schaute zu mir. Seine Augen flehten mich förmlich an. „Wenn du es zulässt, dann werde ich dich finden." Er drehte sich um und verließ uns.

Manteuffel schob Luka zur Seite. „Eine Lebenslektion von meiner Seite. Lasst euch nie mit Wiedergängern ein. Sie werden der Untergang der Menschheit sein. Nicht diese Dämonen." Luka verschlug es die Sprache. Er taumelte einen Schritt nach hinten. Vater deutete mir, ihm zu folgen und so verließen wir das Institut.

Graue Wolken sammelten sich am Himmel, sie drohten mit Regen. In meinen Kisten befanden sich kaum noch Dämonen. Vater schob mich zu einem Wagen, öffnete mir die hintere Tür und ließ mich einsteigen. Stumm wartete ich darauf, dass jemand unser Schweigen beendete. Manteuffel setzte sich hinter das Steuer und fuhr in Richtung Flughafen. Zwar begegneten wir noch vereinzelt Dämonen, aber die schienen sich nicht für uns zu interessieren.

Er fuhr direkt auf die Landebahn, hielt vor einem kleinen Flugzeug an. Ein Mann tauchte auf, welchen ich noch nicht kannte. Wir stiegen gemeinsam aus.

„Die Maschine ist startklar!", informierte uns dieser.

Betreten folgte ich meinem Vater. Ich traute mich nicht zurückzublicken, noch einmal zu hoffen, Arons Seele zu finden. Erst musste ich herausfinden, was die beiden planten und dazu flog ich eben zurück nach Europa.

Kaum nahmen wir Platz, ertönten die Turbinen des Fliegers. Vater verschloss die Tür und Manteuffel setzte sich

hinter mich. „Erklärt ihr mir jetzt bitte, was hier los ist?",
versuchte ich.

Vater seufzte und schaute kurz zu Herrn Manteuffel.
„Wir fliegen nach Leipzig und versuchen die Zeit zurückzudrehen. Das haben angeblich nur einmal Wächter zuvor
versucht, aber wir wissen nicht, ob es funktioniert hat. Wir
haben einen Fehler gemacht, da wir nichts von dieser Pro-
phezeiung wussten." Dumpf erinnerte ich mich an den
Rabbi in Prag, der von einer Aufzeichnung wusste, die pro-
phezeite, dass sich die Pforten der Hölle öffnen würden.
Vater sprach weiter: „Wir müssen den Fluch finden, der die
Höllenpforten verschlossen hält, erst dann können wir es
aufhalten. Wir glauben, dass dies erst der Anfang war und
die Hölle erneut aufbrechen wird. Wenn das passiert, dann
endet die Menschheit binnen Sekunden, alles würde mit
Dämonen überschwemmt werden."

„Das ist eine Vermutung?", unterbrach ich Vater.

„Nein, wir haben im Vatikan alte Aufzeichnungen gefunden. Außerdem gibt es noch andere Wesen, die diesen Planeten schützen und die vermuten das Gleiche."

„Welche Wesen?", erkundigte ich mich.

„Hexen, auch diese sind nahezu ausgestorben. Es gibt
nicht viele von ihnen. Aber eine Seherin hat den Weltuntergang vorhergesagt. Sie hatte recht."

„So, aber warum habt ihr jetzt einen Fehler gemacht?"
Mir war das einmal mehr etwas zu viel. Jetzt sollten wir in
der Zeit zurückreisen? In welche überhaupt und was wäre
dann mit dem, was geschehen ist? Würde Aron dann doch
noch leben? Oder endete ich als Baby?

Vater sprach leise weiter. Er erklärte mir, dass unser gemeinsames Jahr meinem Schutz gedient habe, weil irgendwer versucht hatte, ein Bemächtigungsritual zu verhindern, welches die Wächterausbildung abschließe. Ich sei damals noch nicht dazu bereit gewesen und eine fremde Macht trachtete nach dem Leben der Wächter. Aber auch von einem Krieg zwischen den Jägern und Wächtern sprach er, doch nun sei alles hinfällig. Das Bemächtigungsritual müsse abgeschlossen werden, Noah solle leben und wir brauchten dringend diesen Fluch, der die Hölle versiegelte, damit man ihn erneut vollziehen konnte oder wenigstens herausfand, wie man die Hölle für immer verschließen könnte. Sie suchten nach dem Schlüssel und sie brauchten mich dazu, um die Zeit zurückzudrehen.

Zwar war alles verwirrend, doch meine Blutarmut forderte ihren Tribut und ich schlief unter seinen Erzählungen ein. Auch wenn ich tausende Fragen hatte, so übermannte mich dennoch meine Müdigkeit. Erst kurz vor der Landung weckte mich Vater, reichte mir etwas zu essen sowie zu trinken, welches ich dankbar annahm. Eines aber wurde mir bewusst: Die Zeit mit Aron war einmalig gewesen und er würde leben. Deshalb machte ich bei der Sache mit. Egal was dann geschehen würde, Aron bekam ein Leben zurück.

Eine Frage schoss mir noch durch den Kopf: „Sagt mal, wer war nun der Träger des Kleeblatts?"

Vater schaute zu mir rüber. Sein Blick verfinsterte sich. „Du bist aus der direkten Linie der Engel. Nur alle tausend

Jahre trägt einer das Symbol der Engel. Deines ist ausgerechnet von Luzifer."

Erstaunt riss ich meine Augen auf. „Bricht deshalb die Hölle auseinander?", gab ich schockiert ab.

„Das haben wir auch schon vermutet, aber dann hätten die Dämonen dich nicht in der Vergangenheit angegriffen. Nein, es muss etwas anderes sein, trotzdem glauben wir, dass du über erstaunliche Fähigkeiten verfügst", kam nun leise von Manteuffel. Ich lehnte mich zurück, schaute hinaus in den blauen Himmel. Die Sonne ging gerade wieder auf und die Maschine sank zur Erde hinab.

Kaum öffnete Vater die Tür, roch ich den Gestank der Dämonen. Tiefe Risse zeichneten sich auf der Landebahn ab. Ich schaute in Richtung der Stadt. Dicker schwarzer Nebel bedeckte diese. Sogar am Terminal des Flughafens entdeckte ich lungernde Dämonen, doch das Sonnenlicht machte sie langsamer. „Schau! Da steht unser Wagen. Er ist dämonensicher", kam von Herrn Manteuffel.

Betreten sah ich mich um. New York hatte es nicht annähernd so schlimm erwischt. „Wo sind die Menschen untergekommen?", fragte ich besorgt, als ich in den Wagen stieg.

„Einige in den Kirchen, aber die Lebensmittel und vor allem das Wasser gehen ihnen aus. Der Rest ist tot und glaube mir, Leipzig sieht noch toll aus. Rom hat es am heftigsten erwischt", flüsterte Vater.

„London wirkt wie ein schwarzes Moloch", fügte Manteuffel hinzu. Der Pilot fuhr uns in Richtung Stadt. Sie war vollkommen verwüstet, teilweise tropfte schwarzer

Schleim von den Gebäuden, schmale Straßen glichen einem Feld aus Teer, Blut klebte an Wänden, Leichenteile tauchten auf, schimmerten zwischen der dunklen Masse.

Vollkommen schockiert betrachtete ich die Umgebung. „Und? Sind dir die Menschen noch immer egal?", erkundigte sich Vater angespannt.

Ich schluckte meine Scham hinunter, spürte meine eigene Verlegenheit. War ich wirklich so ein Egoist? Wollte ich eine solche Zukunft für unseren Planeten? „Nein", hauchte ich entschuldigend.

„Gut zu wissen, denn wir werden uns heute umbringen müssen", kam entschlossen von Herrn Manteuffel.

„Wie bitte?", krächzte ich.

Vater knurrte ihn an, schaute aber gleich wieder zu mir. „Unsere Seelen reisen zurück, der Rest bleibt hier."

„Kann ich mir vorher Mut antrinken?" Was Besseres fiel mir in diesem Moment nicht ein.

„Leider geht das nicht, wir müssen bei klarem Verstand bleiben", schnaubte Vater. Manteuffel schmunzelte über meinen Kommentar.

„Nach gestern geht das eh schnell bei mir. Hab ja weniger im Körperkreislauf." Trotzdem machte mir diese Situation schrecklich viel Angst. Okay, vor einigen Wochen hätte ich mich selbst umbringen wollen, aber hätte ich es je durchgezogen? Ich wollte nicht sterben, irgendwie gewöhnte ich mich gerade an mein chaotisches Leben.

Mir wurde übel bei dem Gedanken, mir selbst das Leben zu nehmen. Vater griff nach meiner Hand. „Wir bekommen das hin und glaube mir, dass wir dich dafür brauchen, ist das Schlimmste. Aber es bleibt uns wirklich keine andere Option."

„Werden wir uns erinnern können?", fragte ich die beiden.

„Hoffentlich. Wenigstens einer von uns, dass würde schon reichen. Wenn nicht, dann stecken wir in ernsten Schwierigkeiten."

Das war einleuchtend. Mal abgesehen davon, dass ich nicht wirklich glaubte, dass dies funktionieren würde, aber immerhin könnte Aron dann leben oder ich starb und würde ihn im Himmel finden. Es sei denn, dass Luzifers Gene mich in die Unterwelt zogen. Hoffentlich bekam ich da ein wenig Mitspracherecht.

In der Ferne erhob sich das Völkerschlachtdenkmal. Wir fuhren direkt drauf zu. Nur dieses schien absolut unbedeckt von dämonischen Schleim zu sein. Leider spannten sich meine Begleiter dermaßen an, dass ich mich nicht traute, Fragen zu stellen. So richtig begriff ich meine Situation noch immer nicht, aber eines wusste ich: Ich vertraute meinem Vater und für ihn war ich bereit zu sterben.

Vor uns erstreckte sich das majestätische Denkmal. Ein künstlicher Teich lag davor. Dieser Ort versprühte eine seltsame, kühle Aura. Kein Geist und kein Dämon schien diesen betreten zu können. Ein gigantischer Krieger stand vor dem Eingang, man kam sich winzig vor. Unbedeutend, klein, unwichtig. Ich wusste, dass dieses Bauwerk irgendwie wichtig für die Jäger und Wächter sein musste, aber nicht weshalb. Doch das könnte ich noch herausfinden, zumindest wenn unser Vorhaben funktionierte.

„Wir müssen zu dritt sein", murmelte Vater und schritt die Stufen hinauf. Herr Manteuffel lief vor uns, öffnete das weite Tor im ersten Stockwerk. Beeindruckt betrachtete ich den Raum. Auch dort befanden sich gigantische Statuen, welche zu wachen schienen. In der Mitte tauchte ein glänzender Boden auf, an der Decke erahnte man kleine Figuren. Pferde mussten es sein, jedoch war sie so hoch, dass man es nur erahnen konnte.

„Was jetzt?", erkundigte sich Manteuffel bei meinem Vater.

Dieser löste seine Tasche, welche er bei sich trug, holte ein altes Pergament heraus und rollte dieses auf. „Das Wichtigste ist, dass wir den Ort visualisieren, an den wir zurückkehren. Es muss sich um den gleichen Tag handeln … Nadja, erinnerst du dich an den Tag in Polen? Du saßt auf der Wiese, ich hatte dir dein Tagebuch gegeben und das Haus wurde an dem Tag fertig?"

Ich überlegte einen Augenblick lang. „Ja, warum?"

„Ich saß beim Anwalt und diskutierte über meine Vertrauensfrage. Genau an diesem Tag fangen wir an", zischte Manteuffel.

„Wir haben uns auf dem Hinflug schon diesen Tag ausgesucht. Alles andere wäre Zeitverschwendung", kam von Vater. Dieser zog ein Röhrchen mit einer funkelnden Flüssigkeit hervor. Er atmete tief durch. „Nadja, setz dich bitte in die Mitte. Und konzentriere dich auf den Ort in Polen, stell dir vor, dass du dich im Gras sitzen siehst und wie du dich selbst umarmst." Er nickte Lorenz zu, welcher es mir gleichmachte. Dieser übergab mir ein Messer. Vater zog seines und Lorenz schien noch ein zweites zu besitzen. „Wir haben uns ein Passwort überlegt. Sobald wir uns erinnern, prüfen wir es mit dem Wort *Aron*. Entschuldige Liebling, aber das ist die einzige Person, die wir vorher alle nicht kannten."

Na gut, was anderes blieb uns gerade nicht übrig und für lange Diskussionen hatte ich keine Nerven. Vater setzte sich zu uns. Rücken an Rücken saßen wir mitten im Völkerschlachtdenkmal. Die steinernen Riesen blickten auf uns hinab, die Stille und die kühle Luft ließen mich erschaudern. Ich musste mich auf die Wiese in Polen konzentrieren.

Vater zog mit der funkelnden Flüssigkeit einen Kreisanfang vor sich, Lorenz zog diesen weiter, überreichte mir das Fläschchen und ich vervollständigte diesen seltsamen Kreis. „Jetzt nur noch die Schlagadern und das sollte reichen", murmelte Vater.

„Klingt doch einfach", schnaubte Herr Manteuffel.

„Wer bringt sich schon selbst um und das zu dritt?", seufzte ich. Vater zischte leise. Ich schaute über meine Schulter. Sein Blut glänzte dunkel an seinem Handgelenk. Sie meinten es ernst, absolut ernst … Was für eine Scheiße … Ich atmete tief ein … Konnte ich es wirklich tun? Manteuffel knurrte entschlossen. Ich kniff meine Augen zusammen, atmete tief ein, setzte das Messer an und zog es meinem Arm hinauf. Bei meinem anderen tat ich es gleich. Dieses Messer war schrecklich scharf, den Schnitt spürte ich kaum, doch ich sah, wie mein eigenes Blut aus mir herauslief. Schnell floss es aus meinem Körper.

Doch kaum berührte es den Kreis, änderte es seine Richtung. Unser Blut sammelte sich in winzigen Fugen, lief zu den Füßen der Kolosse, verschwand darunter. Ein Beben durchzog den Boden, die Kolosse schoben sich zurück, die Platte, auf der wir saßen, erhob sich, fing an sich zu drehen, doch mir schwand bereits das Bewusstsein. Alles um mich herum wurde in einen Schleier gehüllt. Da war kein Himmel oder Hölle, nichts … Nichts wartete auf mich … Ich versank in einem Nichts. Weder Licht noch Dunkelheit existierten. Nichts … Nur den Gedanken an die Wiese in Polen hielt ich fest.

Kapitel 6

„Nadja? Nadja! … Oh mein Gott bitte wach auf."

Blinzelnd öffnete ich meine Augen. „Wo bin ich?" Wo erwachte ich dieses Mal? Im Schloss, im Denkmal, in Boston, in New York? Dämonen oder doch in Polen? Wenigstens reimte sich das.

„Nadja, mach deine Augen auf!"

„Katharina? Was machst du hier?" Schlaftrunken setzte ich mich auf. Meine Kleidung hing voller Matsch, Grasflecken zeichneten sich ab und irgendwie erschien mir dieser Raum wie ein Keller.

„Du hattest einen Unfall, besser gesagt diese Idioten drängten euch von der Straße ab und nun haben sie dich hier gefangen genommen!" Katharina starrte mich vollkommen verzweifelt an. Ich musste meine Gedanken erst einmal sortieren. Okay, wir waren wieder in der Vergangenheit, wir hatten tatsächlich dieses Ritual vollzogen und die Jäger wollten uns töten. Alles klar.
Hatte Noah mich wirklich geküsst?

„Wir müssen hier weg!", flehte Katharina am Boden zerstört. Dagegen hatte ich nichts einzuwenden.

„Klar, lass uns gehen", lächelte ich zufrieden. Es hatte geklappt und Aron lebte noch.

„Wir kommen hier nicht so einfach raus. Da draußen sind überall Jäger!", zischte Katharina verängstigt.

Ich legte meinen Kopf schief. „Warum bist du hier?"

Katharina musterte mich streng. „Weil ich mir Sorgen gemacht habe. Du warst vollkommen weggetreten!"

In meinem Kopf kreisten meine Erinnerungen noch immer. Krampfhaft versuchte ich zu verstehen, wann und wo ich mich genau befand. Wenn ich also in einem Kellerloch gefangen war und das durch die Jäger, so musste dieses Bemächtigungsritual bereits in vollem Gange sein. Vater oder Herr Manteuffel haben sich erinnert, denn sonst hätte es dieses Ritual nicht gegeben. Sicherlich waren beide involviert und haben vergessen, mich aufzuklären, obwohl wir vereinbarten, dass wir uns helfen würden. Ein wenig fühlte es sich nach Verrat an, aber das musste ich mit ihnen persönlich klären.

Gerade als ich nach meiner Tasche fragen wollte, fiel mir ein, dass ich diese nicht bei mir hatte. Shit, mein Stab sowie meine anderen Utensilien befanden sich darin. Ich spürte, dass die Jäger Bannkreise nutzten, damit ich meine Magie nicht anwenden konnte. Trotzdem musste ich verschwinden, weg von diesem Ort und ich wollte zu Aron, meinem Liebsten, meinem Verlobten ... „Wir können nicht fliehen, außerdem würden sie mich dafür bestrafen", seufzte Katharina.

Angestrengt grübelte ich über meine Flucht. Mein Kopf schmerzte leicht und dieser Schmerz schien allmählich zuzunehmen. Wenn ich mich richtig erinnerte, waren wir wirklich noch mitten in diesem Ritual und ich sah ein, dass es beendet werden musste. Denn erst dann hätten wir endlich Ruhe vor den Jägern und ich konnte mich daran machen, diese Welt vor dem Untergang zu bewahren.

Katharina sah mich überlegend an. Sie würde eine Freundin werden, doch soweit waren wir noch nicht. Ihr Vater und mein Vater hatten eine gemeinsame Geschichte. Als man unsere Essen vergiftete, half ich ihr und sie blieb mir immer dankbar gegenüber. Aber sie zu verraten und sie in Gefahr zu bringen, würde uns beiden nichts nützen.

Sie gab einen langen Seufzer ab. „Die wollen das Ritual abbrechen. Das geht nicht, da es kein Ende geben würde … wir müssten euch töten", gestand sie mir flüsternd.

„Wieso töten?"

„Weil eure Kinder dann wieder aufstehen könnten und es ein ewiger Kreislauf wäre. Es endet nie, wir sind dazu verdammt, euch zu folgen und um das zu verhindern, bleibt nur euer Ende."

Das klang ziemlich logisch, aber keiner von ihnen wusste, was ihnen bevorstand. Wenn sich die Pforten der Hölle öffneten, würden auch sie alle sterben. Entschlossen sah ich Katharina an. „Pass auf, wenn ihr uns tötet, dann geht in einem Jahr die Welt eh den Bach runter. Es gibt einen sehr alten Fluch, der die Tore der Unterwelt öffnet und alle Dämonen werden herauskommen. Ohne uns sterben eh alle."

Entsetzt, verwundert und ein wenig ungläubig schaute sie mich an. „Wie meinst du das?"

Ich atmete tief durch, langsam hämmerte es in meinem Kopf, nicht einmal das Reiben an meinen Schläfen half. „Das würdest du mir nicht glauben … Bitte, ich muss gehen", flehte ich sie an.

Katharina schüttelte ihren Kopf. „Das geht nicht!"

„Dann nehme ich dich als Geisel … sie werden es nicht merken. Darf ich dich schlagen?"

Katharina riss entsetzt ihre Augen auf. Entweder ich fand schnell einen spitzen Gegenstand, damit ich an mein Blut kam oder ich musste Katharina überwältigen. Sie hatte noch die Wahl. Meine Kopfschmerzen wurden immer schlimmer. Das mussten die Nebenwirkungen meiner Erinnerungen an die Zukunft sein.

„Du bist doch gar nicht in der Lage, mich zu überwältigen", versuchte Katharina.

„Willst es herausfinden?"

Sie aber zuckte gelassen mit ihren Schultern. „Es soll doch echt aussehen?" Während sie sprach, nahm sie eine Kampfhaltung ein. Das würde wirklich nicht lange dauern. Zwar verschwamm mir die Sicht, mein Kopf dröhnte unaufhaltsam, dennoch konnte ich sie erledigen. Ich griff an, hatte keine Zeit zu verhandeln, sie wehrte sich zwar, aber binnen Sekunden hielt ich sie im Schwitzkasten. Sie keuchte schwer. „Nicht übel. HILFE!", rief sie und das kaufte ich ihr sogar ab.

„Ich tue dir nichts. Ich muss hier aber echt raus", flüsterte ich ihr zu. Außerhalb der Tür hörte ich bereits Schritte, sie stießen die Tür auf. Drei Jäger bauten sich vor uns auf. „Lasst mich gehen oder ich erwürge sie!"

Um das zu bestätigen, drückte ich etwas fester zu. Einer der Jungs musterte mich prüfend. Julius drängte sich an ihnen vorbei. „Wie konntest du Katharina überwältigen?"

„Ich hab für ein Kaffeekränzchen gerade keine Zeit ... Lasst mich gehen!"

„Das geht leider nicht. Dein Vater und Manteuffel haben das Ritual abgebrochen und das funktioniert so nicht", schnaubte Julius verächtlich.

„Du willst wirklich zulassen, dass Katharina von mir getötet wird?"

„Ist mir egal, dann stirbt sie für unsere Sache. Das Ritual muss beendet werden! Sonst werden wir nie siegen! Oder wir töten einfach jeden Wächter!" Julius funkelte mich entschlossen an.

Ich nahm ihm jedes Wort ab. Außerdem wusste ich, dass wir diese Geschichte zu Ende bringen mussten, denn auch ich brauchte meinen Sieg. Würden diese Kerle mir nicht folgen, so wäre alles umsonst gewesen. Zumal ich mir diese Vollidioten somit besser vom Hals halten konnte. Angestrengt grübelte ich, da ich unbedingt raus musste. Meine Kopfschmerzen nahmen sekündlich zu und ich fürchtete bald ohnmächtig zu werden. Ich lockerte meinen Griff, doch Katharina machte keine Anstalten, sich zu wehren. „Gut, wir bringen den Mist zu Ende, aber dazu müsst ihr mich gehen lassen!", schlug ich streng vor.

Julius kniff seine Augen zusammen, überlegte und deutete den anderen zu warten. Kurzzeitig verließ er den Raum und kam mit den Zwillingen wieder.

Mein Kopf dröhnte unaufhörlich. Die anderen diskutierten laut, während ich mich kaum noch auf den Beinen halten konnte. Die anderen wurden immer lauter, ihre Stimmen hallten rauschend in meinem Kopf. Ich kam aus dieser Sache nicht raus, denn meine Beine gaben bereits nach.

Katharina und ich gingen zu Boden. Bis plötzlich alles verstummte.

Ein Schatten zog über mich hinweg und das Letzte, was ich mitbekam, waren Hände, die mich hielten, mich trugen und die Wärme, die von diesen ausging.

Meine Gedanken kreisten. Vergangenheit, Zukunft, Aron, Noah, dieses seltsame Ritual. Wo war ich? Wo landete ich, wenn ich wieder aufwachte? Wer trug mich und wohin brachte man mich?

Fortsetzung folgt

Nachwort:

Ich möchte hiermit erklären, dass alle Namen, Personen sowie die Immobilien der Protagonisten absolut frei erfunden sind. Auch bei den Gemälden habe ich meiner Fantasie freien Lauf gelassen. Ähnlichkeiten oder Zusammenhänge entspringen ebenfalls meinen persönlichen Gedanken.

Nicht frei erfunden sind: Burg Stolpen, Gräfin Cosel, Schloss Pillnitz, Festung Königsstein, Moritzburg, die Dresdner Innenstadt (Semperoper, Zwinger, Hofkirche, Gemäldegalerie, Kasematten, Frauenkirche, Ahnenwand und das Grüne Gewölbe). Bei denen kann ich einen Besuch empfehlen.

Die geschichtlichen Zusammenhänge sind bei meinen Besuchen eigenständig recherchiert worden.

Ich hoffe, wünsche mir, ein wenig alte Geschichte wieder in Erinnerung rufen zu können. Erzählt in einer spannenden Phantasie-Erzählung. Damit wünsche ich viel Spaß beim Lesen. Auch über Rezensionen, Anmerkungen sowie Kritiken freue ich mich sehr und werde jede einzeln aufmerksam lesen.

Man findet mich unter:
www.facebook.com/SteffiKrumbiegel/
www.götterkinder.de
www.instagram.com/steffikrumbiegel/
https://twitter.com/SteffKrumbiegel

Lektorat: Jacqueline Kley
https://die-wortkleysterei.com/

Zeitfracht Medien GmbH
Ferdinand-Jühlke-Straße 7
99095 Erfurt, Deutschland
produktsicherheit@kolibri360.de